유림외사
우리들의 일그러진 자화상

유림외사
우리들의 일그러진 자화상

김효민 지음

한국문화사

유림외사, 우리들의 일그러진 자화상

1판 1쇄 발행 2025년 4월 3일

지 은 이 | 김효민
펴 낸 이 | 김진수
펴 낸 곳 | 한국문화사
등   록 | 제1994-9호
주   소 | 서울시 성동구 아차산로49, 404호(성수동1가, 서울숲코오롱디지털타워3차)
전   화 | 02-464-7708
팩   스 | 02-499-0846
이 메 일 | hkm7708@daum.net
홈페이지 | http://hph.co.kr

ISBN 979-11-6919-280-4 93820

· 이 책의 내용은 저작권법에 따라 보호받고 있습니다.
· 잘못된 책은 구매처에서 바꾸어 드립니다.
· 책값은 뒤표지에 있습니다.

오류를 발견하셨다면 이메일이나 홈페이지를 통해 제보해 주세요.
소중한 의견을 모아 더 좋은 책을 만들겠습니다.

차례

일러두기 | 8

① 프롤로그: 오래된 미래 이야기
  어느 은사隱士의 예언 같은 삶 | 10
  이상적 삶의 가치 기준 | 13
  작품 전체의 축소판 | 18

② 몰락 지식인의 자전적 역작
  18세기 전기의 중국 | 25
  작자의 굴곡진 삶 | 29
  곤궁 속 각성의 산물 | 33
  자신과 주변 사람들을 모델로 | 39
  텍스트 버전에 대한 이해 | 42

③ 문제의 근원 과거제도와 지식인 사회의 민낯
  시험지옥과 그 폐해 | 47
  일그러진 과유科儒 군상 | 53
  허명을 좇는 가짜 명사들 | 66

④ 어둠 속의 길 찾기: 긍정적 인물에 투영된 가치지향
복고와 진보 사이 | 75
탈속적 자유의 삶 | 84
참다운 인간관계 | 90

⑤ 절망 사회: 희망은 물거품이 되고
현실은 여전히 제자리 | 97
인걸은 하나둘 흩어지고 | 100
점입가경의 세태 | 103

⑥ 파노라마식 구성 체계와 의미구조
수미상응의 이야기 사슬 | 111
'모임 구조'의 상징성 | 115
시공간 안배의 함의 | 121

⑦ 웃프게, 냉철하게: 뛰어난 풍자 예술
희극과 비극의 융합 | 130
사실寫實적 풍자의 극치 | 138
냉철한 반성과 성찰의 풍자 | 145

❽ 살아있는 생활사박물관: 생생하게 그려진 명청시대 사회문화

　수험 생활 | 152
　출판 문화 | 157
　상인 문화 | 161
　도시와 교통 | 168
　유락 문화 | 175
　음식 문화 | 182

❾ 수용과 영향, 비교의 관점에서 본 『유림외사』

　소설사적 탄생 맥락 | 189
　작품의 전파와 영향 | 194
　국내 수용 및 비교의 접점 | 200

❿ 에필로그: 현실의 벽과 너머에의 꿈

　하류사회 기인들의 이야기 | 205
　복고에서 어렴풋한 미래로 | 211
　대단원 형식의 만가挽歌 | 215

저자 후기 • 나를 되돌아보게 하는 거울 | 221
주요 참고문헌 | 227

┃ 일러두기
- 작품의 인용문 한글 번역은 홍상훈 교수 등이 옮긴 『유림외사』(을유문화사, 2009)를 기본적으로 따르되 필자가 일부 수정을 가한 것임을 밝힌다.
- 인명이나 지명 등 고유명사는 신해혁명(1911)을 기준으로 그 이전에 해당하는 것은 우리식 독음대로, 그 이후에 해당하는 것은 중국식 발음으로 표기하였다.

프롤로그: 오래된 미래 이야기

인생살이 곳곳 수많은 갈림길에서
장군, 재상, 신선들도
본디 보통 사람 아니었더냐.
왕조의 흥망도 무상한 법
강바람 불어와 전 왕조의 나무 쓰러뜨리네.
부귀나 공명이란 믿을 바 못 되니
아무리 애써도
세월만 그르치게 마련.
탁주 석 잔에 얼큰히 취하니
흐르는 물에 떨어진 꽃잎 어디로 가는고?

어느 은사隱士의 예언 같은 삶

중국 역사상 최초의 이민족 통일 왕조인 원나라를 세운 몽골족이 중원을 지배한 지 불과 수십 년 만에 잇따른 난관에 봉착하며 말기적 징후들이 드러나기 시작할 무렵, 양자강 하류 남쪽 절강성浙江省 제기현諸暨縣에 왕면王冕이라는 한 특출한 인물이 태어났다. 가난한 시골집에서 태어나 일찍 부친을 여읜 왕면은 어머니가 삯바느질을 해서 번 돈으로 한동안은 어찌어찌 마을 서당에서 글도 배울 수 있었다. 하지만 결국 생계조차 막막해지자 어머니는 할 수 없이 왕면에게 이웃 진秦 씨네 소몰이 일을 하도록 한다. 왕면은 불평 한마디 없이 순종하며 소 치는 일을 하면서 매일 받은 간식비는 쓰지 않고 모아 헌책들을 사다가 날마다 읽는 것을 게을리하지 않았다. 그렇게 그는 독학으로 점차 글을 깨치게 되었다.

그러던 어느 봄날 우연히 한바탕 소나기가 지나간 호수에서 아름다운 연꽃이 왕면의 눈을 사로잡는다. 그는 그걸 그림으로 그릴 수 있다면 얼마나 좋을까 하는 생각이 들어 스스로 그림을 배우기로 결심하게 된다. 노력 끝에 왕면은 그림을 터득하여 마침내 고을의 이름난 화가가 되었다. 이렇게 되자 소몰이는 그만두고 그림으로 자신의 생계를 꾸리면서 좋아하는 글공부를 계속해 나간다.

"왕면은 천성이 총명하여 스무 살이 안 되어 천문·지리·경사經史 같은 큰 학문에 두루 통달하게 되었다. 하지만 그는 성정이 비범하여 벼슬도 탐내지 않고 친구를 사귀지도 않았다. 그저 종일 문을 닫은 채 책만 읽었다."

이처럼 탈속한 생활을 하는 그가 교유하는 유일한 지인은 그를 이해하고 아껴주는 이웃집 농부 진 씨뿐이었다.

왕면은 고을에서 점차 명성을 얻었지만, 지닌 성품이 이렇다 보니 결국 지역 사또 시 지현時知縣과 갈등을 빚게 된다. 전형적인 혹리酷吏인 시 지현이 아전을 시켜 그의 그림을 사서 고관 위소危素의 환심을 사기 위해 바치자, 위소는 감탄하여 왕면을 만나보고 싶어 한다. 시 지현이 만남의 자리를 만들어 보려 왕면을 찾지만, 왕면은 그런 위인과는 상종하기를 꺼려 계속 거절하며 피하다가 시 지현의 심기를 건드리고 만다. 상황이 심상찮게 되자 왕면은 결국 고향을 떠나 피신하는 길을 택한다. 한동안 타향에서 몸을 숨겼다가 고향으로 되돌아왔을 때는 다행히도 위소와 시 지현이 모두 고을을 떠난 뒤였기에 예전 같은 삶을 되찾을 수 있었다.

수년 후 노환으로 병석에 눕게 된 어머니는 왕면에게 벼슬길에는 나가지 말라는 유언을 남기고 세상을 떠난다. 삼년상을 치르고 한해 남짓 지났을 무렵, 조정에 반기를 든 세력들이 각지에서 일어나 할거하면서 나라가 크게 어지러워지게 되었다. 이즈음 강소江蘇·절강 지역을 호령하며 오왕吳王이라 자칭하던 주원장朱元璋이 어느 날 특별히 왕면을 찾아와 예를 차리며 백성들의 마음을 얻을 방도에 대한 가르침을 청한다. 왕면은 그를 공손하게 맞으며 무력이 아닌 인의로 다스린다면 누구나 따를 것이라는 조언을 해준다. 주원장은 찬탄하며 그와 한참을 더 이야기를 나누다가

프롤로그: 오래된 미래 이야기

떠나간다. 몇 년 지나지 않아 주원장은 기어이 천하를 통일하고 명나라를 세우게 된다.

다시 수년이 지난 어느 날 왕면은 진 씨가 현성縣城에 들어갔다가 구해온 관보官報를 보게 된다. 그는 조정에서 사서오경을 논하는 팔고문八股文 시험을 통해 인재를 선발하는 제도를 시행한다는 사실을 알게 되자 우려에 찬 목소리로 이렇게 말한다.

"이건 좋지 않은 방법이에요! 이런 출셋길이 생긴 이상 앞으로 공부하는 사람들은 모두 '문장과 품행[문행출처文行出處]'을 가벼이 여기게 될 것입니다."

이날 저녁 왕면은 진 씨와 함께 술을 마시던 중 하늘의 별자리를 가리키며 또 이렇게 말한다.

"관색성貫索星[옥형獄刑을 상징하는 별자리]이 문창성文昌星[문단을 관장하는 별자리]을 침범하고 있으니 문인들에게 화가 미칠 겁니다."

말이 끝나기도 전에 갑자기 한 줄기 수상한 바람이 휘몰아쳤고, 왕면과 진 씨는 소스라치게 놀라 옷소매로 얼굴을 가렸다. 잠시 후 바람이 좀 잦아들어 눈을 뜨고 바라보니, 하늘 가득 떠 있던 백 수십 개의 작은 별들이 일제히 동남쪽으로 떨어지는 것이었다. 그 광경을 보고 왕면은 다시 이렇게 말한다.

"하늘도 동정을 하는구나, 이 많은 별들을 내려 주어 문운을 지켜주시다니. 하지만 우리는 그것을 볼 수 없을 테지요!"

그 뒤로 조정에서 왕면을 관리로 발탁한다는 말이 자주 떠돌자, 그는 몰래 짐을 꾸려 밤중에 회계산會稽山으로 피신해 버린다. 반년 후 과연 조정에서는 왕면에게 벼슬을 내리려 황제의 조서와 예물을 받든 관원을 파견했지만, 왕면은 이미 산중에 들어가 은거한 지 오래였기에 관원은 탄식하며 발걸음을 되돌릴 수밖에 없었다. 왕면은 회계산에서 이름조차 드러내지 않으면서 은거하다가 끝내 병으로 세상을 떠났다. 같은 해 진 씨 역시 집에서 생을 마감하였다.

『유림외사』의 첫머리는 이런 왕면의 일생 이야기로 막을 연다. 뒤에서 다시 언급하겠지만, 작품의 제1회인 왕면 고사는 다음에 이어지는 본 이야기들과는 상대적으로 독립된 이야기로 구성되어 있어 그 자체로 하나의 프롤로그 역할을 하고 있다. 참고로 왕면은 원나라 말기에 실존했던 인물이며, 그에 관한 전기傳記 몇 종이 전해지고 있다. 그러나 이 이야기는 작가가 자신의 창작 의도에 맞게 역사적 인물에 대해 허구를 가미하여 문학적으로 형상화한 것이다.

이상적 삶의 가치 기준

『유림외사』는 『수호전』, 『삼국지연의』, 『서유기』, 『금병

프롤로그: 오래된 미래 이야기

매』 등 소위 사대기서四大奇書, 『홍루몽紅樓夢』과 함께 중국 고전 6대 소설의 하나로 꼽히고, 18세기 중엽에 『홍루몽』과 더불어 중국 고전소설의 최고봉을 이룬 작품으로 평가된다. 그럼에도 『유림외사』는 상대적으로 다른 작품들, 특히 사대기서에 비해 폭넓은 독자층을 형성하지 못하고 있다. 사대기서가 그 내면에 깔린 깊은 의미들을 내포하고 있으면서도 강한 이야기성, 곧 일반적 의미에서의 소설적 재미를 지니고 있는 것과는 달리, 『유림외사』는 상대적으로 이야기성이 약한 것에 그 일차적 원인이 있는 것으로 보인다.

그러나 소설의 참된 '재미'는 그것이 작품이 내포하고 있는 깊은 의미들과 결합될 때 비로소 제대로 느껴질 수 있는 것이다. 더욱이 『유림외사』처럼 상대적으로 이야기성은 약하지만 의미 심장한 작품의 경우, 작품이 지닌 의미들에 대한 이해와 감명을 통해 비로소 그 진정한 '재미'를 깨달을 수 있게 된다. 다만 고전에 담긴 의미들을 제대로 알기 위해서는 텍스트 내적 요소들뿐 아니라 작가와 작품에 대한 맥락적 이해가 필수적으로 요구된다. 고전의 현재적 의미 역시 이러한 맥락적 이해를 통해서만 온전하게 얻어질 수 있다.

이런 점을 먼저 거론하는 까닭은 제1회의 왕면 이야기가 풍자소설로서 작품 및 작가의 이상적·도덕적 가치판단 기준을 자못 분명하게 제시하고 있기 때문이다. 작가가 작품을 통해 무엇을 추구하려 했고 그것을 기준으로 무엇을 문제 삼고자 했는지가 여기서 대략 드러나고 있다는 것이다. 따라서 제1회에 담긴 의미들을 파악하는 것은 작품 전체를 이해하고 감상하기 위한 중요한 출발점이 된다. 왕면은 작품 속에서 작가의 이상을 가장 집중적으로 체현하고 있는 인물 형상인데, 그를 통해 제시되는 작가의 가치 기준은 다음의 몇 가지로 추려볼 수 있다.

첫 번째로 꼽을 것은 왕면의 언행을 통해 나타나는 유가적 도덕관념이다. 이러한 면모는 먼저 제1회 곳곳에서 보이는 왕면의 어머니에 대한 효행에서 드러난다. 왕면은 생계 문제를 해결하기 위해 자신을 이웃집에 소몰이로 보내는 어머니의 처사에 불만을 드러내기는커녕 오히려 흔쾌히 받아들이며, 일을 하다 간혹 진 씨 집에서 음식이라도 얻으면 먹지 않고 어머니에게 가져다드린다. 또 소를 치면서 배운 연꽃 그림을 팔아 번 돈으로 좋은 물건들을 사서 어머니를 기쁘게 해 드린다. 그런가 하면 화창한 날에는 어머니를 수레에 앉히고 노래를 부르며 마을을 돌아다니면서 즐겁게 해 드리기도 한다. 후에 어머니가 세상을 떠났을 때는 이웃들도 눈물을 흘리지 않는 사람이 없을 정도로 애통하게 울며, 어머니가 남긴 유언도 끝까지 지킨다.

어머니에 대한 왕면의 이 같은 효는 작가가 지향하는 유가적 도덕관념을 대표하는 것이라 할 수 있다. 그러나 작가가 강조하는 도덕관념은 형식화된 겉치레로서 규범과는 거리가 있다. 작가가 가치를 부여하는 것은 진심에서 자연스럽게 흘러나와 가식 없이 행해지는 것에 한한다. 이런 점은 뒤이어 전개되는 작품의 본 이야기 속에 그려진 수많은 인물의 가식적·위선적 언행, 그리고 이미 시대에 뒤떨어져 인간을 옥죌 뿐인 예교에 대한 비판과 밀접한 관련을 갖는다. 여기서 한 가지 첨언하자면, 보통 효와 함께 거론되곤 하는 충忠에 관해서는 언급되지 않고 있다는 점이다. 이는 이하의 내용에서 어느 정도 유추해 볼 수 있는데, 눈여겨볼 점은 작품 전체적으로 보더라도 충에 관한 강조는 거의 찾아볼 수 없다는 점이다.

한편 유가적 도덕관념을 보여주는 또 한 측면은 왕면과 주원장의 대화에서 드러나는 인정仁政에 관한 것이다. 주원장이 왕면에게 백성을 심복시킬 방법을 묻자 왕면은 이렇게 대답한다.

"대왕께서는 높고 원대한 식견을 갖추고 계시니, 저 같은 촌민이 여러 말 할 필요는 없겠지요. 인의로써 복종시킨다면야 누군들 따르지 않겠으며, 어찌 절강 사람뿐이겠습니까? 무력으로 굴복시킨다면 절강 사람들이 약하다 해도 역시 모욕을 참지 않고 의기義氣를 일으킬 테지요……."

왕면의 이런 말을 통해서 백성은 마땅히 인의로 다스려야 한다는 작가의 이상적 정치관을 엿볼 수 있는데, 이것은 바로 유가의 정치관인 인정에 다름 아니다. 작가의 이러한 생각은 정문正文[작품 제2회부터 제54회까지의 본 이야기] 가운데서 주로 관리들의 횡포에 대한 비판과 하층민에 대한 동정 및 존중의 태도로 나타난다.

두 번째는 왕면의 생애를 통해 드러나는 출사出仕에 대한 거부와 은일적 삶의 태도이다. 왕면은 뛰어난 학식을 지니고도 벼슬에는 관심을 두지 않고 세속적인 사귐도 멀리하며 오로지 자신이 좋아하는 일에만 파묻혀 지내는 은사隱士의 모습을 보인다. 시 지현과 갈등이 생겼을 때, 왕면은 진 씨에게 "시 지현은 위소의 세력에 기대 이곳 백성들에게 잔혹하게 굴며 못하는 짓이 없지요. 제가 왜 그따위 인간과 상종하겠습니까?"라며 뜻을 분명히 밝히면서 끝내 굽히지 않는다. 이런 점에서, 출사에 대한 거부와 은거의 삶은 부패한 관리로 대표되는 어두운 사회현실에 대한 비판의식과 긴밀히 연관되어 있음을 엿볼 수 있다. '세상에 올바른 도가 행해지지 않으면 벼슬길에 나가지 않는 것[天下……無道則隱]'은 유가에서 지향하는 바이기도 하다. 출사에 대한 거부는 기본적으로 그의 품성과 가치관에서 비롯된 것이지만, 이민족 지배에 대한 작가의 반감과도 관련이 있다고 볼 여지가 있으며, 어머니의 유지를 지키는 효와도 연결되어 있음은 물론이다. 이상과 같은 왕면의 면모로부터 미루어 알 수 있는 것은 작가가 뛰어난 학식과 능력을 지니고 있으면서도 부귀공명을 추구하거나 시류에 영합하지 않고 강직하게 살아가는 은일적 삶을 칭송하고 있다는 점이다.

　　다음으로 지적할 수 있는 것은 스스로의 힘으로 살아가는 자립적이고도 자유로운 삶의 자세이다. 이러한 모습은 소 치는 일을 하면서도 끊임없이 책을 읽는 왕면의 모습에서 잘 나타난다. 그가 화가로 성장하는 과정도 같은 맥락에서 볼 수 있다. 그는 우연히 아름다운 연꽃을 보고 처음에는 누군가 그것을 그릴 수 있으면 하고 바라다가 곧 이렇게 생각을 고친다. '세상에 배워서 못 할 일이 어디 있겠어? 내가 스스로 그려보면 되잖아?' 이 대목에서 읽어 낼 수 있는 것은 바로 자신에 대한 믿음으로부터 나오는 능동적 사고이다. 왕면은 그예 유명 화가가 되어 스스로 생계를 책임지면서 자신이 좋아하는 공부를 지속해 나간다. 여기

프롤로그: 오래된 미래 이야기

서 짚어볼 점은 자신의 노동과 노력으로 얻은 경제적 자립과 남다른 재능이라는 기반을 통해서만 비로소 앞서 언급한 출사에 대한 거부와 은거라는 강직한 삶이 가능함을 보여주고 있다는 것이다.

왕면의 이웃 진 씨와 관련하여 한 가지 덧붙인다면, 하층민의 소박한 인간미를 들 수 있다. 진 씨는 글도 배우지 못한 농부이지만 견식이 높아 왕면이 비범한 인물임을 알아보고 항상 보살펴 주고 존경하며, 또 어려운 일을 당할 때마다 늘 진심으로 돕는다. 작가는 이 같은 하층민의 인간다운 모습을 긍정적 시선으로 그려내고 있는데, 작품 정문에서도 이와 유사한 대목들을 찾아보는 것은 어렵지 않다. 인간미에 대한 가치 부여는 작가의 유가적 도덕관념에 대한 강조와 유사한 맥락에서 파악할 수 있는 것으로, 그 속에서 일종의 화해和諧에 대한 지향을 엿볼 수 있다. 그러나 다른 한 편으로 작품의 주요 비판 대상이 지식인이나 관리들인 상황에서 새로운 희망의 실마리를 하층민에게서 찾고자 하는 작가의 의도로도 해석할 수 있다.

작품 전체의 축소판

프롤로그로서 제1회는 여러 면에서 작품 전체의 설계도이자 축소판 기능을 하고 있다. 제1회의 역할을 살펴보면 일종의 서막처럼 작품 전체의 핵심 내용을 암시해 주고 있다. 이는 우선 제1회의 회목回目 '서막을 펼쳐 큰 뜻을 설명하고, 명류를 빌어 전문을 아우르다[說楔子敷陳大義, 借名流隱括全文]'에서부터 드러난다. 여기서 '큰 뜻'이란 작품의 요지를 말하는 것임을 쉽게 알 수 있다. '전문을 아우르다'라고 한 것은 조금 더 부연이 필요하다. '아우르다[隱括]'라는 표현은 겉으로 드러나지 않는 무언가를 통해 작품 전체를 포괄하고 있다는 의미이다. 이는 작품의 주제를 제시하는 것에서 한 걸음 더 나아가, 작품 전체를 관통하는 내적 구조를 형성하여 보이지 않게 '제어'하는 기능을 하고 있다는 말로 풀이할 수 있다.

이러한 회목에 바로 이어서 등장하는 것이 바로 작품 핵심 키워드의 하나인 '부귀공명'이다. 부귀공명에 관한 첫 언급은 제1회 서두를 장식하는 노랫말[詞: 이 챕터 첫머리에 소개한 시귀 가운데 제시되고 있다. 그리고 그것에 덧붙인 다음과 같은 서술자의 논평이 뒤따른다.

"인생살이에서 부귀공명은 일신의 바깥에 있는 것일 뿐이지만, 세상 사람들은 공명을 보면 자기 목숨도 팽개치고 그것을 얻으려 한다. 하지만 막상 그걸 손에 넣고 나면 그 맛이란 밀랍을 씹는 것처럼 무미할 따름이다. 자고이래로 누가 이런 이치를 간파할 수 있었던가!"

현전하는 제일 오래된 『유림외사』 판본이자 가장 영향력 있는 평어가 수록된 와한초당본[臥閑草堂本]의 회평[回評][이하 '와평']에서도 이러한 부귀공명에 관한 내용을 작품 전체의 핵심으로 파악하면서, 그것을 제1회의 기능과 연관시켜 다음과 같이 평가하고 있다.

프롤로그: 오래된 미래 이야기

"……제1회만 보더라도 작품 전체의 맥락이 잘 파악되게 해 놓았으니, 참으로 필묵을 낭비하지 않는 솜씨다. '부귀공명' 네 글자는 작품 전체의 착안점인 까닭에 시작하자마자 설파한 것이다. 그러나 여기서는 단지 가볍게 언급하고 있을 뿐이다. 이후로 펼쳐지는 온갖 변화들은 모두 이 네 글자로부터 변형되어 나타난 지옥의 형상들이니, 가히 작은 풀 한 포기가 커다란 불상佛像으로 변모한 것이라 이를 만하다."

작품 전체의 요점을 짚어줌과 더불어 제1회의 암시적·복선적 기능까지 지적해 주고 있음을 볼 수 있다. 그러나 부귀공명 네 글자만으로는 그것이 작품 속에서 어떻게 기능하는지 아직 짐작하기 어렵다. 이에 관해서는 앞서 언급한 왕면의 말을 되짚어 볼 필요가 있다. 왕면은 명나라 조정에서 판에 박힌 문장인 팔고문을 통해 인재를 선발하는 과거시험 제도[이하 '팔고 과거제도']를 시행한다는 것에 반감을 표하며, 일신의 영달을 도모할 이런 길이 생겼으니 장차 선비들이 '문장과 품행'을 모두 가볍게 보게 될 것이라며 근심을 드러낸다. 왕면의 이런 말에서 팔고 과거제도가 현실 모순의 제도적 근원이자 작품의 주요 비판 대상이 될 것임을 엿볼 수 있다. 곧 작품 속에서 부귀공명 추구 풍조가 주로 무엇과의 연관 속에서 구체적으로 드러날지가 이 말을 통해 예시되고 있는 것이다.

여기서 '문장과 품행'이라 한 것은 학문과 행동, 그리고 벼슬길의 나아감과 물러남을 말한다. 따라서 '문행출처'를 가볍게 볼 것이라는 말은 지식인들이 출세만을 위해 과거급제 자체를 목적으로 삼으면서, 올바른 학문과 그에 따른 실천이 사라지고 어렵게 나아가고 미련 없이 물러나야 할 출사의 도를 잃게 될 것이라는 의미이다. 한편 이런 원인으로 결국 작품이 어떤 암울한 현실을 보여주게 될 것인지는 왕면의 또 다른 예언을 통해 암시된다. 관색성이 문창성을 침범했으니 문인들에게 액운이 생기게 될 것이라는 말이 그것이다. 이는 지식인들이 과거제도와 부귀공명의 노예로 전락하게 될 것이라는 운명을 예고한 것으로 이해할 수 있다.

'문행출처'에 관해서는 조금 더 짚어볼 필요가 있다. 앞의 내용에서 볼 수 있듯이 '문행출처'는 부귀공명으로 대표되는 비판 대상과는 상반된 개념이자 작품의 또 다른 핵심 키워드이다. 그것은 추구되어야 할 덕목이자 현실비판의 기준이며, 더 나아가 작가의 이상과 연결되는 것이다. 이러한 '문행출처'의 구체적인 내용은 앞서 본 바와 같이 왕면을 통해 이상적인 모습으로 형상화되고 있다. 또 이후 정문 속에서는 긍정적인 인물들을 통해 모순적 현실 가운데서 이러한 이상을 실현해 보고자 하는 또 다른 모습으로 그려진다. 하늘이 많은 별들을 동남쪽으로 내려주어 문운을 지켜준다고 한 왕면의 세 번째 예언은 바로 이를 두고 한 말이다.

그러나 작가의 이상이 드러나고 있다고 해서 왕면의 이야기가 어떤 유토피아적 환경 속에서 전개되고 있는 것은 아님은 물론이다. 제1회의 이야기 역시 모순적 현실이 기본 배경을 이루고 있다. 따라서 여기에는 일종의 내재적 갈등이 존재하는데, 그것은 상호 대립/대비되는 인물 구도로 설명할 수 있다.

프롤로그: 오래된 미래 이야기

그 한 축을 이루고 있는 것은 위소, 시 지현 같은 관료와 그 아래서 기생하며 암암리에 사욕을 챙기는 아전[적 매판翟買辦], 그리고 이름을 알 수 없는 수재秀才 신분의 세 지식인[뚱보胖子, 갈비씨瘦子, 털보鬍子] 등이다. 이 중 세 명의 수재는 잠시 등장할 뿐이지만, 그들의 대화는 온통 위소, 시 지현 등 권력자에 대한 관심과 그런 이들과 어떻게든 연줄을 맺고 싶어 하는 속된 말들뿐이다. 지식인으로서 '문행출처'를 추구하는 것이 아닌 부귀공명의 욕망에 사로잡힌 인물들로 그려지고 있는 양상인 것이다. 이와는 대조적으로 왕면을 중심으로 한 왕면의 모친과 진 씨, 그리고 왕면이 타향으로 피신했을 때 목격하는, 관아로부터 아무 보살핌도 받지 못한 채 병약하고 남루한 행색으로 유랑하는 황하 유역의 이재민들 등이 또 한 축을 이루고 있다.

전자가 관계官界와 지식인 사회의 부패와 타락을 상징한다면, 후자는 이상적 문인의 도덕적 품행과 하층민의 순박한 품성 및 백성의 고통을 대변한다. 특히 작가가 세 명의 수재에게 구체적인 이름을 부여하지 않고 별명만 붙인 것은 이들이 지식인 일반의 풍조를 대표하는 인물들임을 보여주려 한 의도로 풀이된다. 이 같은 대립/대비 구도는 이후 정문의 내용 전개에 있어서도 중요한 모티브로 작용하며 작품 내적 구조의 기본 틀을 이루게 된다.

요컨대 제1회는 작품 전체의 주제와 내용을 비유적 암시를 통해 보여주면서 구조적으로 전편全篇을 아우르고 있다. 왕면의 이야기는 시간적 배경에 있어 작품 정문과 약 백 년의 거리가 있다. 다시 말해 왕면의 이야기는 작품 속에서도 먼 과거의 이야기로 제시되고 있는 것이다. 그러나 왕면의 모습과 예언적 언사들이 추구해 나가야 할 방향 및 앞으로 벌어질 일들과 밀접한 연관성을 지닌다는 점, 그리고 그의 이야기가 이후 정문의 윤곽을 압축적으로 보여주는 원형이 되고 있다는 점에서 제1회는 오래된 미래 이야기라 일컬을 만하다.

몰락 지식인의 자전적 역작

18세기 전기의 중국

『유림외사』는 기본적으로 명대를 시대 배경으로 삼고 있지만, 실제로는 작자 오경재吳敬梓(1701~1754)가 살았던 동시대 중국의 상황을 전대에 가탁하여 소설화했다고 보는 것이 중론이다. 오경재가 살았던 18세기 초중반의 중국은 역사상 이른바 '강건성세康乾盛世'라 불리는 청나라의 전성시대이자 전통시기 마지막 '황금기'였다. '강건성세'란 청나라의 제4~6대 황제 강희康熙(1662~1722), 옹정雍正(1723~1735), 건륭乾隆(1736~1795)이 재위했던 시대를 아울러 칭하는 말이다. 이 시기는 명나라 말기 여진족을 모태로 하는 만주족이 중국 동북 지역에서 발흥하여 청나라를 세운 후, 명나라 국세가 급격히 기울면서 민중 반란으로 무너진 틈을 타 중원을 차지하여 중국 역사상 강역을 최대로 확장하고 지배를 공고히 다지던 시절이었다.

　이 시기에는 명말 이래 무너진 경제가 되살아나 번영을 이어가고 있었고, 정치·문화적으로는 소수의 이민족이 수백 배에 달하는 한족을 다스리기 위한 포용 및 회유 정책들이 시행되었다. 농업과 상공업이 발전하여 부가 축적되면서 적어도 규모 면에서는 압도적인 세계 제일의 경제 대국을 이루었고, 지식인 관료 선발을 위한 특별 등용 정책과 더불어 과거제도가 널리 시행되었다. 세계적으로 유례를 찾기 어려운 방대한 규모의 총서『사고전서四庫全書』편찬으로 대표되는 조정 주도의 문화진흥 사업이 진행된 것도 바로 이 시기이다. 이 같은 문화 정책은 한족 지식인을 크게 차별하며 등용을 억제하고 중원문화에 동화되려 하지 않았던 원나라의 전철을 반면교사로 삼은 셈이었다.

　그러나 이 시기의 흥성은 표면적인 것이었을 뿐 실제로 그 이면은 잔혹하고 부패한 정치와 피폐한 민생으로 얼룩져 있었다. 당시의 이런 이중적 상황에는 말기에 이른 구시대적 생산관계의 모순뿐 아니라, 이민족 정권인 청조가 지배체제를 공고히 하기 위해 시행했던 각종 문화 전제專制 정책이 큰 원인으로 작용하였다. 그 대표적인 예가 바로 수많은 지식인의 사고를 병들게 했던 팔고과거제도와 소위 문자옥文字獄이라 불리는 필화사건들이었다.

　과거시험과 그것이 중심이 된 교육 및 백성의 교화에는 이미 시효성을 잃은 성리학이 지배 이데올로기로 이용되었다. 공포정치와 더불어 낡은 이념으로 지식인의 사상을 최대한 옭아매려 한 것이다. 성리학을 핵심 내용으로 하는 팔고문의 진부함과 무용함은 명말청초부터 진보적 지식인들로부터 큰 비판을 받아왔고, 만주족 통치자들 역시 그 문제점에 대해 분명히 인식하고 있었다. 그러나 그들은 자신들의 권력과 지식인들에 대한 통제력을 잃지 않기 위해 이전 시대의 진부한 방식을 사실상 그대로 답습하였다. 문자옥은 청나라와 만주족의 권위에 도전하거나 반대하는(또는 그럴 소지가 있다고 판단되는) 어떤 글도 용납하지 않고 철저히 탄압했음을 보여주는 사건들로, 때로는 아주 사소한 꼬투리가 황제의 심기를 건드려 극형이나 멸문지화로 이어지기도 했다. '강건성세' 기간 동안 줄잡아 백 수십 건의 문자옥이 발생했고, 발생 빈도는 시간이 흐를수록 높아져 『유림외사』가 지어진 건륭 연간에 가장 자주 일어났다. 한편 수많은 한족 학자들을 동원해 『사고전서』를 준비하고 편찬한 데는 청나라와 만주족에 비판적인 전적들을 색출해 내기 위한 또 다른 의도도 깔려 있었다. 실제로 청조는 『사고전서』 규모에 버금갈 만큼 방대한 '불온서'들을 찾아내 폐기하거나 부분 삭제 및 수정 조치를 취했을 만큼 엄혹한 문화 통제를 병행하였다.

　　그런가 하면, 관치가 부패하여 관료들이 붕당을 이루고 사리사욕을 채우는 일이 만연했다. 일종의 공적公的 '기부' 형식으로 상급 과거시험에 응시할 수 있는 학위 자격이나 관직을 사고파는 이른바 연납捐納이 공공연히 이루어졌던 것이 여기에 적잖은 영향을 미쳤다. 한편 경제적 번영의 과실을 누린 것은 일반 백성이나 중하층 지식인들이 아닌 관료와 대지주, 거상들이었다. 이로 인해 사회경제적 양극화가 갈수록 악화되었다. 시대에 뒤떨어진 정치경제 체제가 더 이상 새롭고 다양한 시대적 변화와 요구를 담아낼 수 없는 단계에 이르렀던 것이다. 이는 같은 시기 서구에서 계몽사조가 대두하고 산업혁명이 싹트면서 거대한 변화의 움직임이 이미 일기 시작했던 것과는 사뭇 대조적이다.

민생이 피폐해지다 보니 백성들의 불만이 점차 쌓여 반대 목소리가 갈수록 커지면서 조직적인 저항들이 생겨나기 시작했고, 건륭 연간 말기부터는 그 불길이 더욱 거세졌다. 그러나 낡은 체제 자체를 위협하는 데까지 이르기에는 아직 역부족이었다. 더욱이 당시 대부분의 지식인은 자신들을 획일적인 가치체계로 식민화하는 과거시험에 매달리며 스스로 체제의 노예가 되었고, 과거급제가 보장하는 부귀공명을 추구하면서 속물화되었다. 이처럼 성세라는 표면 뒤에는 출로 없는 암울한 현실이 놓여 있었던 것이다.

오경재가 『유림외사』를 통해 보여주고자 했던 것은 바로 이러한 시대의 모순적 현실이었다. 어느 시대나 그 시기마다의 구조적이고 근본적인 문제점이 있기 마련이지만, 오경재는 비판적 지식인의 예리한 통찰력으로 자신이 살았던 성세 이면에 감춰진 심각하면서도 근원적인 문제를 누구보다 먼저 깊이 있게 감지하고 그것을 소설이라는 주변적 장르를 통해 형상화하여 세상에 드러내 보이고자 했다. 작품 속에서 주요 비판 대상이 되고 있는 것은 팔고 과거제도와 부귀공명이지만, 그 외에도 관료를 위시한 기득권층의 부정부패, 참담한 하층민의 삶, 문자옥 등 어두운 현실의 각종 문제점이 두루 비판적으로 그려지고 있다. 다만 정권의 서슬 퍼런 탄압을 피하기 위해 명나라를 배경 시대로 빌렸을 따름이다.

작자의 굴곡진 삶

작자 오경재는 18세기 벽두의 녹음 우거진 어느 여름날 안휘성安徽省 전초현全椒縣의 한 대갓집 자제로 태어났다. 그의 고향은 양자강 중하류 북쪽에 자리 잡은 구석진 작은 고을이었지만, 유서 깊은 대도시 남경에서 불과 백 리 떨어진, 자못 산 좋고 물 좋은 강남江南의 풍광에 비길 만한 곳이었다. 그의 집안은 증조부 다섯 형제 중 네 명이 진사進士에 급제하고 그중 친증조부는 탐화探花[3등]로 합격하였으며, 두 명의 숙조부 역시 진사이고 그중 한 명은 방안榜眼[2등]으로 급제했을 만큼 과거 합격자를 줄줄이 배출한 명성 높은 가문이었다. 명문가였던 만큼, 그가 살던 집은 가문 전용 장서루藏書樓와 사시사철 서로 다른 자태를 뽐내는 드넓은 화원을 갖춘 고대광실이었다. 그는 가문의 영광을 자랑스러워하며 좋은 환경 속에서 당시 여느 대갓집 아이들처럼 수준 높은 전통 교육을 받을 수 있었다.

하지만 오경재 직계만 놓고 보면 그의 조부 때부터는 더 이상 진사 급제자가 나오지 않고 기껏해야 거인擧人, 대부분은 수재 신분에 머물며 선대의 영광을 재현하지 못한 채 서서히 가세가 기울기 시작한다. 그런 와중에 가정의 막내로 태어난 오경재는 종가 큰댁에 후손이 없었던 까닭에 자신의 누이 하나와 함께 그 집안의 수양 자녀로 보내지게 된다. 뜻하지 않게 갑자기 종갓집 맏아들 신분이 된 것이다. 옛날에 이런 경우야 드문 일이 아니었고는 해도, 이런 경우 평생 여러 가지 어려움과 잠재적 갈등의 위험을 짊어지고 살 수밖에 없는 운명이라 해도 과언은 아닐 터. 적어도 어린 나이에 친부모 곁을 떠나 친척 집 종손으로 살아간다는 것은 환경적으로나 정서적으로나 결코 감당하기 쉽지 않았을 것임은 미루어 짐작할 만하다. 설상가상으로 그의 나의 13살 때 어머니가 세상을 떠나고 말았으니 그 어려움은 더 컸으리라.

이처럼 오경재는 유년 시절 어린 나이에 응당 누렸어야 할 자유로움과 행복을 제대로 누리지 못하고, 도리어 너무 일찍부터 이런저런 눈칫밥을 먹으며 삶의 무게감을 느낄 수밖에 없는 불행한 시기를 보낸다. 이런 상황이고 보니 어린 오경재는 점차 또래 아이들과 희희낙락 어울려 놀지 못하고 자기만의 세상 속에서 책더미에 파묻혀 외로운 시간들을 견딜 위안을 찾는다. 불행 중 다행이라 해야 할까, 그의 양부는 올곧은 성품을 지닌 선비로, 그의 교육에 있어 매우 엄격했고, 특히 과거시험을 위한 공부를 게을리하지 못하도록 늘 그를 다잡곤 했다.

하지만 어려서부터 유달리 영특하면서도 재기 넘치고 분방했던 오경재는 고리타분한 과거 공부보다는 시나 소설, 희곡 같은 문학에 더 관심을 기울였다. 타고난 기질 탓도 있었지만, 어려서부터 괴로움과 외로움을 이기기 위해 닥치는 대로 다방면의 책들을 섭렵하는 가운데 그의 흥미를 가장 끄는 것이 이러한 문학류였던 것이다. 그중에서도 특히 소설, 희곡 등 소위 속문학을 탐독하곤 했다. 이런 성정 때문이었는지 그는 남다른 문재文才를 지녔음에도 과거시험에서는 이른 나이에 초급시험에 합격한 뒤로 번번이 실패를 거듭할 뿐이었다.

18세에 이미 수재秀才가 되지만, 이후 몇 차례 시험에서 줄곧 낙방의 쓰라림을 겪게 된다. 29세 때는 향시鄕試 예비시험에서 1등으로 합격하기도 하나, 뒤이은 향시에서는 또다시 낙제하고 만다. 글은 참 뛰어난데 사람이 아주 제멋대로다라는 것이 이즈음 그에 대한 주변 사람들의 일반적 평가였다. 계속되는 실패는 결국 그의 실력에 대한 주위 사람들의 의구심과 냉대를 초래하기도 했다. 남들에게 오만하다고 미움을 살 만큼 늘 자신만만했던 그에게 이런 결과와 주변의 싸늘한 시선은 받아들이기 힘든 것이었다. 이러한 경험과 회재불우懷才不遇한 처지는 도도하면서 다혈질이기도 했던 그에게 매우 치욕스러운 것이었고, 출사의 꿈을 좌절시키는 과거제도에 대해서도 불만과 회의감을 갖게 만든다.

한편 공교롭게도 그가 수재가 되던 해에는 생부가 세상을 떠나는 아픔을 겪는데, 유산 상속을 둘러싼 형제들 간의 갈등까지 벌어지자 깊은 실망과 염증을 느끼게 된다. 몇 해 지나지 않아 양부마저 별세하며, 그 후로도 집안에서는 상속 문제를 두고 여러 해 동안 심각한 불화가 계속되었다. 가족들의 이런 모습은 청년 시절 오경재에게 더 큰 상심과 정신적 타격을 안겨준다. 이에 더해 금실이 좋았던 아내까지 마음의 병을 얻어 일찍 세상을 떠나면서 그는 더욱 기댈 곳을 잃는다. 원체 몸이 허약했던 데다 일찍부터 당뇨와 폐질환 등 만성병을 앓았던 그는 병세마저 악화된다. 연이은 불행은 마음속에 응어리로 맺혔고, 분노를 다스릴 수 없게 되자 음주 가무에 빠진 방탕한 생활로 재산을 축내는가 하면, 이따금 괴팍한 언행으로 마찰을 빚거나 구설수에 오르기도 한다. 친족들과 고향 사람들은 이런 그를 이해해 주려 하기는커녕 너나없이 질책하며 자녀들이 경계해야 할 대상으로

몰락 지식인의 자전적 역작

낙인찍기까지 한다.

　이러한 일들로 괴로워하고 방황하던 그는 가문과 고향의 세속적인 인정세태에 넌더리가 난 나머지 고심 끝에 33세 되던 해 남은 가산을 정리하여 고향을 등지고 남경으로 이주하게 된다. 남경의 명소 진회하秦淮河 강변에 작은 거처를 마련하여 각계각층의 인사들과 널리 교유하고 글을 지으며 새로운 삶을 시작하게 된 것이다. 그렇게 남경에서 세 번째 해를 보내며 어느덧 남경 문단에서 두각을 드러내던 그에게 박학홍사과博學鴻詞科라는 조정의 특별 추천 등용 시험 참가 기회가 주어지게 된다. 당시 보통의 서생들이라면 누구나 부러워했을 특별시험 후보자로 추천된 것이다. 아직 과거급제의 꿈을 버릴 수 없었던 그였기에, 추천에 응해 지역 단계 시험에도 참가하지만, 건강 이상으로 인해 돌연 중도 포기를 하고 만다. 그가 병을 핑계로 시험을 그만두었다고 전해지기도 한다. 여하튼 이후로는 과거시험과 출사에 대한 열망이 점차 사그라들고 오히려 회의감이 깊어지면서 마침내 과거시험 자체를 포기하고 자신이 좋아하는 문학창작과 학술 연구에 힘을 쏟으며 안빈낙도의 삶을 추구하며 살아가게 된다.

　그러나 남경에서의 새 삶은 결국 명망 높은 대갓집 자제였던 그가 이제는 평민이나 다름없는 하층 문인으로 전락하게 되었음을 의미했다. 아닌 게 아니라 스스로 기득권을 포기한 것이나 마찬가지인 타향에서의 삶은 생각했던 것 이상으로 힘겨운 것이었다. 이주 후 얼마 안 돼 남은 재산마저 거의 바닥나자, 손수 채소를 기르고 글을 팔아 생계를 이어갈 수밖에 없었다. 때로는 글을 쓸 필묵조차 없는 지경에 이르는가 하면, 곤궁해진 나머지 아끼던 책을 팔아 쌀을 사기도 하고, 심지어는 날품까지 팔아 호구지책을 삼기도 하기도 했으며, 그마저도 여의찮으면 하루 이틀씩 굶는 것도 다반사였다. 추운 겨울이면 탄불이 없어 추위를 견디기 위해 비슷한 처지의 친구들과 거의 매일 밤 날이 새도록 거리를 맴돌았고, 이를 '발 덥히기 모임[暖足會]'이라 애써 미화하기도 했다.

    만년에도 마음을 주고받는 주위 친지들의 간헐적인 도움이 없었다면 삶을 이어가는 것조차 힘겨웠을 빈한한 나날을 보낸다. 게다가 39세 이후로 함께 입양되어 사이가 각별했던 친누이의 죽음을 시작으로, 둘째 아들의 요절, 큰아들을 키워준 계모의 별세, 맏며느리의 사망, 후처와의 사별이 줄줄이 잇따르는 불행까지 겹친다. 삶의 마지막 길도 쓸쓸했다. 고적감도 덜고 경제적 도움도 얻을 겸 인근 도시 양주揚州에 갔다가 별 소득 없이 남경으로 돌아오려던 전날, 지인들과 술자리를 갖고 객사에 돌아온 후 급작스레 지병이 크게 도져 미처 손쓸 새도 없이 그대로 영영 눈을 감고 만다. 그 곁을 지킨 것은 어린 막내아들 하나뿐이었고, 유물이라고는 옷을 전당 잡히고 쓰다 남은 푼돈이 전부였다. 한때 남경 문단의 맹주로 일컬어질 만큼 문명을 얻기도 하고『유림외사』라는 불후의 명작을 남기지만, 그의 생전은 시종 굴곡진 내리막길이나 다름없는 기구한 삶이었다고 할 터이다.

곤궁 속 각성의 산물

    『유림외사』는 이런 작가 인생의 중반기인 30세 전후부터

몰락 지식인의 자전적 역작

구상이 시작되고, 남경 이주 후 얼마 지나지 않은 시점부터 집필이 시작되었다. 작품은 일필휘지로 단기간에 지어진 것이 아니다. 단속적인 창작은 무려 10여 년에 걸쳐 이루어져 40대 후반에 이르러서야 완성될 수 있었다. 만년을 거의 다 바쳤다고 해도 지나치지 않다. 거듭된 시험 실패와 가문 내의 불화와 변고, 권문세족에서 평민 신분으로의 전락이라는 인생의 내리막을 겪는 와중에, 어쩌면 그는 세상에서 과연 무엇을 이루어 남길 수 있을지 고민이 깊었을 것이다.

전통시기 중국 지식인들에게 영원히 사라지지 않을 것으로 여겨진 세 가지는 덕을 세우는 것[立德]과 공을 이루는 것[立功], 그리고 말을 남기는 것[立言], 이른바 '삼불후三不朽'였다. 오경재는 그 가운데 말을 남기는 데 뜻을 둔 듯하다. 그는 적잖은 시문과 더불어 경서 연구 관련 저작을 쓰기도 했지만, 그가 가장 공들이고 큰 성취를 이룬 것은 다름 아닌 소설 창작이었다. 이윤을 위한 상업적 소설이 아닌 시대와 사회, 인간에 대한 깊은 성찰을 담은 일종의 본격소설을 지어 세상에 길이 전하고 싶었던 것으로 보인다. 장편소설이라고는 하지만 사대기서나 『홍루몽』에 비해 절반가량밖에 되지 않는 편폭의 이 작품을 위해 작가가 무려 십여 년, 길게는 20년이란 오랜 세월 동안 고심하고 공들인 점만으로도 작품의 무게를 짐작할 수 있다.

그렇다면 그가 소설 창작을 결심하고 심혈을 기울이게 된 배경과 계기는 무엇이었을까. 그것은 인생의 굴곡과 몰락, 그리고 그 과정에서 얻은 경험과 깨달음이었다. 만약 그가 대갓집 자제로 갖은 복을 누리며 순탄하게 승승장구하는 삶을 살았다면 어땠을까. 『유림외사』 같은 소설을 쓸 일도 없었을뿐더러, 설령 쓴다 해도 이런 작품을 쓴다는 것은 불가능한 일이었을 터이다.

물론 어린 시절부터 여러 어려움을 겪었다고는 해도 명문 사족士族 출신인 그가 애초부터 팔고 과거제도와 부귀공명을 비판하는 소설을 쓰기까지는 점진적인 각성의 과정과 시간이 필요했다. 사실 그는 거의 만년까지 과거급제로 이룬 가문의 명망을 자랑으로 여겼다. 장기간 과거시험 준비를 하고 급제와 출사를 꿈꿔왔던 만큼, 공명에 대한 유혹과 미련을 완전히 떨치기까지는 오랜 시간이 걸렸다. 어려서부터 팔고문 공부를 싫어했고 향시에서의 연이은 낙방에 좌절하며 과거제도에 대한 반감과 회의가 싹트기 시작하기는 했지만, 박학홍사과 추천을 처음부터 거절하지 못한 것도 그가 여전히 미련과 단념 사이에서 방황하고 있었음을 엿보게 해준다.

그러던 그의 생각이 크게 바뀌기 시작한 계기는 다름 아닌 바로 박학홍사과였다. 그가 포기했던 그해의 박학홍사과에는 그가 친족 가운데 유일하게 가깝게 지내던 족형 오경吳檠과 지기지우 정정조程廷祚 등 뛰어난 실력을 지닌 지인 여럿이 함께 추천됐었다. 그러나 그들 모두 결국 최종 시험에서 낙방했고, 한 지인은 최종 시험을 치르고 나자마자 병들어 객사하고 만다. 이 무렵 오경재는 박학홍사과, 나아가 과거제도와 출사에 대한 깊은 회의감에 빠진다. 실제로 건륭 연간의 박학홍사과는 태평성세를 과시하며 지식인들을 회유하기 위한 떠들썩한 제스처에 가까웠다. 최종 합격자가 고작 7퍼센트에 불과했기 때문이다. 오경재는 자신을 포함한 주변 사람들의 실제 경험을 통해 이 같은 제도의

몰락 지식인의 자전적 역작

기만성을 간파하고 환멸감을 느끼며 더 비판적 자세로 돌아서게 되었다.

그런가 하면 수년 후 겪은 한 외삼촌의 죽음은 또 한 번의 큰 각성의 발단이 된다. 자신처럼 이른 나이에 수재가 되어 육십 평생 갖은 고생과 냉대를 견디며 과거시험에만 매달렸으나, 끝내 더 이상의 성공을 이루지 못한 채 쌓인 울분이 병이 되어 가련한 죽음을 맞이했던 까닭이다. 가까운 집안 어른의 이런 허망하고 비통한 죽음은 그에게 큰 충격으로 다가왔고, 지식인의 삶을 송두리째 갉아먹는 팔고 과거제도의 잔인한 본질에 대해 심각한 문제의식을 갖게 해주었다. 이후로 그는 과거급제에 대한 미련을 버린 것은 물론 팔고 과거제도 자체에 대해 매우 비판적 태도를 취하게 된다. 그리하여 팔고문에 능한 문사文士일수록 원수처럼 증오하고, 심지어 자신에게 과거 공부를 가르친 스승과 아버지를 원망하기까지 한다.

팔고 과거제도에 대한 회의와 비판은 그의 사고 변화의 일부일 뿐이다. 오로지 과거 공명과 신분을 기준으로 사람의 가치를 평가하고 어떻게든 더 높이 올라가고 더 많이 가지려고만 하는 가문과 고향 사람들의 염량세태와 속된 면모를 뼈저리게 느끼면서 과거제와 결부된 부귀공명 욕망이 사회 전체를 타락시키고 있음을 꿰뚫어 보게 된 점 역시 중요한 지점이다.

한편 특히 남경 이주 이후 작가가 각계각층의 인사와 폭넓게 교류하면서 견문과 시야가 크게 확대되고 깊어졌던 점도 중요한 부분이다. 그가 가깝게 지내고 접촉했던 사람들 가운데는 진보적인 지식인이나 과학자들은 물론 하층민들도 있었다. 진보적 지식인 중에 팔고 과거제도에 비판적인 인사들도 포함되어 있었음은 물론이다. 그보다 열 살 위지만 망년지교를 맺은 지기 정정조 역시 팔고 과거제에 상당히 비판적이었기에 서로 영향을 주고받는 것은 자연스런 일이기도 했다. 그가 교류하거나 밀접히 접촉했던 인물들 가운데는 악공, 예인, 기녀, 장인, 농민, 품꾼 등도 다수 있었다. 그런 사람들을 접하면서 그는 대갓집 자제로서 미처 경험하지 못했던 하층민들의 삶과 그들의 고충 및 인간적 면모들을 새롭게 인식할 수 있었다. 오경재는 원래 유용한 인재가 되기를 바라는 희망을 담은 '글 나무[文木]'란 별호를 썼었지만, 남경 이주 이후에는 호를 평민이란 뜻의 '낟알 백성[粒民]'으로 바꾸게 되는데, 이는 그의 삶과 사고의 변화를 상징적으로 대변해 준다고 할 만하다.

그는 이러한 사고의 변화와 각성, 나아가 사회와 시대 전반에 대한 비판적이면서도 반성적 시각을 갖게 되면서 비로소 소설을 통해 세상을 일깨울 '말'을 전할 뜻을 세우게 된 것으로 보인다. 한데 여기서 소설이란 장르를 택한 것도 짚어볼 만한 지점이다. 훗날 일이지만 그의 지우 정진방程晉芳은 그가 뛰어난 재능을 지니고도 소설로 이름을 남기게 된 것을 매우 가슴 아파했다. 당시까지도 소설은 이른바 대아지당大雅之堂, 곧 고상한 문장의 세계에 들지 못하고 경시되던 주변적 장르에 속했던 탓이다. 전통시기 내내 대부분의 소설이 작가의 이름을 내걸고 지어지지 못했던 것도 그 때문이다. 그러나 오경재는 굳이 이런 주변 장르, 그중에서 문장체 한문 소설도 아닌 구어체 통속소설을 매체로 채택했던 것이다. 이 또한 그가 인생의 몰락을 경험하고 방외인

몰락 지식인의 자전적 역작

같은 삶을 살아가면서 자연스럽게 이루어진 선택이었다고 할 것이다. 다만, 이 장르가 기존에 담아오지 못했던 것을 담아내려는 새로운 도전을 시도하게 된다. 여기에 어릴 적부터 소설, 희곡 등 통속문학을 탐독해 온 그의 성정과 기호, 독서 경험이 큰 밑거름이 되었을 것임은 말할 나위 없다.

요컨대 『유림외사』는 작가가 인생 중반 이후 고난의 삶을 이겨가며 자신의 고뇌와 깨달음을 바탕으로 삶과 현실에 대한 깊은 통찰을 담아 혼신의 힘을 기울여 쓴 역작이다. 그의 굴곡진 인생 역정이 팔고 과거제도와 부귀공명의 욕망을 현실 모순의 근원으로 보는 강한 비판정신을 낳았고, 만년에 이 같은 경험과 사고를 응축시켜 오랜 세월에 걸쳐 소설로 빚어낸 작품이 바로 『유림외사』인 것이다.

중국 문학사를 통틀어 볼 때 역대 손꼽히는 작가 가운데 어느 하나 회재불우하지 않았던 인물이 없으며, 불후의 작품들 가운데 어느 하나 발분저서發憤著書가 아닌 것이 없다 해도 과언이 아니다. 이런 의미에서 중국 문학사의 요체는 사실상 '주변의 문학사'라 이를 만한데, 오경재와 『유림외사』가 그 대표적인 예 가운데 하나임은 물론이다. 다른 많은 대작들이 그러하듯 오경재의 '발분'도 사적인 푸념이나 한풀이에 그치지 않고 개인적 차원을 뛰어넘어 자신의 한을 계층의 차원으로 승화시키고, 나아가 사회 전체에 대한 진지한 역사적 반성으로 확장시킴으로써 높은 사상적 경지에 이를 수 있었다. 지식인 사회를 중심으로 한 모순적 사회현실을 비판적 사가史家의 입장에서 그려냈음을 뜻하는 작품의 제목에 이미 이 같은 작가정신이 함축되어 있다는 점도 아울

유림외사, 우리들의 일그러진 자화상

러 짚어둘 만하다.

자신과 주변 사람들을 모델로

앞서 본 바와 같이 『유림외사』는 작가가 삶 속에서 깨달은 사회현실에 대한 문제의식의 핵심을 온전히 담아내고자 한 소설이자 필생의 역작이다. 작가가 과거제도와 부귀공명의 욕망을 현실 모순의 근원으로 파악했던 만큼, 기존의 잘 알려진 역사고사나 영웅담을 그린 소설과도, 기이한 이야기나 사랑 이야기를 그리는 소설들과도 사뭇 다른 길을 걷게 된다. 『유림외사』가 중점적으로 그린 것은 동시대 지식인들, 그중에서도 주로 중하층 지식인의 이야기이다. 작가 자신이 속한 가장 익숙한 계층이거니와 사회문화와 시대 전체에 지대한 영향을 미치는 존재들임에도 불구하고 수렁에 빠져 있는 지식인의 문제적 현실을 집중 조명하고자 한 것이다. 이는 기존의 어떤 장편소설도 진지하게 다루지 못한 소재였다.

작가는 작품에 자신의 화신인 두소경杜少卿이라는 인물도 등장시킨다. 이로 인해 작품은 어느 정도 자전적 성격도 띠고 있다. 그러나 작가는 결코 이 인물을 작품 전체를 이끄는 주인공으로 내세우지 않았다. 이상적 인물로 애써 미화하려 하지도 않았다. 작품 속 여러 주요 인물의 하나로 그렸을 따름이다. 뒤에서 다시 언급하겠지만, 작품은 지식인 계층과 사회를 백 년이라는 세월에 걸친 역사적 흐름 속에서 그려내고 있다. 두소경 또한 그러한 흐름 가운데 등장했다 사라지는 한 인물로 설정하여 그린 것이

몰락 지식인의 자전적 역작

다. 이는 작가가 자신뿐 아니라 동시대 지식인 계층 및 사회를 공시성과 통시성이 교차되는 연속적인 좌표들 가운데 재배치하고자 한 의도의 결과이기도 하다.

『유림외사』에는 성격이 분명하게 드러나는 인물만 해도 근 2백 명이나 등장한다. 주요 인물만 추려도 수십 명은 된다. 지식인 사회에 중점을 둔 작품인 만큼 그중 가장 큰 비율을 차지하는 인물군은 단연 지식인이며, 또 그 대부분은 주변적 지식인이라 할 만한 존재들이다. 하지만 그 외에도 군인, 아전, 상인, 농민, 장인, 천민 등 다양한 계층과 신분의 인물들 또한 다수 등장하는 것은 물론이다. 작품 속에서 이런 인물들은 지식인 계층이 살아가는 사회 환경을 입체적으로 생생하게 드러내 주는 역할을 하기도 하고, 지식인 인물과의 상호작용 속에서 지식인의 특정 면모를 두드러지게 해주기도 하며, 지식인들이 사회에 미치는 영향을 보여주는 기능을 하기도 한다. 작품에서 지식인 계층이 인물 형상의 주를 이루기는 하지만 따지고 보면 작가의 눈은 시종 사회 전체를 두루 조망하고 있음을 알게 된다. 따라서 '유림'외사라는 제목에 구애되어 작품이 지식인 이야기만 다루고 있다고 생각하는 것은 협소한 이해이다.

한편『유림외사』는 일종의 역사 서사를 표방한 소설인 만큼 기본적으로 사실적 서술을 지향하고 있다. 여기에 독자의 공감을 이끌 재현의 개연성과 진실성이 뒷받침되어야 함은 당연한 이치이다. 이에 작가는 자신을 포함하여 친족, 동향인, 지우, 지인 등 주위 사람들의 실제 이야기를 대거 활용한다. 시대의 현실 문제, 특히 지식인 문제를 진지하게 다룬 소설에 작가의 직간접적 경험들이 글감이 되는 것은 그 자체로도 매우 자연스러운 현상이라 할 것이다. 실제로 작품에 직간접적 모델로 활용된 실존 인물은 밝혀진 것만 30여 명에 달하며, 대부분 작품 속 주요 인물들이다. 예를 들어 팔고문 신봉자로 그려지는 마순상馬純上은 남경 거주 시기 작가의 친한 친구 풍조태馮祚泰를, 풍류 명사로 묘사되는 두신경杜慎卿은 작가의 족형 오경을, 작품 정문에서 가장 긍정적 인물로 그려지는 우 박사虞博士는 작가가 가깝게 지내며 존경했던 지방 교육관 오배원吳培源을 원형으로 삼은 것으로 평가된다. 물론 실제 인물과 사건 그대로가 아니라 일정한 변형과 허구를 가미하여 재구성, 재창조한 것임은 말할 것도 없다. 여하튼 적어도 이런 점을 통해서 작품이 그만큼 사실성과 진실성을 담보하고 있음을 엿볼 수 있다고 할 터이다.

　　오경재는 어려서부터 인생의 갖은 풍파를 겪으며 인간과 사회에 대한 깊은 이해를 갖게 된 것은 물론, 폭넓은 독서를 통한 식견을 지녔을 뿐 아니라, 양자강 중하류 일대 여러 지역에 거주하거나 방문하고 유람했던 풍부한 경험도 있었다. 특히 남경 이주 이후로는 교유의 폭이 크게 확대되어 다양한 계층의 사람들과 직간접적인 교류와 접촉을 끊임없이 해왔고, 이런저런 경로를 통해 견문도 대폭 넓힐 수 있었다. 특히 남경은 당시 최고의 대도시이자 남방 문화의 중심이었던 만큼 새롭고 다양한 정보와 이야기를 접하는 데 더없이 적합한 공간이기도 했다. 실제로 남경은 작품 속에서 가장 중요한 공간 배경으로 쓰이며 매우 상세히 묘사되고 있기도 하다. 작가 인생을 통해 직접 겪었던 이런 많은 경험과 넓은 견문 역시 결국 작품 구석구석에 크고 작은 요소들로 적절히 녹아든 것은 물론이다.

　　작가는 『유림외사』라는 소설을 빌어 자신과 주변 사람들, 지식인 계층, 나아가 당시 사회 전체와 명청시대를 아우르는 사회사, 정신사를 보여주고자 했다. 이는 작가가 자신과 지식인 계층을 비판적 거리 두기를 통해 '객관적'으로 바라볼 수 있는 냉철한 메타인지와 더불어 사회와 역사를 읽는 깊은 통찰을 갖췄기에 가능한 일이었다고 할 것이다. 특히 자신과 자신이 속한 계층의 부정적 측면들, 심지어 긍정적 인물들의 결점과 한계까지 숨기지 않고 보여주려 했다는 점에서 작품의 창작 과정은 깊은 자기성찰이자 시대의 문제와 아픔을 온몸으로 끌어안는 과정이었다고 할 만하다. 이는 '낱알 백성'의 신분으로 몰락한 작가가 다시 '지금 여기'에서 '글 나무'로서 자기만의 쓰임을 창출하며 새로운 정체성을 일궈가려던 일종의 몸부림이었다고 할 터이다.

텍스트 버전에 대한 이해

　　이제 본격적으로 작품의 세계로 들어가기에 앞서 『유림외사』의 판본 문제에 관해 간단히 소개한다. 『유림외사』는 작가 나이 50세 무렵인 1748~1750년 사이, 그러니까 작가가 세상을 떠나기 약 4~5년 전에 대략 완성되었다. 초기에는 필사본으로만 전해졌다. 그러다가 1768~1779년 사이에 처음 간행된 것으로 추정되나 실물은 전하지 않는다. 다시 말해 작가 생전에는 작품이 출판되지 못했던 것이고, 사후에도 상당 기간 간행되지 못한 것이다. 상업성 높은 소설도 아니고 사회비판적 성격이 강한 작품이라는 점이 가장 큰 원인이었을 것이다.

현전하는 가장 오래된 판본은 가경嘉慶 8년(1803)에 간행된 와한초당본이며 총 56회로 이루어져 있다. 이후 많은 판본이 간행되는데, 기본적으로 모두 이 버전을 저본으로 삼은 것들이다. 그만큼 와한초당본의 영향력이 컸음을 알 수 있다. 56회본 계통 외에 50회본과 55회본에 관해 언급한 기록도 존재하기는 하나, 모두 실물이 남아있지 않아 그 진위가 불분명하다. 이밖에 60회본도 있는데, 이는 후인이 중간에 4회를 덧붙인 위작이다. 60회본의 최초 판본은 광서光緖 14년(1888)에 간행된 버전이다. 이 판본은 도세신屠世紳이라는 인물이 제43회 중반 이후에 4회 분량의 내용을 끼워 넣은 증보본이다. 후대인이 일부 내용을 추가한 것인 데다 삽입한 4회가 원작의 취지와 풍격 면에서 일치하지 않는다는 문제점은 있지만, 작품 판본의 특이한 사례로 언급할 만하다.

판본 문제에서 가장 큰 이슈는 오경재의 원작이 과연 몇 회 분량이었을까 하는 것이다. 56회본의 마지막 회를 위시하여 작품 후반부 일부 대목들이 내용 측면 등을 근거로 볼 때 후인이 덧붙인 것이라는 주장이 일부 연구자들에 의해 지속적으로 제기되면서 작품 원모 문제를 둘러싼 오랜 쟁점을 이루고 있다. 이로 인해 한동안 55회본 설이 널리 받아들여져 제56회를 빼고 제55회까지만 수록한 출판본이 통행본의 주류를 이루기도 했으나, 근래 들어 이런 주장은 거의 자취를 감추었다. 대신 50회본 설이 오랜 기간 꾸준히 대두되고 있는 상황이다. 한데 56회본 전체가 오경재의 손으로 지어진 것이라는 반론 또한 강하고 결정적으로 55회본은 물론 50회본 실물이 전해지지 않은 까닭에, 확실한 물증이 새로이 발굴되지 않는 한 이 논쟁은 계속될 것으로 보인다.

작품의 버전 문제가 다소 번거롭게 비춰질 수도 있을 것이다. 하지만 유명한 고전소설치고 복잡한 판본 문제를 안고 있지 않은 작품은 없다고 해도 과언이 아니다. 복잡하지만 또 그만큼 중요한 문제이기도 해서 판본 문제는 그 자체로 하나의 전문적인 연구 영역을 이루고 있기도 하다. 그나마 다행히도 『유림외사』의 경우는 『삼국지연의』나 『수호전』 등에 비하면 버전 문제가 훨씬 단순한 축에 속한다. 참고로 이 책에서는 56회본을 기준으로 작품을 소개한다는 점을 미리 밝혀둔다.

기왕 판본 관련 문제를 거론했으니 평어評語에 관해서도 간략히 언급할 필요가 있다. 중국은 일찍부터 출판인쇄 문화가 발전하여 명청시대에는 소설, 희곡 등 통속문학 작품도 어지간하면 출판물로 유통되었다. 게다가 단순히 작품 원문만 수록하지 않고 일종의 비평문이라 할 서발문序跋文을 포함해 본문 중간중간에 삽입되는 비평가의 평어를 함께 싣는 경우가 많았다. 그만큼 평어는 텍스트의 중요한 일부로 기능하며 독서에 개입했다. 평어에는 각 회의 앞이나 뒤에 해당 회에 대한 비평가의 논평을 적은 회평回評을 비롯해서 원문 중간중간 또는 페이지의 상란 공백 등에 짤막한 평어를 삽입하는 방식 등 다양한 형태가 있었다. 『유림외사』의 현전 판본들 역시 마찬가지이며, 그중 가장 오래되고 영향력 있는 와한초당본 역시 한재노인閑齋老人의 서문과 회평을 갖추고 있다. 서문을 쓴 한재노인과 회평의 저자가 동일인인지는 명확지 않으나, 그럴 가능성이 큰 것으로 여겨진다. 그가 누구인지는 밝혀지지 않았지만, 소설 장르에 매우 밝은 인물이었을 것으로 보는 것이 일반적인 평가이다. 또 작가와 관계가 가까웠던 인물로 보는 시각도 있다. 그만큼 그 평어 역시 영향력 있고 중시되어 온 것은 물론이다. '와평' 외에도 후대 다른 비평가의 평어들 몇 종이 있지만 이에 대한 소개는 생략한다.

문제의 근원 과거제도와 지식인 사회의 민낯

시험지옥과 그 폐해

중국에서 지식인 계층은 춘추전국시대에 이미 형성되었다. 제자백가란 말로 대표되듯 당시의 지식인 계층은 각기 사상적 경향을 달리하였으나 대부분 치국의 방법을 제시하며 통치자의 필요에 부응하고자 했다. 지식인 계층은 비록 사민四民[사농공상士農工商] 가운데 으뜸으로 여겨졌지만, 그들 스스로는 아무런 경제적, 정치적 기반도 가지지 못했기에 태생적으로 통치 권력에 종속적인 존재에서 벗어나기 어려웠다. 그리고 이러한 구도는 기본적으로 전통시기 내내 크게 변하지 않았다.

한대 이후 유가 사상이 지배 이념으로 군림하면서 지식인들은 치국평천하를 이상으로 삼게 되지만, 이 역시 권력의 쓰임을 받아 통치자에 충성하는 방식이 아니고서는 실현 가능성조차 얻을 수 없는 것이었다. 또 지식인들은 통치 권력에 꼭 필요한 존재이기는 했지만, 그 수는 항상 수요에 비해 지나치게 많았고, 이러한 문제는 후대로 갈수록 심해졌다. 이것은 곧 지식인의 자기 가치 실현이 점점 더 어려워졌음을 의미한다. 아이러니한 것은 이 같은 현상이 수당隋唐대 이후 과거제도의 시행으로 벼슬길의 문호가 넓어지고 교육이 확대되면서 증폭되었다는 점이다.

중국의 과거제도는 수나라 때(6세기 말~7세기 초)부터 시작되었다. 과거제도는 중간에 몇 차례 중단된 일은 있지만 1905년에 완전히 폐지되기까지 천 2백 년 이상의 긴 역사를 이어왔다. 초기에는 아직 귀족정치의 영향이 다소 남아있었으나, 송대 이후 과거제도가 전면 발전하면서 귀족적 색채가 사라지게 되며, 이후 명청시대에 와서는 그 발전을 극하게 된다.

명청시대의 과거제도는 제도 자체의 규모나 각종 규정 및 절차 등 외형적 측면에 있어서는 이전 어느 시기보다 발전한 것이 사실이다. 그러나 뛰어난 인재를 양성하고 선발하는 측면에 있어서는 당송 시대에 훨씬 못 미치고 부정적인 측면들이 더 두드러지는 현상을 보였다. 이는 한국의 과거제도가 조선 후기에 와서 극도로 부패하는 것과 유사한 맥락이다. 다만 조선 후기의 과거제도가 특권층의 농단과 파행적 운영에 가장 큰 문제점이 있었다면, 명청시대의 과거제는 팔고문으로 대표되는 교육적, 사상적 측면의 문제와 과거 공명, 곧 과거시험을 통해 얻은 신분과 명예 지상주의라는 문제가 가장 두드러졌다. 문제점이 누적되자 청대에는 폐단을 시정하기 위해 제도의 개혁을 꾀하기도 했다. 하지만 그 결과는 시험의 범위를 늘리거나 시험에 시험을 더하는 식이었을 뿐 별다른 효과는 거둘 수 없었다.

명청시대에는 과거시험 최고 단계 급제자[진사]가 되기 위해서는 먼저 3년에 2번 열리는 일련의 지역 관학 입학시험[현시縣試, 부시府試, 원시院試] 등에 연달아 합격하여 지방 과거시험[향시] 참가 자격자인 수재[생원生員]가 되어야 했다. 이 시험에 참가하기 위해서는 어려서부터 다년간의 기초 수련이 필요한 고전 문해력과 작문 능력이 요구되었던 것은 물론이다. 이후 지방 시험 참가 자격검정 시험 등을 거쳐 3년에 한 번 열리는 지방 시험을 통과해야 했다. 그 관문을 넘어 역시 3년마다 수도에서 시행되는 중앙시험[회시會試와 전시殿試]에 합격해야 진사가 될 수 있었고, 청대에는 여기에 더해 관직 배치를 위한 시험[조고朝考]까지 거쳐야 비로소 관직에 오를 수 있었다. 물론 이와는 조금 다른 시험 및 출사 경로도 있었고, 지방 시험 합격자[거인]나 그에 준하는 신분을 갖추면 낮은 관직을 받을 기회도 있기는 했다. 그러나 정식 진사 출신만이 누구나 인정하는 최고의 영예와 권위를 지닌 신분으로 여겨졌다. 여하튼 일반 서생이 진사가 되기 위해서는 이처럼 층층의 난관을 통과해야 하는 복잡한 시험절차가 있었다.

명청시대에는 일단 관학에 입학하거나 관학생으로서 자격을 지닌 자만 지방 과거시험에 참가할 수 있도록 제도화하였다. 그렇다 보니 관학은 과거시험을 위한 중간 정거장으로 전락하게 되었고, 그랬던 만큼 실질적인 교육도 제대로 이루어지지 않았다. 관학은 교육기관으로서 제 역할을 하기보다는 서생들을 과거시험이라는 테두리 안에 붙잡아 두는 기능에 더 충실했다고 해도 과언이 아니다.

시험 경쟁률 또한 극심했다. 수재가 되기 위한 시험에 도전하는 수험생의 규모는 명대에 백만 명이었던 것이 청대에는 3백만 명까지 급증했다. 송대에 수험생 규모가 40만 명 정도였던 데 비하면 엄청나게 증가한 것이다. 매 시험에서 이 최초의 관문을 통과하는 비율은 고작 1.5% 정도에 불과했다. 시험은 첫 단계서부터 바늘구멍이었던 것이다. 그다음 단계인 지방 시험도 합격률이 보통 2~3% 수준이었고, 1%에도 미치지 못하는 경우도 비일비재했다. 간신히 이 관문을 통과한다 해도 다음 단계인 중앙 최종 시험 합격률 역시 5% 전후에 불과했다. 한 수험생이 이 모든 단계의 시험을 한번에 연속해서 합격하는 것은 청대에 대략 0.01%가 조금 넘는 수준이었으니, 사실상 불가능에 가까운 일이었다. 각 단계마다 끊임없이 재수생이 무더기로 쌓일 수밖에 없는 구조였던 것이다. 아무튼 이렇다 보니 평생을 과거시험에 바치고도 거인은 물론 수재조차 되지 못하는 일이 허다했다. 80세, 심지어 100세가 넘어 손자, 증손자와 함께 과거시험에 도전하는 웃지 못할 일들도 심심찮게 벌어지곤 했다. 글공부를 한 사람에게는 과거시험 합격만이 가장 큰 세속적 영예와 보상을 안겨주는 길이었고, 그밖에는 별다른 사회적 출로가 없었던 사회적·시대적 한계로 인해 지식 계층은 끊임없이 자발적으로 이 시험지옥에 뛰어들 수밖에 없었다.

더 큰 문제는 팔고문 중심의 시험이었다. 명청시대 과거시험의 관건이었던 팔고문은 전체의 문장이 총 8개의 정형화된 단락[파제破題, 승제承題, 기강起講, 입수入手, 전고前股, 중고中股, 후고後股, 속고束股]으로 이루어진 시험용 논술문이다. 문장 전체의 글자

수 제한은 물론 각 단락마다 모두 엄격한 형식이 정해져 있었다. 팔고문은 송대부터 과문科文으로 채택된 유가 경전에 관한 논술문[경의經義]이 세월이 흐르면서 점차 정형화되어, 문장 구조상의 대구 형식뿐 아니라 심지어 음률까지 엄격히 따지는 문체로 변한 것이다.

    팔고문은 형식상의 까다로운 제약들뿐 아니라, 출제 및 답안의 내용 범위 역시 모두 유가 핵심 경전인 사서오경四書五經[청대 이후에는 특히 사서]과 그에 대한 성리학[정주이학程朱理學]적 해석[주로 주자朱子의 사서집주四書集注]으로 엄격히 제한되어 있었다. 심지어 어투마저도 옛 성현의 말투를 모방하여 써야 했다[이른바 '성현을 대신해 말한다代聖賢立言'는 것이 기본 강령이었다]. 이러한 요구사항들은 당연히 수험생들의 공부 범위를 극히 제한하여 자유롭고 창조적인 사고를 제약할 수밖에 없었다. 실제로 이와는 거리가 있는 학문이나 순문학 등은 잡학[雜覽]으로 간주되어 기피하는 현상이 생겨나기도 했다. 이런 사상적 굴레는 중세 서구의 기독교를 방불케 했다고 해도 과언이 아니다. 더구나 명청시대[특히 청대]에는 모든 교육이 기층부터 과거제도와 밀착되어 있었기에, 수많은 수험생이 평생 이 같은 팔고문에 매달려야 했다. 여기에 더해 많은 수험생이 좀 더 손쉬운 합격을 기대하며 당시 유행한 최신 모범답안류의 수험서에 의존하는 경향이 강했다. 오늘날 우리나라 국민 전체가 취학 전 교육부터 오로지 5급 행정고시만을 목표로 공부하고 시험을 치러야 한다고 상상해 본다면 당시의 현실에 어느 정도 비교될 수 있을까? 여하튼 이런 상황이다 보니 팔고문의 해로움이 분서갱유보다 더 심하다던가 명나라의 멸망 원인이 팔고문 때문이었다는 식의 거센 비판이 일기도 했다.

한편 팔고문이 갈수록 형식화되다 보니 답안의 수준 차가 그리 크지 않은 경우가 많아지면서 당락을 결정하는 것도 쉽지 않은 일이 되었다. 게다가 응시자는 넘쳐나는데 그에 비해 시험관은 적어 답안을 일일이 꼼꼼하게 심사할 수도 없었다. 하급 시험에서는 시험관이 답안 채점을 위해 개인 막료의 도움을 얻는 경우가 많았고, 이런 상황에서 엄정한 평가를 기대하기는 어려울 수밖에 없었다. 게다가 사전에 시험관에게 청탁하는 등의 방법으로 부정하게 합격하는 일이 끊이지 않았다. 여기에 팔고문 위주로만 공부해 온 함량 미달인 자가 요행히 급제하여 시험관으로서 권력을 쥐고 또 자신 같은 수험생들을 합격시키는 악순환이 형성되기도 하면서 선발의 신뢰성 문제를 증폭시키기도 했다. 그러다 보니 응시자의 합격 여부에 우연적이라 할 만한 요소가 개입되는 경우가 적지 않게 되었다. 공명의 득실을 예측하기 어렵게 되자 많은 수험생이 과거시험 합격 여부를 운명과 결부지으면서 갖가지 미신의 풍조가 만연하기도 했다.

한편 좀 더 근본적인 측면에서 볼 때, 당시 과거제도가 사회·윤리적으로 가장 문제가 되었던 것은 그것이 '이익[利]'으로 '옳음[義]'을 와해시킨다는 점이었다. 당시 지식인 사회 속에서 일반적인 가치판단의 기준은 진정한 학문이나 도덕적 자질보다는 과거 공명이었다. 세속적 가치 기준이 지식인을 예속화시킨 것이다. 과거제도가 도(道)의 실천자를 자임하는 지식인들을 부귀공명 등의 이(利)로 유인함으로써 많은 지식인이 거기에 매달려 자신의 존립 근거라 할 도를 잃게 만드는 결과를 빚었던 셈이다. 이로써 지식 계층은 자신의 존립 근거마저 상실하면서까지 기꺼이 스스로를 일종의 '문화 감옥'에 가두는 비극적 운명에 놓이게 되었던 것이다.

일그러진 과유科儒 군상

전술한 바와 같이 작가가 볼 때 당시 사회의 온갖 부조리를 양산하는 기저에는 부귀공명에 대한 인간의 욕망이 자리 잡고 있고, 과거제도는 그런 욕망을 부추기는 핵심 기제였다. 팔고문 중심의 획일적 시험제도는 당시 지식인 사회를 식민화하는 '권력'이었고, 이런 시험제도를 통해 확대 재생산되는 부귀공명에 대한 인간의 욕망은 당시 과거문화科擧文化의 자장 안에 있던 모든 사람을 노예화하는 일종의 내면화된 권력이었다. 작가는 이 같은 현실을 살아가는 형형색색의 인물을 통해 권력에 의해 소모되고 비뚤어져 가는 지식인 사회의 암울한 모습들을 여지없이 파헤침으로써 이런 권력에 대한 서사적 전복을 시도한다. 그중에서도 작품 초반부에서는 과거시험에 예속되고 과거문화의 영향 속에서 일그러진 인물들에 초점을 맞추고 있다.

작품의 정문은 명대 성화成化 연간(1465~1487) 말기라는 시간적 배경과 공자孔子의 탄생지 곡부曲阜에서 멀지 않은 산동성山東省 문상현汶上縣 설가집薛家集이라는 공간 속에 그려지는 주진周進의 이야기로 시작된다. 주진과 뒤이어 등장하는 범진范進은 정문 도입부의 주요 인물이자 팔고 과거제도의 참담한 실상을 보여주는 대표적 인물이다. 작품 정문의 첫 시간 배경이 성화 연간으로 설정된 것은 일반적으로 이 시기가 팔고문이 그 형태를 갖춘 시점으로 평가되는 까닭이다. 작가는 의도적으로 이 시기부터, 그것도 당시 상대적으로 문화 발전이 뒤처진 북방 변두리 농촌(그러나 아이러니하게도 공자가 처음 관직을 지냈던 지역)에서 벌어지는 이야기를 시작함으로써 제1회에서 왕면이 예언한 팔고 과거제의 폐해를 증언하고자 한 것이다. 사회 구석구석까지 침투한 '권력'의 편재성遍在性을 처음부터 파헤치려는 뜻이 깔려있는 것이다.

주진은 환갑이 넘도록 수재조차 되지 못한 채 쥐꼬리만한 봉급과 열악한 대우를 받으며 작은 농촌 마을 훈장으로 근근이 지내며 사람들로부터 온갖 냉대와 모욕을 겪는다. 그가 수모를 겪는 과정은 아래로는 무식하면서도 보잘것없는 지위에 갖은 위세를 떠는 촌장에서부터 위로는 안하무인의 나이 어린 수재와 젊은 거인까지 지역 사회 내 층층의 신분 질서와 각박한 인정세태를 생생히 드러내는 과정이기도 하다. 한편 설상가상으로, 워낙 고지식한 주진을 마을 사람들이 못마땅해하게 되면서 결국 알량한 훈장 자리에서마저 쫓겨나고 만다. 먹고 살길이 막막해진 주진은 할 수 없이 장사하는 매부의 일을 돕게 되면서 함께 성성省城에 들어간다. 거기서 그는 매부에게 간청하여 과거시험장 내부를 구경하게 되는데, 수험생들이 시험을 치르는 방을 보자 그간 억눌려 온 설움이 갑자기 복받쳐 오르면서 그만 실성하고 만다. 잠시 후 정신은 돌아오지만, 그는 하염없이 통곡하며 급기야 피를 토해내기까지 한다.

이후 주진은 그를 가련히 여긴 매부와 주위 상인들의 도움을 받아 마침내 진사 급제라는 꿈을 이루게 된다. 하지만, 그가 그동안 오랜 세월 겪은 수많은 시련만으로도 과거제도가 지식인의 삶과 정신을 피폐하게 만드는 근원임을 엿보게 해주기에 부족함이 없다.

급제 후 지방 교육감[학정^{學政}] 지위에 오른 주진은 이렇게 생각한다.

'나는 이 과거시험 때문에 오랫동안 고생했지. 이제 내가 시험관이 되었으니 시험 답안을 하나하나 꼼꼼하게 살펴볼 테다. 막객^{幕客}들 말만 듣고 제대로 된 인재를 억울하게 만들어서는 안 되지.'(제3회)

주진의 이런 생각은 과거시험을 통한 인재 선발 과정에 상당한 문제가 있었음을 짐작게 해준다. 이는 작품 창작 당시 만연한 폐해를 대변해 주는 것이자, 회재불우했던 작가 자신의 과거제도에 대한 불만도 녹아들어 있는 것이라 할 터이다.

범진은 주진이 광동성^{廣東省} 교육감으로 부임하게 되면서 등장한다. 급제 이전 주진과 비슷한 처지에 있던 늙고 가난한 동생^{童生}[아직 수재가 되지 못한 수험생인 범진은 주진의 선발로 지방 시험 예비고사를 통과한다. 이후 범진은 지방 시험에도 합격하여 드디어 거인이 되는데, 합격 소식을 접한 그는 기쁨과 놀라움에 그만 인사불성이 되고 만다.

"범진이 두세 걸음 방 안으로 들어가니 한복판에 통지서가 이미 걸려 있는 것이 보였다……범진은 통지문을 눈으로 보고 다시 또 소리 내어 읽고 하더니 손뼉을 치며 웃어대기 시작했다. '허! 붙었어! 내가 합격했어!' 이렇게 말하면서 뒤로 넘어지더니, 이를 꽉 깨문 채 정신을 잃었다. 범진의 어머니는 너무 놀라 황급히 더운물을 먹였다. 범진은 기다시피 일어나 다시 또 박수를 치며 웃어 댔다. '허! 붙었어! 내가 합격했어!' 그러면서 다짜고짜 문밖으로 뛰쳐나갔다. 소식을 전하러 온 심부름꾼들이나 이웃 사람들이나 모두 깜짝 놀랐다. 범진은 집에서 멀지 않은 데 있는 못에 첨벙 뛰어들어 몸부림을 쳤다. 머리는 헝클어지고 양손은 진흙투성이가 되고 온몸에서 물이 뚝뚝 떨어졌다. 사람들이 붙잡아도 소용없이 그는 손뼉을 치고 웃으면서 곧장 장터까지 가버렸다."(제3회)

평생 갈망해 온 일이지만 막상 합격 소식을 접하자 너무 흥분한 나머지 그만 정신이 나가게 되는 과정이 자못 희극적으로 묘사되고 있다. 하지만 이는 이제껏 과거제도의 그늘 속에서 고통스럽게 버티고 버텨온 그의 고달픈 삶을 반증하는 것이다. 이런 의미에서 범진의 인사불성은 앞서 본 주진의 실신과 동공이곡인 셈이다. 만년 수재 신분이었던 범진이 늘그막에 거인이 되는 이 인생 역전 이야기는 중국 교과서에 단골로 수록될 만큼 널리 알려진 대목이기도 하다.

한데 주진과 범진은 모두 결국 진사 급제를 하고 시험관 등의 벼슬을 지내게 되지만, 뛰어난 학문이 있는 것도 비범한 경세지재를 갖춘 것도 아니고 팔고문 위주의 시험공부만 해온 고루한 인물들에 불과한 것으로 그려지고 있는 점도 간과해서는 안 된다. 가령 주진이 범진을 선발할 때도 그의 답안을 몇 번이고 다시 읽어보고서야 비로소 좋은 답안임을 알아보는데, 이 장면은 그가 과연 문장을 제대로 보는 눈이나 갖추었는지 의구심을 갖게 한다. 범진 역시 대문호 소식蘇軾이 누구인지조차 모르는 무지한 인물로 그려진다. 그런가 하면 친상을 모시는 가운데 부패한 향신鄕紳의 꼬드김에 바로 넘어가 법도는 내팽개치고 돈을 모으러 타향에 가는가 하면, 자신을 뽑아준 주진에게 보답한답시고 주진이 부탁한 학생을 어떻게든 시험에 합격시켜 주려 하는 등 부적절한 행동을 일삼기도 한다. 그렇게 수재로 뽑힌 학생순매荀玫은 이후 진사에 급제하자마자 관직 임명을 앞두고 모친상을 당하자, 상중이란 사실을 숨기고 관직을 받으려 하고, 이를 위해 스승 주진과 범진에게 청탁까지 하며, 주진과 범진 역시 이를 적극 도우려 한다. 그럼에도 주진과 범진은 남은 벼슬길에서 계속 승승장구하는 것으로 그려진다. 주진과 범진은 의도적으로 악행을 자행하는 인물들이라고 할 수는 없지만, 그렇다고 칭송받을 만한 도덕군자도 훌륭한 관료도 못 된다. 결국 주진과 범진의 노년 출세담은 매몰된 인재가 극적으로 등용되어 훌륭한 귀감이 되거나 큰 뜻을 펼치게 되는 스토리가 아니라, 시종 팔고 과거제의 폐해를 폭로하는 이야기인 것이다.

여하튼 주진과 범진은 끝내 합격하여 세속적 목표를 달성했다는 점에서는 결과적으로 '성공'한 이들이라 볼 수 있다. 그러나 이런 소수의 선택받은 사람을 제외하고 대다수는 결국 성공의 사다리에 오르지 못하고 과거제의 희생물로 평생을 살아갈 수밖에 없었다. 제25회에 등장하는 악기 수리상 예상봉倪霜峰은 이런

문제의 근원 과거제도와 지식인 사회의 민낯

비극적인 삶의 한 단면을 잘 보여준다. 극단을 운영하는 포문경鮑文卿이 악기 수리를 하게 된 이유를 묻자 그는 이렇게 대답한다.

"나는 스무 살에 생원이 되고 지금까지 장장 삼십칠 년간 수재 노릇만 하고 있답니다. 그놈의 쓸데없는 책[死書] 몇 줄 공부하다 망해서 아무짝에도 쓸모없는 인간이 되고 말았지요. 하루하루 입에 풀칠하기도 어려워지는 데다 자식들도 많아 이런 기술로라도 먹고 살 수밖엔 다른 도리가 없었습니다."

예상봉의 비극은 여기서 그치지 않는다. 그에게는 여섯 아들이 있었지만 하나는 죽고 네 명은 가난에 못 이겨 남에게 팔았는데, 그래도 어려워 단 하나 남은 막내까지도 팔아야 할 형편이 된다. 과거제의 폐해가 당사자뿐 아니라 집안 전체를 무너뜨리는 극단적 결과를 초래하기도 했음을 엿보게 해주는 대목이다.

이처럼 과거제도는 인간 삶의 비극을 초래하는 하나의 근원으로 작용하고 있지만, 과거시험만이 신분 상승을 가능케 하는 거의 유일한 길인 탓에 초급 단계 시험에서부터 부정행위를 비롯한 온갖 추태가 만연했다. 제26회에는 그런 모습의 일면이 생생하게 그려진다.

"수험생들의 하는 짓을 볼라치면 대필하는 게 없나, 남에게 답안을 건네주는 게 없나, 돌돌 말은 종이를 던지고 벽돌 조각을 던지며 눈짓을 주고받는 등 못하는 짓이 없었다. 식사 시간이 되어 당면국이나 찐빵이 나오면 다들 우르르 몰려드는 통에 무더기로 뒤엉켜 넘어져 나뒹굴었다. 포정새鮑廷璽는 이런 한심한 꼴에 속이 뒤집혔다. 그런 중에 수험생 하나가 대변이 마렵다는 핑계를 대고 시험장 담장 앞까지 가더니 담에 구멍을 내고 손을 넣어 밖에서 들여보낸 답안을 받으려다 포정새에게 발각되고 말았다."

포정새는 바로 예상봉의 막내아들이다. 생활이 어려웠던 예상봉은 결국 그를 포문경에게 양아들 형식으로 팔았던 것이다. 작가는 바로 이처럼 과거제의 심각한 폐해를 누구보다 잘 아는 하층민의 시선을 통해 이런 추한 모습을 풍자적으로 드러내고 있는 것이다.

한편, 지적한 바와 같이 명청대 과거제의 더 본질적이고 심각한 문제는 팔고문 중심의 시험제도가 낳은 병폐였다. 이를 보여주기 위해 작가는 팔고문의 '노예'가 된 인물을 다수 등장시킨다. 그 대표적인 인물이 마순상馬純上이다. 그는 수재 신분의 팔고문 신봉자이자, 팔고문을 선별해서 평어를 단 모범답안집을 만드는 이른바 선문가選文家이다. 그는 팔고문의 평가 기준에 대해 이렇게 말한다.

"문장이란 결국 이법理法이 골간이 되는 것이요. 문장의 기풍은 변할 수 있지만, 이법은 결코 변하지 않습니다……대개 문장이란 주소注疏의 기풍이 있어서는 아니 되고, 사부詞賦의 기풍은 더욱 안 됩니다. 주소의 투를 띠면 그저 문장의 아름다움이 떨어지는 결함이 생길 뿐이지만, 사부 냄새가 나면 성현의

말씀을 전하는 데 방해가 되기 때문에 사부의 기풍은 더욱 조심해야 하는 것입니다."(제13회)

시험용 문체에 불과한 팔고문을 '문장'으로 받들면서 거기에 마치 불변의 이치와 법도가 있는 양 강조하고, 성현의 말씀을 그르친다는 이유로 경전에 대한 다양한 해석 형식이나 순문학적 요소 등 팔고문과 직접적 관련이 없는 것들에 대해서는 기피하고 배격하는 태도를 드러내고 있는 것이다. 이는 상당 부분 당시의 일반적 풍조를 대변하는 것이기도 하다. 마순상은 여기서 한 걸음 더 나아가 이렇게 이야기한다.

"과거 공부란 것은 예로부터 지금까지 누구나 반드시 해야 하는 것입니다.……오늘날에는 팔고문으로 인재를 선발하고 있으니, 이야말로 가장 합당한 과거 공부입니다. 그렇기에 공자께서 지금 살아 계신다 해도 팔고문을 외우고 과거시험을 치러야 했을 것입니다. '말에 허물이 적고 행동에 민첩함이 적으면' 어쩌고저쩌고하는 식의 말씀은 결코 하지 않을 겁니다. 왜냐? 날이면 날마다 '말에 허물이 적고 행동에 민첩함이 적으면……' 하는 가르침에 힘쓴다 해도 누가 벼슬자리를 주겠습니까? 공자님의 도도 이제는 쓸모가 없어진 겁니다."(제13회)

언행의 마땅한 도리는 온데간데없고 그저 팔고문 위주의 과거시험 공부를 통해 벼슬길에 나가는 것을 지상의 가치로 내세우며 궤변에 가까운 논리를 펴고 있는 것이다. 작품 속에서 마순상은 기회만 있으면 이런 가치관을 주위 사람들에게 적극 피력하고, 자신이 출간한 팔고문선집을 자랑스럽게 여기는 모습을 보인다. 하지만 그 자신은 정작 과거시험에서 성공하지 못한다. 그저 과거제도의 노예나 마찬가지이면서 그런 처지를 자각조차 하지 못하며 살아가는 것이다. 팔고문 외에 다른 것들에 대한 관심은 멀리해 온 탓에 저명한 송대 여성 문인 이청조李淸照가 누구인지도 모를 정도로 지식인으로서 학식도, 문학적 깊이도 찾아볼 수 없는 것은 물론이다.

이렇게만 보면 마순상이 팔고문에 노예가 된 속물로서만 비춰질 수 있지만, 그 인물 형상은 그렇게 단면적이지만은 않다. 팔척장신에다 시커먼 얼굴에 성긴 수염을 기른 중년의 촌스러운 과유인 그는 체격만큼이나 엄청난 대식가이고 걸을 때는 배를 내밀고 휘적휘적 몸을 흔들며 걷는다. 겉모습과는 달리 순진하고 선량하여 남의 말을 곧이곧대로 믿다가 속아 넘어가기도 하고, 남이 어려움을 당하면 손해를 보면서까지 진심을 다해 돕는 의기 넘치는 인물이기도 하다. 이런 입체적이면서도 선명한 개성으로 인해 마순상은 작품 속에서 가장 인상 깊은 인물의 하나로 꼽힌다. 그는 평소 '마이馬二 선생'이라 불리는데, 그 때문에 중국에서 풍馮[二+馬] 씨 성을 가진 사람이나 선집 편찬인, 혹은 고리타분한 사람을 일컬어 마이 선생이라 하기도 한다. 그만큼 독자들의 기억에 많이 남는 인물임을 알 수 있다.

팔고문의 노예로 치자면 노 편수魯編修와 그 외동딸 노 소저魯小姐도 빼놓을 수 없다. 명청시대 국가 최고 싱크탱크이자 시험관은 물론 요직 진출의 최대 발판이었던의 한림원翰林院의 일원으로 등장하는 노 편수는 딸에게 이렇게 가르친다.

"그저 팔고문 하나만 잘 지으면 네가 뭘 짓든 잘 지을 수 있으니, 시면 시, 부면 부, 무슨 글이든 일단 썼다 하면 바로 훌륭한 작품이 나오는 법이다. 하지만 팔고문을 열심히 짓지 않으면 뭘 짓더라도 다 공허한 문장이나 사악한 이단의 문장이 되느니라!"(제11회)

아들 없는 것을 한탄하면서 과거시험 응시 자격조차 없는 딸에게 이렇게 강조하며 팔고문 만능주의를 넘어 원리주의라 할 논리를 내세우는 노 편수의 이런 직선적인 말에서 작가의 강한 풍자를 발견할 수 있다.

노 소저는 고관의 딸이라는 신분뿐 아니라 빼어난 자색과 걸출한 재능을 타고난 인물로 묘사된다. 그녀는 자신을 아들 삼아 기르는 부친 밑에서 엄격한 과거시험 교육을 받으며 자란다. 노 편수의 팔고문 지상주의는 딸에게 그대로 주입되어, 그녀는 팔고문의 고수이자 노예로 양성된다. 그런 딸을 보며 "아들이었더라면 진사 급제, 장원급제를 골백번은 했을 텐데!" 하고 탄식하는 노 편수에게서 과거제도로 인해 형성된 어긋난 욕망을 목도하게 된다. 노 소저는 자신의 생물학적 성별로 인해 이룰 수 없는 남성 젠더적 욕망을 오로지 배우자[거내순蘧來旬]를 통해 추구하게 된다. 그러나 남편에 대한 기대가 무망한 것으로 드러나자 실망과 울분을 이기지 못하게 되고, 그것은 그녀에게 '자신의 일생을 망친 것'으로 인식된다. 결국 그녀는 남편에게서 기대를 접고 대신 그 욕망을 어린 아들에게 기탁한다. 그녀의 집요한 욕망은 네 살배기 아들을 데리고 매일 늦은 밤, 심지어 날이 샐 때까지 팔고문을 공부시키는 장면에서 잘 드러난다. 노 편수 모녀의 이야기는 작가가 이런 기형적 욕망을 그려냄으로써 팔고 과거제도가 당시 지식인 사회와 그 정신세계를 얼마나 깊이 잠식했는지를 우회적으로 부각하고자 한 대목이라 할 것이다.

한편, 팔고 과거제도 하에서 양산된 악덕 지식인과 위선자들에 대한 묘사도 언급하지 않을 수 없다. 제4회에서 제6회까지 그려지는 광동성 고요현高要縣의 엄 씨嚴氏 형제와 왕 씨王氏 형제 이야기가 대표적인 경우이다. 엄 씨 형제와 왕 씨 형제는 모두 수재나 그에 준하는 신분인데 정도의 차이는 있지만 제각기 속물적이고 위선적인 모습을 보여준다.

엄 씨 형제 중 형인 엄대위嚴大位는 공생貢生[수재 중 성적이 우수하여 중앙국립대학이라 할 국자감國子監 학생으로 승격된 재지위에 불과하지만, 사욕을 채우기 위해 알량한 권세를 앞세우고 없는 뒷배까지 동원해 가며 하층민에게 갑질과 협박을 일삼고 위해까지 가하는 간악함을 보인다. 동생 엄대육嚴大育은 본처가 죽어가는 상황에서 후사를 위한다며 버젓이 첩과 결혼식을 올리는 파렴치함을 보인다. 그의 처남이자 지역의 이름난 서당 훈장들인 왕덕王德, 왕인王仁 형제는 여동생이 죽음의 문턱에 있는데도 매부의 재취를 앞장서 주선하고 동생이 자신들에게 남긴 돈을 넙죽 받는가 하면 드러나지 않게 엄대육에게서도 최대한 금전을 알겨낸다. 겉으로는 삼강오륜을 앞세우며 늘 점잖을 떨지만, 자신들 이름[德·仁]의 뜻과는 반대로 속으로는 재물을 더 탐내는 가증스런 모습으로 일관하고 있는 것이다. 불리한 상황이 되면 도리상 마땅히 나서야 할 일에도 발뺌하는 비겁함을 보이기도 하는데, 이런 점 역시 그들의 위인이 어떤지를 잘 보여준다.

한편 천성이 인색한 엄대육은 죽음이 임박한 상황에서도 등 잔에 심지 두 가닥이 타고 있는 것을 보며 기름이 낭비되는 게 아까워 손가락 두 개를 펴 보이며 마지막 숨을 차마 거두지 못할 만큼 수전노로 그려진다. 마냥 웃을 수만은 없는 이 광경은 인구에 회자되는 유명한 한 장면이기도 하다. 그런가 하면, 엄대위는 동생이 위중한 가운데 아무 거리낌 없이 과거시험을 보러 갔다가 동생이 죽은 후 고향에 돌아와서는 자신의 응시가 나라를 위한 큰일이라며 스스로 정당화하는 뻔뻔함을 보인다. 또 동생의 후처가 예물로 보내온 두둑한 금전을 받고는 기뻐 어쩔 줄 몰라 하면서도 정작 동생의 영구 앞에 가서는 건성으로 조문하고 말 따름이다. 뿐만 아니라 사전에 짜둔 속셈대로 아우의 유산마저 통째로 차지하려는 악독함을 드러낸다. 이처럼 과거 공명이 좌우하는 신분 사회에서 이미 어느 정도 사회적 지위와 영향력을 지니고 있으면서 더 높이 오를 준비를 하고 있는 중간층 지식인들의 민낯이 작가의 붓끝을 통해 가차 없이 들춰지고 있는 것이다. 작가 역시 수재 신분의 지식인이었음을 감안하면 이런 대목들에서 지식인의 자기비판이 정곡을 향하고 있다고 할 만하다.

이들보다 신분이 더 높은 인물인 왕혜王惠의 경우도 크게 다르지 않다. 제2회에서 안중무인의 젊은 거인 신분으로 처음 등장해 늙은 동생童生 주진에게 모욕감을 안겨주는 인물이 바로 그이다. 진사 급제 후 친상을 당한 순매에게 상중임을 숨기고 관직

임명을 받도록 부추기는 인물도 바로 그이다. 그는 거짓말과 아첨에 능한 데다 재물에 눈이 먼 인물이기도 하다. 나중에 진사에 급제한 그는 부지사府知事가 되는데, 백성들을 가혹하게 다스려 악명이 높아지지만 상부로부터는 오히려 지역에서 가장 능력 있는 관리라는 칭찬을 받고 각 부처로부터 승진 추천까지 받는다. 그러던 중 반란군을 이끌던 왕자에게 붙잡히게 되자 투항하여 이번에는 그 밑에서 벼슬을 지낸다. 후에 왕자가 체포되자 도망쳐서 신분을 감춘 채 은신해 살아간다. 왕혜의 이런 이야기를 통해서 작가는 당시 사회 최고 지도층이라 할 사대부의 본색을 파헤치고 있는 것이다. 또 목민관으로서 그의 혹정과 실정失政은 전혀 모르고 그를 높이 평가하는 조정의 태도는 당시 정치 현실에 대한 심각한 조롱이 아닐 수 없다.

지식인의 도덕성 차원의 문제를 단순히 시험제도 탓으로 돌릴 수만은 없다. 그러나 도덕적 수양과 자질 평가는 팔고 과거제도의 본령이 아니었으며, 오히려 이를 등한시하고 지식 계층을 끊임없는 시험의 지옥으로 끌어들여 가둬두었을 뿐이다. 시험이 세속적 신분 질서와 가치 기준을 좌우하는 사회 환경 속에서 도덕이 뒷전으로 밀리게 되는 것은 자연스러운 귀결이 아니었을까. 앞서 본 마순상의 말에서 그 일단을 엿볼 수 있다. 제1회에서 왕면이 '문행출처'를 가볍게 여기게 될 것이라 한 점도 바로 이런 문제들을 우려한 말이다. 작가는 이런 관점에서 지식인의 품행 문제에는 욕망만 부추겨 정작 기르고 지켜야 할 것들을 잃게 만드는 시험 시스템에 상당 부분 원인이 있음을 보여주고자 한 것이다. 또 문제 있는 지식인이 얼마든지 학생을 가르치고 지역

사회에서 권세를 휘두르며, 등용되어 백성 위에 군림하고 국정을 운영하며 인재 선발까지 하는 현실의 악순환을 폭로하려 했던 것이다.

허명을 좇는 가짜 명사들

한편 작품 전반부에서 또 하나의 초점이 되어 조명을 받는 인물들은 소위 '명사名士'라 일컬어지는 존재들이다. 이들 중에는 과거제도와 직간접적인 관련성이 있는 문인이나 관료도 있지만, 다수는 과거시험보다는 시를 짓고 풍류를 즐기며 명사로 자처하면서도 실제로는 부귀공명에 연연하는 자들이다. 이름만 명사일 뿐 실상은 역시 부귀공명의 욕망에 사로잡혀 헛된 명성을 추구하는 이들로, 과거제도로부터 소외된 기형적 존재들이거나 더 크게 보면 과거문화의 자장 안에 기생하는 위선적 존재들인 것이다. 작품 속에서 이들에 대한 이야기는 대체로 절강성 호주湖州와 항주杭州, 강소성 남경 등 세 지역을 공간 배경으로 하여 차례로 묘사되고 있다.

먼저 절강성 호주에서의 이야기는 누 씨婁氏 형제를 중심으로 전개된다. 이들 형제는 부친이 재상까지 지낸 권문세가의 귀공자이면서 각각 거인과 수재 신분이기도 하다. 그러나 과거시험에서 큰 뜻을 이루지 못하자 사회와 현실에 불평불만이 가득하고 과거시험보다는 명사로서 이름을 얻으려는 인물들이다. 그리하여 재산을 헐어 가며 현사들을 문객으로 받아들여 고상한 풍류를 누리는 삶을 추구해 보지만, 소문만 듣고 사람을 너무 쉽게 믿고 사귀다 결국은 헛된 명성을 좇았던 것에 낙담하고 만다.

누 씨 형제가 명사로 오인하고 공들인 끝에 첫 번째로 만나는 인물은 양집중楊執中이다. 원래 그는 과거 공부를 하다 몰락한 문인으로, 소금 상인[鹽商] 밑에서 일하다가 도박과 여색으로 큰 빚을 지고 옥살이를 하는 몸이었다. 별다른 문재나 학문도 없고 평소 언행마저 천박하기 그지없다. 누 씨 형제는 이런 그를 거금을 들여 석방시켜 주고, 그를 한번 만나기 위해 세 차례나 먼길을 찾아 나서기까지 한다. 이런 설정은 『삼국지연의』에서 유비가 제갈공명을 맞아들이려고 삼고초려[三顧茅廬] 하는 이야기의 패러디이다. 작가는 이를 통해 누 씨 형제의 어리석은 허영심을 비꼬려 한 것이다.

누 씨 형제는 또 양집중을 통해 권물용權勿用을 소개받는데, 권물용 역시 과거 공부를 하다 패가망신하자 산속에 들어가 고사高士로 자처하며 사람들 등이나 치면서 살아가는 반미치광이 같은 인물로 그려지고 있다. 또 협객인 양 행세하다 누 씨 형제를 속여 돈만 가로채고 사라지는 장철비張鐵臂, 권세가들의 운수를 기막히게 알아맞혀 준다며 허세를 떠는 점쟁이 진화보陳和甫, 남의 유명한 책을 자기 이름으로 출판하여 일약 소년 명사로 이름을 얻는 거내순遽來旬, 권세가들에게 시로 아부하는 삶으로 일관해 온 우포의牛布衣 등이 누 씨 형제를 중심으로 그려지고 있다.

누 씨 형제의 초대로 열리는 앵두호鶯脰湖 연회[제12회]에는 이들이 모두 모이게 된다. 연회는 누 씨 형제의 재력으로 호수 위에 큰 배를 두 척 띄워 호화스럽게 진행된다. 여기에 대해 작가는 서술자의 입을 빌어 "호숫가의 사람들은 마치 신선을 바라보

듯 했으니 뉘라서 부러워하지 않았으랴?"라며 가볍게 꼬집는다. 앵두호 연회가 있고 나서 장철비는 사기를 치고 달아나고, 권물용은 여승을 유괴했던 죄로 관가로 끌려가고 만다. 이런 일들이 연이어 벌어지자, 누 씨 형제는 의기소침해져서 더 이상 사람들을 만나지 않고 두문불출하게 된다. 이로써 허명을 좇던 두 형제와 주위 가짜 명사들의 이야기는 맥없이 끝나고 만다.

한편, 항주 명사들의 이야기는 광초인匡超人이라는 인물의 이야기에서 시작된다. 광초인은 부귀공명에 노예가 된 대표적 인물이다. 그는 깡마르고 키도 작지만 총명하고 민첩한 인물로 그려진다. 처음에는 비록 가난해도 예의 바르고 효심 깊은 인물로 등장하여 병든 아버지를 극진히 간호하고 부지런히 일하여 가계를 꾸리면서도 매일 밤늦도록 열심히 팔고문 공부를 하는 모습을 보여준다. 그러나 어느 날 우연히 현지사의 눈에 들어 시험을 칠 기회를 얻은 그는 결국 합격하여 수재가 되는데, 이후로는 점차 행동과 성격에 변모를 보인다. 그의 부친은 이후의 변화를 예시하듯 죽기 전 이런 유언을 남긴다.

"공명이란 결국 자기 몸 밖의 것일 뿐이고 덕행을 쌓는 일이 중요하다……나중에 일이 조금 순탄하게 풀린다고 대단한 권세와 이익을 얻으려는 생각으로 젊은 시절의 마음을 바꿔서는 안 되느니라. 내 죽거든 너는 상을 마치자마자 얼른 혼처를 찾아보아라. 하지만 반드시 가난한 집 딸을 데려와야지, 부귀영화를 탐내 대갓집과 혼인해서는 절대 안 된다."(제17회)

제1회에서 왕면의 모친이 남기고 간 말을 연상케 하는 대목이다. 이후 광초인은 뜻밖의 사건에 연루되어 항주로 피신한다. 그곳에서 선문가가 되어 생활비를 벌며 가짜 명사들과 어울리면서 자신도 점차 권세와 이익을 추구하는 인물로 변해 간다. 거기서 그는 시로 이름을 날린 명사가 진사보다도 명성이 높다는 말을 주워듣고는 새로운 눈을 뜨게 된다. 실제로 그곳 명사들 가운데 이름난 자는 관료들이 줄지어 찾아오고 사람들도 함부로 대하지 못하는 권세를 지닌 존재인 듯 그려지고 있기도 하다. 한데 팔고문만 알았지 시에는 문외한이었던 광초인은 혼자 작시법 입문서를 보고 공부를 시작한다. 그렇게 불과 이틀 만에 지어낸 시가 그곳 명사들이 쓴 시보다 낫게 보일 정도라고 묘사되는데, 이 대목에서 이들 명사의 수준이란 것이 어떤지가 넌지시 드러난다.

광초인이 항주에서 만나게 되는 명사들은 두건 가게를 하는 경란강景蘭江, 소금 유통 관련 일을 하는 지검봉支劍峰, 의사 조설재趙雪齋, 팔고문 선문가 위체선韋體善과 수잠암隨岑庵, 그 외에 앞서 소개한 엄대육嚴大育, 수재 포묵경浦墨卿, 역시 수재 신분의 대갓집 자제 호밀지胡密之 등이다. 이들은 모두 시회 동인들로 연결된 무리인데, 부친이 상서尚書 벼슬을 지낸 호밀지의 주선으로 열리는 서호西湖 시회에서 한데 모이게 된다[제18회]. 이들 사이에서는 팔고문 선문가들이 좌장 역할을 하며 거만을 떠는데, 정작 그들이 쓴 시는 팔고문에나 쓰는 용어들로 가득한 엉터리에 불과하다. 이렇다 보니 이틀 만에 시를 독학한 광초인이 명사랍시고 시회에 참석한다는 설정이나 그의 시가 좌장급 '명사'에게도 뒤떨어지지 않는 것으로 그려지는 것도 의아할 게 없다. 게다가 모임

주선자 호밀지는 극도로 인색함을 보이는데, 이 또한 서호 시회의 궁상맞고 우스꽝스런 모습에 큰 몫을 한다. 모임이 끝난 후에도 지검봉은 수재도 아니면서 수재 옷차림을 한 채 밤길에 소란을 피우다가 관가에 끌려가 결국 맡고 있던 일자리마저 박탈되기까지 한다. 항주의 명사란 자들의 면면은 결국 어중이떠중이일 뿐인 것으로 드러나고, 그들의 시회란 것도 아무런 운치 없이 시시하게 끝나버리고 마는 것이다.

서호 시회 이후 광초인은 시정잡배 같은 아전 반삼潘三을 만나 돈을 받고 공문서 위조에 대리시험까지 치다가 반삼이 관가에 구속되자 북경으로 도망친다. 또 본처가 고향에 살아있는데도 기혼 사실을 숨긴 채 그곳에서 고관의 딸과 결혼하는 등 갖은 죄행과 거만하고 위선적인 언행으로 일관하게 된다. 상황에 따라 카멜레온처럼 변신하면서 명성과 이익만 추구하는 과정에서 광초인은 긍정적 인물에서 부정적 인물로 변해 가는데, 작가는 이런 인물 형상을 통해 부귀공명에 대한 욕망이 인간을 어떻게 타락시키는지를 적나라하게 보여주고 있다.

광초인이 북경으로 가는 도중 우포의를 만나게 되면서 등장하는 우포랑牛浦郎 또한 광초인과 유사한 인물이다. 본래 그는 부모를 일찍 여의고 향초 가게를 운영하며 근근이 생활하는 조부 밑에서 가게 일을 도우면서 틈틈이 집 앞 암자에서 책을 읽으며 살아왔다. 시에 대한 조예라고는 없는 우포랑은 시인으로 나름 이름이 있었던 우포의가 그 암자에서 죽자, 그가 남긴 시집을 훔쳐 우포의라 사칭하기 시작한다. 고관대작들에게 바친 시들 일색인 그 시집을 보고 자신도 그런 사람들과 왕래하고 싶다는 욕망이 솟구친 까닭이다. 이후 그는 입만 열면 태연자약 거짓말을 일삼으며 음흉하고 간악한 사기행각을 벌이며 살아간다. 자신이 맡았던 가게 일을 내팽개치게 된 것은 당연지사. 가게가 망해가게 된 것은 물론이고, 그 때문에 화병을 얻은 조부마저 세상을 떠나고 만다. 그러나 우포랑은 거기서 멈추지 않고 새로운 기회를 찾아 타지로 떠나 관아를 들락거리며 시를 논한답시고 농간을 부려 돈을 뜯어내는가 하면, 아무 거리낌 없이 조강지처를 버리고 새장가를 들기도 한다. 이렇게 헛된 명성과 이득을 추구하는 데 혈안이 되어 있다가 결국 송사에 휘말리기까지 한다. '와평'에서는 그를 세상에서 가장 비루한 인물이라 평가하며 작품 속 인물 가운데 가장 하급의 인물이자 작자가 지독히 미워한 자라고 논평한다.

마지막 남경 명사들의 이야기는 두신경杜慎卿이라는 중심인물을 둘러싸고 펼쳐진다. 두신경은 권문세가의 자손으로 많은 재산과 높은 학식을 가진 전형적인 재자 형상이다. 그는 고상한 풍모에 풍류스런 생활로 강남 일대에서 명성이 손꼽히지만, 그 이면에 자만과 가식 등 부정적인 모습이 감춰진 이중인격자이다. 입만 열면 벼슬아치 얘기를 하는 자들을 가장 싫어한다면서도 정작 자신은 암암리에 과거 급제와 출사를 목표로 삼아 훗날 결국 그 뜻을 이루고, 여자라는 존재 자체가 싫다면서도 몰래 첩을 들이기도 하며, 자신만 고아한 듯 오만하기 짝이 없으면서도 속된 명사들과 늘상 어울린다. 권세와 이익에 빌붙으려는 많은 인물이 그의 곁에 아부하며 모여드는 탓이기도 하다. 수재 신분이고 영리하지만, 말재간과 아첨, 임기응변에 능하고 향락만 추구하는 기회주의자 계위소李葦蕭, 권세가들에게 붓글씨를 팔며 염상 밑에서 기생하는 신동지辛東之, 아들을 대리시험으로 합격시키는 하급 관리 김동애金東崖, 오직 돈을 위해 팔고문선집 만드는 일을 알선하는 계염일季恬逸과 함께 일하는 선문가들, 그 밖에 이들과 어울리는 부패한 도사와 승관僧官 등이 그들이다. 이들은 동성애 성향이 있는 두신경이 남경에 있는 백여 개 극단의 여자 배역들을 모두 불러서 경연대회를 열자는 제안으로 결국 막수호莫愁湖에서 한 자리에 모이게 된다. 두신경이 거금을 들여 대회는 매우 호화롭고 성대하게 치러져 남경 전체를 떠들썩하게 만든다. 이 소문이 크게 퍼지면서 두신경의 명성은 강남 천지를 진동시키는 것으로 묘사된다. 하지만 남경의 문화 살롱 같은 이들의 사교활동 역시 어떤 고상한 지향점도, 가치 있는 방향성도, 깊이 있는 진정성도 없는 룸펜적 존재들의 소모적 유희에 불과하다는 것을 간파하기란 어렵지 않다.

　　호주와 항주, 남경을 중심으로 펼쳐지는 명사들의 이야기는 구체적인 양상이 다를 뿐 결국 모두 허무한 결과로 귀결되고 있을 따름이다. 미처 자세히 언급하지 못했지만, 세 그룹의 인물들은 상당수가 서로 직간접적 관계로 연결되어 있기도 하다. 이들은 각각의 다른 그룹이라기보다는 하나의 집체로 인식해도 크게 무리가 없는 것이다. 여하튼 이들의 이야기는 그저 헛된 명성과 이익, 쾌락을 좇는 잉여 지식인들의 공허한 관계망을 보여줄 뿐이다. 더욱이 과거제도와는 다른 길을 통해 이름을 얻으려는 자들이 과거제도 중심으로 이루어진 기존 신분 질서에서 벗어나지 못한 채 오히려 거기에 빌붙으며 틈만 나면 그 질서 가운데 들어가려는가 하면, 아예 양쪽에 발을 담근 채 살아가는 모습을 보이기도 한다. 결국 이들 역시 모두 부귀공명에 대한 욕망의 노예로서 거품 같은 명성을 추구하며 살아가는 거짓된 존재들인 것이다.

'와평'에서는 이런 인물들에 대해 다음과 같이 논평한다.

> "이름난 시인들이란 자신은 부귀해지지 못하면서 남의 부귀를 흠모하고, 자신은 결코 공명을 이루지 못하면서 선망하는 이들이다. 크게는 하찮은 재주나 부리는 무리가 될 뿐이고, 작게는 남이 먹다 남은 술잔이나 식은 안주나 주워 먹는 괴로움에 시달린다. 인간 세상의 생지옥을 바로 이런 이들이 겪고 있으면서도 더욱 기꺼워하며 스스로 명사라고 여기니 어찌 슬프지 않은가."(제17회)

지식인의 존립 근거인 도는 물론이고 주체 의식을 상실한 채 기생적 존재로 살아가면서도 스스로 반성은커녕 자각조차 하지 못하고 오히려 더 그런 삶에 빠져드는 가짜 명사 군상들 역시 과거제가 비의도적으로 양산한 또 하나의 문제 집단임을 날카롭게 지적했다고 할 만하다.

어둠 속의 길 찾기: 긍정적 인물에 투영된 가치지향

복고와 진보 사이

과거제도가 조성한 문화 감옥에 갇히고 그 주변을 맴도는 지식인 사회의 모습은 암울하기만 하다. 작가는 독자들이 이런 어두운 현실에 절망감을 느끼게 될 즈음에 이르러서야 희망의 작은 불빛을 밝히려는 인물들을 등장시킨다. 작품 중후반부에서는 작가의 화신 두소경을 위시해서 긍정적 인물 몇몇이 출현하여 모순적 현실에 맞서 이상을 추구하는 이야기를 펼친다. 제1회에서 하늘로부터 동남쪽으로 떨어진 별들이 상징하는 주요 인물이 바로 이들이라는 점도 더불어 짚어둔다.

두소경은 두신경과는 육촌지간으로, 그 역시 상당한 재산을 가진 귀공자 신분으로 등장한다. 노리끼리한 얼굴에 관우처럼 비스듬히 위로 뻗은 눈썹을 가졌고, 성품은 더없이 호방하고 물욕이 없으며 남 돕기를 좋아하는 인물이다. 남에게 퍼주기만 하다가 결국 재산이 거의 바닥나자, 주위의 만류를 뿌리치고 고향을 떠나 남경으로 이주하게 된다. 이즈음 두소경은 그 일대 최고의 호걸로 명성이 자자해지고 시단의 영수로 평가되기에 이른다. 남경 이주 후 그는 지형산遲衡山, 장소광莊紹光, 우 박사虞博士 등 문행출처의 본보기가 되는 인물들을 만나 깊은 교분을 나눈다. 이들은 작품 전체의 분수령을 이루는 제37회의 태백사太伯祠 대제大祭를 이끄는 주요 인물들이기도 하다. 여기서는 이들의 이야기에서 드러나는 가치지향과 그 의미를 짚어보기로 한다.

첫 번째로 지적할 것은 효이다. 두소경은 이미 고인이 된 부친에 대해 지극한 효심을 지닌 것으로 그려진다. 그는 부친과 생전에 관련이 있었던 사람이라면 누구라도 극진히 대하고 재산을 털어서라도 돕는다. 두신경이 포정새와 이야기를 나누며 두소경을 비꼬는 다음과 같은 말은 이런 면모를 잘 엿보게 해준다.

"내 동생에게는 한 가지 나쁜 버릇이 있는데, 자기 부친을 만나 봤다고만 하면 그게 개라 해도 깍듯이 대한다는 거지."(제31회)

두소경은 자신의 부친이 신임하던 집사 누婁 노인의 병을 마치 부모 모시듯 지나치다 싶을 만큼 지극정성으로 간호하고, 부친의 보살핌을 받은 적이 있다며 속이고 찾아온 포정새를 성심껏 대하기도 한다. 두소경의 효행이 이처럼 어리석어 보일 만큼 과함을 보이는 것은 작가의 이상적 기준과 그렇지 못한 현실의 격차를 드러내는 서사 전략이다. 이로써 이상을 실현하고자 하는 진정성이 좋은 결과와 영향으로 이어지기는커녕 오히려 사람들로부터 비웃음을 사고 이용당할 뿐인 타락한 현실을 에둘러 꼬집고 있기도 한 것이다. 결국 작가는 현실 속에서 실현되지 못하는 참된 효를 이런 과장된 묘사를 통해 역설하고 있는 셈이다.

효는 제1회 왕면의 이야기에서 보았듯 작가가 강조하는 유가적 도덕관념 중 대표적인 덕목이다. 작품 속에서 효와 같은 가장 기본적인 유가 윤리에 대한 강조는 더 나아가 소위 예악병농禮樂兵農에 대한 추구로 이어진다. 효가 집안에서의 마땅한 도리라면 예악병농은 사회를 다스리는 정치적 이념이다. 본디 유가에서 예악은 인仁의 외재적 발현이므로, 예악에 대한 강조는 궁극적으로 제1회에서 왕면이 강조한 인정仁政과도 연결된다. 예악병농은 조화로운 사회 질서를 상징하는 예악에 탄탄한 농업 생산을 기반으로 한 부국강병의 실제적 방향성이 더해진 정치 이념인 것이다. 이런 가치관은 두소경의 부친을 비판하는 팔고 과거제도 신봉자 고 한림高翰林의 다음과 같은 말에서 직간접적으로 엿볼 수 있다.

"그의 부친은 그래도 재능이 있어 진사에 급제하고 태수 벼슬도 한번 지냈지요. 그런데 이 부친 때부터 벌써 멍청한 짓을 하기 시작해서, 관리 노릇을 할 때 상급 관청은 전혀 떠받들 줄 모르고 그저 백성들 환심만 사려고 했지요, 또 날마다 '효자를 우대하고 농사를 장려한다'는 답답한 소리만 해댔지요."(제34회)

어둠 속의 길 찾기: 긍정적 인물에 투영된 가치지향

다만 작품 속에서 직접적으로 예악병농이란 화두를 먼저 꺼내는 인물은 두소경이 아니라 지형산이다. 호리호리한 체구에 일자 눈썹과 형형한 눈동자를 지닌 그는 비록 수재 신분에 가정교사 일로 살아가는 처지이지만 두소경과 더불어 강남에서 손꼽히는 학자이자 진정한 명사로 그려진다. 다소 고루한 면이 없지 않으나 평소 두소경과 생각이 잘 맞아 예악에 관한 토론을 자주 하며 가깝게 지내는데, 하루는 두소경에게 이렇게 말한다.

"지금 글 읽는 친구들은 그저 과거 공부 얘기만 하고, 시라도 몇 구절 지을 줄 알면 아주 고상하다고 여깁니다. 하지만 경서나 역사서에 나오는 예악병농에 관한 일들은 뒷전에 두고 전혀 신경도 안 씁니다! 우리 명나라 태조께서 천하를 평정하신 큰 공은 옛 성왕聖王들에 비길 만하지만, 예악 방면에는 손을 대지 않으셨습니다."(제33회)

개인의 입신만을 위한 죽은 공부에서 벗어나 세상을 실질적으로 이롭게 할 경세치용經世致用의 실천적 학문에 대한 지향이 엿보이는 대목이다. 지형산의 생각은 두소경에게 태백사 건립과 제사를 제안하는 데서 더 구체적으로 드러난다. 오태백吳太伯은 주나라 시조[고공단보古公亶父]의 장자였으나 동생에게 왕위를 양보하고 멀리 강소성 지역으로 몸을 피해 황폐한 땅을 개간하고 지역 문화를 개도하여 지역 백성들로부터 숭상받은 남경 일대 최고의 성현이자 어진 다스림을 상징하는 존재이다. 또 작가 오경재가 평소 스스로 그 후예라 자처하며 추앙해 온 인물이기도 하다. 지형산의 의도는 태백사를 짓고 고대의 예악을 재현해 제사를 거행해서, 사람들이 그 정신을 계승하고 예악을 익히게 하며 진정한 학자를 배출함으로써 다스림과 교화[정교政教]에 기여하자는 것이었다. 세상이 개인의 사익 추구에 매몰되어 있을 때 그런 풍조에 대한 대안으로 공익의 기치를 전면에 내세운 셈이다.

이는 두소경 등의 적극적인 찬동에 힘입어 곧 실행으로 이어지게 된다. 태백사 대제는 주요 긍정적 인물들이 중심이 되어 유가적 이상을 현실 속에서 추구하는 최대의 실천으로 그려진다. 작가의 안배로 각지에서 모인 이십여 명의 지식인이 참여하고, 엄숙한 제례 절차와 악무樂舞가 어우러진 성대하고 장엄한 의식으로 거행된다. 남경의 남녀노소 백성들은 다투어 몰려나와 구경하며 칭송해 마지않으면서 저마다 깊은 인상을 받는다. 태백사 대제는 단순한 유희 목적에서 대규모로 치러진 두신경의 막수호 행사와 선명한 대조를 이루면서 그 상징적 의미가 더 부각되고 있기도 하다.

예악병농의 또 다른 실천은 소운선蕭雲仙의 청풍성靑楓城 재건 이야기[제39~40회]를 통해 그려진다. 소운선은 백옥 같은 피부와 말쑥한 용모에 학식과 무공을 겸비한 젊은 하급 무관이다. 그는 사천성四川省 송반위松潘衛 변방 오랑캐[生番] 반란 진압에 혁혁한 공을 세워 청풍성을 탈환한다. 그는 폐허가 된 그곳에 성을 다시 쌓고 수리시설과 더불어 농토를 개간하며 관청과 사당, 학교를 세우는 등 성을 완전히 새롭게 정비하고 백성들을 인의로 다스려 누구나 살기 좋은 고장으로 탈바꿈시킨다. 이로써 청풍성은 예악병농의 이상이 구체적이면서도 상징적으로 실현되는 공간으로 그려지고 있다. 청풍성 재건 이야기는 태백사 대제와 더불어 제1회에서 왕면을 통해 제시되었던 초기 유가적 도덕관념이 더 확장되어 구체적, 실천적으로 그려지고 있는 것이라 볼 수 있다.

이상의 내용을 개괄해 보면 현실 문제를 타개하기 위해 정통 유가적 이상을 실천적 가치로 재소환하는 식의 복고적 경향을 띠고 있음을 알 수 있다. 하지만 다른 한편으로, 긍정적 인물을 통해 드러나는 이상적 가치지향에는 낡은 사상과 관념을 거부하는 진보적인 면들도 발견된다. 이는 특히 두소경을 통해 집중적으로 나타난다. 그중 가장 주목할 만한 것은 주자학에 대한 비판적 태도이다. 두소경은 자신이 편찬한 『시경詩經』 해설서 『시설詩說』에 대해 묻는 다른 이들의 질문에 이렇게 대답한다.

"주자께서는 경전을 해석하면서 자신의 학설을 세웠습니다. 후인들이 자신의 학설을 다른 학자들의 학설과 비교해서 보기를 바라셨기 때문이지요. 그런데 지금 학자들은 다른 것들은 다 내치고 주자의 주석에만 기대고 있는데, 이것은 후인들의 식견이 좁은 탓이지 주자와는 아무 상관도 없는 일이지요. 저는 여러 학자들의 설을 두루 살펴본 후 나름대로 한두 가지 생각한 바가 있어 여러분께 가르침을 청하고자 합니다."(제34회)

청나라는 전제 통치를 강화하기 위해 이미 시효성을 잃은 성리학을 다시 떠받들고 과거시험의 내용에 있어서도 주자의 『사서집주』를 그 준칙으로 삼도록 명문화하여 주자를 성인의 반열에 올려두었다. 이로써 주자가 주해한 경서는 일종의 신성불가침한 권위를 지니고 있었던 셈이다. 따라서 두소경이 주자학을 상대화한 것은 하늘의 이치[天理]를 절대가치로 내세워 인성을 옥죄는 지배 이데올로기의 사상적 굴레에 대한 대담한 도전이라 할 만하다. 자세한 설명은 생략하지만, 위 인용문에 이어 주자의 해석에 대한 두소경의 구체적인 반론과 자기만의 견해가 이어지는데, 그 자체로 과감한 비판 정신과 사상 해방의 추구를 엿볼 수 있는 대목이라 할 것이다. 또 이런 면모가 팔고 과거제도에 대한 비판과도 연결되는 지점임은 말할 것도 없다.

두소경의 진보적 태도는 다음 일화에서도 엿볼 수 있다. 남경으로 이사하고 며칠 후 두소경은 아내와 집안 부녀자들을 데리고 나들이를 나서는데, 그날의 광경이 인상적이다.

"두소경은 술잔을 손에 쥐고 화창하고 따사로운 봄볕과 솔솔 부는 바람을 즐기며 난간에 기대어 기분 좋게 술을 들이켰다. 이날 그는 많이 취하여 아내의 손을 잡고 정원의 문을 나섰다. 한 손에는 금 술잔을 쥐고 껄껄 웃으며 청량산 등성이를 따라 1리 남짓 길을 걸었다. 그 뒤를 같이 온 서너 명의 여자들이 시시덕거리며 따라갔다. 길가의 사람들은 아연실색하여 일행을 제대로 쳐다보지도 못했다."(제33회)

두소경의 이런 일탈적 행위는 여성의 행동을 크게 제한한 전통 규범 속에서 낡은 예교와 관습 따위는 아랑곳하지 않는 과감성을 보여준다. 이런 면모는 기존 관념에 맞서 여성에 대한

어둠 속의 길 찾기: 긍정적 인물에 투영된 가치지향

평등한 태도를 드러내는 것이기도 하다. 두소경은 첩을 두는 것에 대해 강한 반론을 펼치기도 하고, 역경 속에서 스스로 삶을 꿋꿋이 개척해 나가는 여걸 심경지沈瓊枝를 진심으로 존중하기도 하는데, 역시 모두 상통하는 지점들이라 할 것이다. 이런 점은 하층민에 대한 평등한 시각과도 연결되는데, 이에 대해서는 뒤에서 좀 더 부연하기로 한다.

마지막으로 풍수설과 관련한 미신에 대한 합리적 사고도 언급할 만하다. 개인의 부귀공명이 부모의 묫자리에 달렸다고 생각하는 미신 때문에 사람들이 이장移葬을 일삼는 문제에 대해 두소경은 다음과 같이 말한다.

"이에 대하여 조정에서는 어떤 법규를 세워야 한다고 봅니다. 이장을 원하는 모든 사람에게 관련 아문에 신청서와 풍수가의 보증서를 첨부해서 제출하게 하는 거지요. 보증서에는 관이 물에 몇 자나 잠겼는지, 개미가 얼마만큼 많이 들끓는지 적어내는 겁니다. 그리고 묘를 파헤쳤을 때 보증서 내용대로라면 괜찮지만, 만에 하나 물이 차고 개미가 있다고 했는데 파 보니까 그렇지 않다면, 무덤을 팔 때 망나니를 데려다가 그 빌어먹을 풍수쟁이 놈의 머리를 단칼에 베어 버리자는 겁니다. 그리고 묘를 옮기려 한 자에게는 자손이 아비와 조상을 모살한 죄에 해당하는 형을 적용하여 즉시 능지처참하는 것입니다. 그러면 이런 악습도 차차 없어질 겁니다."(제44회)

근거 없는 미신을 퍼뜨려 부귀공명에 눈이 먼 사람들을 현혹

시키는 풍수설에 대한 이 같은 생각은 다소 극단적으로 비춰지는 감이 없지 않다. 하지만 두소경의 과학적이면서도 시대를 앞서가는 사고를 충분히 엿볼 수 있다고 할 것이다.

　이상에서 본 긍정적 인물들의 가치지향은 시대의 한계를 넘어서지 못하고 초기 유가사상으로 되돌아가려는 듯한 복고적 경향을 띠면서도 단순히 과거로의 회귀가 아닌 혁신적 요소들이 가미된 중층적 면모를 드러내고 있음을 알 수 있다. 특히 후자는 다분히 근대성을 띠고 있어, 작가가 지향한 사회정치적 이상은 결국 시대적 색채와 현실에 대한 미래지향적 모색이 결합된 특수성을 지닌 것으로 보는 것이 타당하다.

　덧붙여 언급하자면, 작품의 이상과 같은 사상적 면모 중 상당부분은 청대 초기 진보적 사상을 이끌었던 안원顔元(1627~1704)과 이공李塨(1659~1733) 등 실학파의 영향이 반영된 것으로 평가된다. 안이학파顔李學派라 불리는 이들은 공소한 성리학에 반대하고 경세치용의 실제적 학문, 그중에서도 일상이나 사회에서의 실행을 강조하는 실천론자였다. 이들은 예악병농을 강조함으로써 부국강병을 도모하였는데, 이러한 사상은 참된 교육과 실제적 인재의 양성을 중시하는 것과 맞물리면서 팔고 과거제도에 대한 비판으로까지 이어진다. 이런 안이학파의 영향은 우선 오경재 집안이 이공과 인연이 있었던 데 기인한 바가 크다. 이공은 오경재의 증조부 오국대吳國對(1616~1680)와 사제지간이었고, 오경재의 큰아들 오랑吳烺(1719~1770)은 이공의 재전제자였다. 이에 더해 오경재와 막역한 사이로 지내며 학문을 교류했던 정정조 역시 안이학파에 경도된 인물이었다. 이런 관계 속에서 작가가 그들의 사상을 접하고 영향을 받게 된 것은 자연스러운 일이라 할 터이다.

탈속적 자유의 삶

　긍정적 인물들은 세상의 문제를 해소하려는 방향을 모색하고 제시하며, 나아가 적극적으로 실천하는 모습을 보이면서도, 한편으로는 타락한 사회로부터 일정한 거리를 두는 경향을 드러낸다. 부귀공명에 집착하지 않고 세속적 시류에 구차하게 영합하지도, 기생하지도 않으며 무엇에도 구속되지 않는 자신만의 삶을 추구하려는 태도가 그것이다. 이는 인물들의 타고난 기질과도 관련되지만, 혼탁한 세상에 저항하며 존재적 가치와 존엄을 지키고자 의도적으로 취한 삶의 방식이자 방향성을 보여주는 것이기도 하다.

　이런 면에서도 가장 대표적인 인물은 역시 두소경이다. 일례로 두소경은 염상 왕 씨^{玨氏}가 자신의 생일 잔치에 현지사를 초청하면서 두소경을 배객으로 초대한 것을 대번에 거절한다. 이어서 평소 두신경과 가깝게 어울리는 수재 장도^{臟荼}가 현지사가 두소경을 앙모한다며 배알하러 가자고 청하자 또 이렇게 뿌리친다.

　　"현지사를 뵙고 스승으로 모시는 일 같은 건 당신 같은 사람들이나 하시오. 우리 증조부님이나 조부님은 말할 것도 없고, 돌아가신 아버님만 해도 살아 계실 때는 그런 현지사들이 얼마나 많이 찾아왔는지 모르오. 그 양반이 정말 나를 앙모한다면 어째서 먼저 나를 찾아오지 않고 나더러 인사를 오라는 거요?

하물며 운수가 사나워 내가 수재 신분에 있으니 이곳 지사를 만나면 스승으로 불러야 하는데. 원! 왕 지사같이 별 볼 일 없는 진사가 나를 스승으로 모신대도 싫다 할 판에 그 사람을 만나 뭣하겠소? 그래서 북문에 사는 왕 씨가 오늘 지사를 같이 모시자고 나를 초청했지만, 그것도 안 간 거요……당신 스승 되는 그 양반은 어진 이를 존중하고 인재를 아끼는 사람이 아니라, 그저 스승이랍시고 인사받고 예물이나 받자는 데 불과하오."(제31회)

세도가 자제 출신의 도도함이 깔려있으면서도, 부패한 관리와 재력을 이용해 권세에 빌붙는 염상의 기대를 여지없이 꺾음으로써 그런 이들과 동류가 되지 않으려는 강직함이 잘 드러나는 대목이라 할 수 있다.

두소경의 이런 꼿꼿한 태도는 조정의 특별 등용 추천을 받고도 병을 핑계 대고 출사를 거부하는 것으로 이어진다. 출사의 부름에 응하지 않는 그에게 아내가 그 이유를 묻자 두소경은 이렇게 대답한다.

"모르는 소리 마오! 이렇게 놀기 좋은 남경을 떠나라고? 내가 남경에 있어야 당신과 함께 봄가을로 같이 꽃구경 다니며 술도 한잔 하면서 즐겁게 지낼 수 있지. 그런데 왜 나를 서울로 보내지 못해 안달이오?"(제34회)

특별히 천거를 받은 문인의 황송함이나 심리적 갈등을 보이기는커녕 전혀 연연하지 않으며 오히려 자유롭고 풍류적인 삶의 지향을 당당히 피력하고 있는 것이다. 이 일이 완전히 종결된 후 기뻐하는 두소경의 다음과 같은 말에는 이 같은 삶의 태도가 더욱 뚜렷하게 드러난다.

"잘 됐다! 나의 수재 노릇은 이걸로 끝이다. 앞으로는 향시에도 응하지 않고 과시科試[향시 참가 자격시험], 세시歲試[수재 자격갱신 시험]도 보지 않을 테다. 맘 내키는 대로 자유롭게 지내면서 내가 하고 싶은 일을 하는 거야!"(제34회)

지식 계층이라면 너나없이 매달리는 과거시험마저 두소경에게는 이제 더 이상 뜻을 둘 가치가 없는 것으로 치부되고 있는 것이며, 그러니 수재 따위 신분도 벗어던질 굴레로나 여겨질 따름이다. 그에게 무엇보다 소중한 것은 세속적 얽매임 없는 자유스런 삶임이 선언적으로 제시되는 대목이다. 과연 이후 그는 비록 글을 팔아 생계를 해결하며 옹색한 생활을 이어가면서도 안분지족의 삶을 살아가는 것으로 묘사된다.

"여기 살다 보니 아름다운 산수 구경에 좋은 벗들까지 즐거운 일이 많아서 오히려 이제 편안해졌습니다.……솔직히 저는 뭐 별나게 좋아하는 것도 없습니다. 우리 부부가 아이들과 함께 있으면서 허름한 베옷에 소찬을 먹을지언정 마음은 편하고 가볍습니다."(제44회)

두소경의 이 같은 도도하면서도 강직한 탈속적 태도나 출사 기회를 마다하고 자유롭게 풍류스런 삶을 살아가는 은거적 모습은 제1회 왕면의 그것과 사뭇 닮아있음을 알 수 있다.

  한편, 이 같은 모습은 장소광에게서도 나타난다. 장소광은 천하에 명성이 자자한 학자이자 문장가로, 당대의 진정한 대명사 大名士로 평가되는 인물이며, 두소경과는 인척 관계인 것으로 그려진다. 그는 평소 시나 짓는 문사들과 어울리는 것을 꺼려, 문을 닫아걸고 책 쓰는 데만 전념하며 아무하고나 교제를 맺지 않는다. 그런 가운데 그 역시 두소경처럼 특별 등용 추천을 받는다. 천거를 받은 장소광은 다소 소극적인 태도를 드러내기도 하지만 결국 출사를 거절하는데, 자기 아내와의 다음과 같은 대화 속에서 그 의지를 볼 수 있다.

> "'당신은 평소에는 벼슬길에 나가려 하지 않으시더니 이번에는 어쩐 일로 순순히 명에 따르시는 건가요?' 하고 부인이 묻자 장소광은 이렇게 대답했다. '우리는 산림의 은사들과 다르오. 등용하겠다는 어지를 내리셨는데 신하 된 자로서 그걸 무시해 버릴 수는 없소. 하지만 곧 돌아올 테니 걱정 마시오. 노래자 老萊子의 처에게 비웃음당할 일은 없을 테니.'"(제34회)

  노래자는 춘추시대 초楚나라 사람으로, 왕의 명을 받고 벼슬을 하려 할 때 현명한 아내가 권고하여 벼슬을 못하게 했다고 전해진다. 장소광은 이 이야기에 빗대어 출사할 뜻이 없음을 분명히 한 것이다. 결국 그는 황제에게 백성의 교화에 관한 제언과 함께 귀향을 청원하는 상주문을 올린다. 황제는 그를 재상으로 전격 등용하려 하지만, 진사 출신이 아닌 자를 일약 조정의 중신으로 등용하는 것은 전례도 없고 악영향을 초래할 수 있다는 권신權臣의 반대에 뜻을 접고 장소광의 귀향을 허락한다. 이 대목은 작가가 특별 추천 등용이라는 제도의 부패와 기만성을 은근히 폭로하는 지점이다. 두소경과 장소광이 출사하려 하지 않는 데는 모두 당시 현실 정치권력에 대한 작가의 비판적 태도가 넌지시 드리워져 있기도 하다. 여하튼, 장소광은 끝내 되돌아와 아내를 벗 삼아 은거하듯 지내며 마음 가는 대로 유유자적하게 살아간다. 우 박사가 그를 처음 찾아왔을 때조차 그 위인을 미처 알지 못하고 단지 그가 관리라는 이유로 만나 주지 않는데, 여기서도 장소광의 은사적 경향이 거듭 드러난다.

　　탈속적 면모는 우 박사에게서도 찾아볼 수 있다. 가난한 서생 집안 출신인 우 박사는 천성이 바르고 겸허하며 흉금이 담박하고 후덕한 그야말로 선비이며, 두소경과는 집안 대대로 세교를 이어오는 관계로 묘사된다. 그는 비록 벼슬길에 들어서기는 했지만, 쉰이라는 늦은 나이에 어렵사리 급제한 탓에 국자감 박사라는 한직을 지내고 있을 뿐이다. 우 박사는 작품 속 여느 벼슬아치들과는 달리 학문의 제 분야에 밝고 팔고문에 부정적이며, 유가적 예를 강조하면서도 안빈낙도하는 소탈하면서도 고상한 인물로 그려진다. 크게 가진 것도 없지만 하루빨리 관직의 속박을 벗을 날을 고대하는 그는 작품 속에서 특히 출처出處의 올바른 도리를 몸소 보여주는 모범으로 평가된다.

"벼슬길에 나아갈 때는 삼가고 물러날 때는 과감하라고 했으니, 그분[우 박사]은 참으로 천성이 욕심이 없고 올곧은 군자이시네. 우리가 언젠가 벼슬길에 나아가면 모두 그분을 본보기로 삼아야 할 것이야."(제46회)

여기서 그가 벼슬길에 나가 있으면서도 관직에 아무 집착이 없는 탈속적 삶을 사는 인물임을 알 수 있다. 전체적인 면면을 보면 우 박사는 실로 문행출처의 귀감을 보여주는 상징적 존재라 할 만하다. 참고로 우 박사의 남다른 점은 그가 다른 인물들과는 달리 단독 전기 형식을 통해 등장하고 소개되는[제36회] 방식에서도 드러난다. 이는 작가가 제1회 왕면의 이야기를 별도의 전기 형태로 특별하게 서술하고 있는 것과 궤를 같이 한다. 작품 내에서 우 박사의 이러한 지위는 그가 두소경, 지형산 등에 의해 태백사 대제의 제주祭主로 받들어지는 데서 단적으로 드러난다.

한편, 여성 인물 가운데 심경지의 예도 빼놓을 수 없다. 그녀는 작품 속에서 비중 있게 묘사되는 여성 인물 가운데 유일한 긍정적 인물이다. 훈장 일을 하는 부친을 둔 그녀는 시문에 능한 지식 여성이자 부귀공명에도 초연한 인물로 그려진다. 미모와 더불어 바느질과 자수에 뛰어난 재주를 지니고 있으면서, 한편으로는 호협한 기상과 무예까지 겸비한 여걸 이미지를 지니고 있기도 하다. 남성적 젠더를 다분히 지닌 그녀는 기성의 남성 중심적 질서에 순응하지 않고 여성에게 주어진 굴종적 한계를 감연히 뛰어넘으며 자신의 삶과 운명을 스스로 개척해 나가는 급진성을 체현한다.

어둠 속의 길 찾기: 긍정적 인물에 투영된 가치지향

심경지의 성향은 우선 그녀가 염상의 첩이 되기를 거부하고 뛰쳐나오는 것에서 선명하게 드러난다. 염상 송위부未爲富가 혼인을 빙자하여 그녀를 첩으로 들이려 한 탓이다. 대부호인 염상의 첩이 되기를 거부한 것은 부를 초개같이 여기고 권세와 가부장적 질서를 앞세운 강압에 맞선 것이자 주체적 삶의 의지를 드러낸 것이다. 남성 중심의 세속적 질서에 순응하며 기생하기를 거부한 그녀는 남경이란 낯선 대도시에서 오로지 자신의 능력에 의지하여 한 인간으로서 스스로의 존엄을 지키며 자기만의 삶을 개척해 나간다. 심경지의 경우 여성이라는 특수성으로 인해 앞서 본 남성 인물들의 경우와 동일한 층위에서 바라보기 어려운 점도 있지만, 세속적 굴레에서 과감히 벗어나 자신만의 자유로운 삶을 추구한다는 점에서는 상통하는 바가 적지 않다.

참다운 인간관계

현실의 어둠 속에서 모순을 바로잡기 위해 개입해 들어가느냐, 아니면 일종의 저항으로서 한발 비켜서느냐가 지금까지 본 긍정적 인물들의 현실에 대한 상반된 듯하면서도 상통하는 태도라고 개괄해 볼 수 있다. 여기에 한 가지를 덧붙인다면, 작품 속에 나타나는 사람과 사람 사이의 이상적 관계 지향을 들 수 있다. 이 문제 역시 전술한 내용과 일정 부분 연관되지만, 그 나름의 특수성과 중요성을 지닌다. 작품이 부귀공명 욕망의 노예가 된 사회를 집중적으로 그리다 보니, 인물들에게서 볼 수 있는 인간관계는 각기 구체적인 상황은 달라도 절대다수가 진정한 상호 소통과 공존의 방향으로 나아가지 못하고 일그러지고 왜곡된 모습을 드러낸다. 하지만 드물기는 해도 몇몇 긍정적 인물 사이의 참다운 관계가 부정적 현실과 선명한 대비를 이루며 작은 등불이 되어주고 있다.

앞서 소개한 긍정적 인물들 사이에서는 두소경과 지형산의 관계를 대표적인 예로 꼽을 만하다. 두소경은 지형산을 처음 만나자마자 오랜 친구처럼 가깝게 느낀다. 두소경에게 처음부터 큰 호감을 가지는 것은 지형산도 마찬가지이다. 곧이어 두 사람은 여러 날을 함께 머물며 예악에 관해 토론을 하는데, 기질은 서로 달라도 생각이 잘 맞아 의기투합하게 된다. 이후로도 두 사람은 틈만 나면 자리를 같이하며 격의 없이 지내는데, 이들이 함께 나누는 것은 주로 학문이나 사회적 이상과 같은 참된 것들이다. 다른 절대다수의 지식인 인물과는 달리 과거 공부나 시험, 급제, 출사, 명성 등 권세나 이익에 관한 세속적인 것들은 사실상 관심 밖이다. 이들은 상대가 지닌 가치와 장점, 사고 등을 있는 그대로 받아들이고 한결같이 존중하며 서로 진정한 우의를 나눌 따름이다. 두소경이 특별 추천 등용을 사양한 사실을 말했을 때도, 부귀공명에 담박한 지형산은 그에 대해 어떤 평가도 드러내지 않는다. 상대방을 잘 이해하고 그 선택과 결정을 존중한 까닭이다. 두 사람이 합심하여 태백사 건립과 대제 거행을 주도적으로 이뤄낸 것도 상호 간의 굳은 신뢰의 바탕이 있었기에 가능했던 것이라 할 터이다. 이들의 관계는 그야말로 진실되고 막역한 지기 관계에 다름 아니다. 이와는 대조적으로 작품 속에서 두신경은 비뚤어진 지기론을 펼치며 '진정한 친구'를 갈구하기도 하고, 부정적 인물 간의 일그러진 관계들이 마치 '지기'인 양 풍자적으로 그려지는 경우도 적지 않다. 이런 가짜 지기는 두소경과 지형산 사이 같은 참다운 관계와 대비되면서 그 허위성이 절로 두드러진다. 우 박사와 장소광 역시 서로 아주 잘 맞아 문경지교를 맺는 것으로 언급되기는 하지만, 두소경과 지형산의 경우처럼 그 사귐이 상세히 묘사되지는 않는다. 그런 점에서도 이 두 인물의 관계는 눈여겨볼 부분이다.

  진정한 인간관계는 지식인 인물 외에 하층민들을 통해서 그려지고 있는 점도 주목된다. 대표적인 예가 제21회에 등장하는 우牛 노인과 복卜 노인의 우의이다. 작은 향초 가게를 운영하는 우 노인과 이웃집 쌀 가게 주인인 복 노인은 모두 겨우 근근이 먹고사는 하층민이지만, 시종 서로를 성심과 예로써 대하는 언행에서 볼 수 있는 인간미는 다른 어떤 긍정적 인물에 못지않다. 특히, 없는 살림에 서로 사돈이 되어 친손주와 외손녀를 부부로 맺어주는 소박하면서도 훈훈한 이야기는 아름답기까지 하다. 후에 우 노인이 먼저 죽고 얼마 안 가 복 노인까지 세상을 떠나게 되는데, 그 과정에서 복 노인에게서 드러나는 변함없는 우정은 애틋한 여운마저 남긴다. 이들의 이야기는 자신과 남을 속이며 거짓된 인간관계로 일관하는 우 노인의 손자 우포랑의 모습과 특히 선명한 대조를 이룬다. 와평에서는 이들에 대해 "배우지 못하고 가난한 사람들이지만, 사람됨이 진실하고 친구를 사귐에 성실함이 오히려 식자들이나 가진 자들보다 훨씬 낫다"고 평하고 있다. 작가는 타락한 지식인 사회에 비해 상대적으로 순수함이 살아있는 사회 하층으로 눈을 돌려 진정한 사귐을 발견하고 공들여 묘사함으로써 세상을 일깨우려 한 것이다.

한편, 하층민과 지식인 사이의 참된 관계의 예도 언급하지 않을 수 없다. 제24~26회에 그려진 포문경鮑文卿과 향정向鼎의 이야기가 그것이다. 포문경은 극단을 운영하는 하층민이고, 향정은 뒤늦은 벼슬길에 오른 관료이자 뛰어난 재사才士이다. 포문경은 하층민으로서 분에 어긋난 행동을 절대 하지 않는다는 면에서 전통적 신분 질서를 철저히 지키는 특징을 보이기는 하지만, 군자다운 풍모를 지녔다고 일컬어질 만큼 훌륭한 인품을 가진 인물로 묘사된다. 그는 늘 한없이 겸손한 태도로 타인을 진정성 있게 대하며 너그러운 마음과 선행을 베풀면서도 아무 보답도 바라지 않는다. 와평에서도 이런 그를 정직하고 바르며 사대부 반열에 들기에도 부끄럽지 않은 진정한 '선비'라 평가하고 있다. 향정은 관원 신분이지만 겸허함으로 하층민을 평등하게 대하는 인물로 그려지는데, 이런 모습은 지인인 포문경의 위인을 높이 평가하며 시종 친구의 예로써 성심껏 대하는 태도와 포문경의 죽음을 진심으로 애도하는 장면에서 특히 잘 나타난다. 두 인물의 관계는 포문경의 지나칠 정도의 겸손함으로 인해 온전히 수평적인 것으로 그려지지는 못하지만, 신분과 계층을 뛰어넘은 진정성 있는 사귐과 상호 존중은 그 자체로 시사하는 바가 크다. 두소경 집안의 원로 집사이자 훌륭한 군자 같은 인물로 평가되는 누 노인과 두소경 부자父子의 관계 역시 이와 유사한 면이 있다. 이런 예들은 제1회의 왕면과 진 씨의 관계와 상통하는 바가 있다는 점도 아울러 짚어둔다.

또 한 편으로, 부부간의 관계도 주목할 만한 측면이다. 특히 두소경 부부의 관계에서 양성兩性 간의 평등하고 상호적이며 조화로운 관계에 대한 지향을 엿볼 수 있다. 두소경의 처는 여러 차례 등장하기는 해도 상세히 묘사되지 않아 존재감이 크게 드러나지 않는 편이다. 그러나 면밀히 살펴보면 부부 사이의 관계와 남편에 대한 그녀의 태도, 그녀의 성품 등을 행간에서 알 수 있다. 두소경이 수많은 재산을 남을 돕는 데 거의 소진하고 결국 타향인 남경으로 이주하여 빈한한 삶을 살고자 할 때, 그녀는 한마디 반대 없이 그 뜻에 동의한다. 두소경이 세가 자손이기에 이런 결정은 주위의 큰 만류를 일으킬 정도의 사건이었음에도 남편의 생각에 선뜻 따르는 데서 남편에 대한 그녀의 신뢰와 이해심이 엿보인다. 또 이후 그녀는 두소경이 외지에 나갔다가 여비가 떨어져 낭패를 봤다는 말에도 그저 웃음으로 답하고, 가난한 살림에도 두소경을 찾아오는 많은 손님을 손수 대접할 뿐 아니라, 두소경이 등용될 좋은 기회를 포기했을 때도 역시 웃음으로 이해하는 너그러움을 보인다. 그녀의 이런 모습은 상대방을 자신의 욕망을 위한 수단으로 대상화하는 작품 속의 많은 부정적 여성 인물과 극명한 대조를 이룬다. 이는 그녀가 두소경의 가치관과 사람됨을 있는 그대로 이해하고 존중하는 마음을 지니고 있음을 말해주는 것이라 할 터이다. 뭇사람들로부터 창기나 사기꾼으로 오인을 받아 경계의 대상일 법한 심경지가 두소경을 만나기 위해 찾아왔을 때 그녀를 살갑게 맞아주는 것도 그 연장선상에서 이해할 수 있다.

    물론 이는 두소경에 대한 그녀의 일방적 순종이 아니다. 두소경의 아내에 대한 태도 역시 마찬가지이다. 그는 남경으로의 이주라는 큰 문제를 두고 이를 아내와 상의 하에 결정한다. 인상적인 것은 남경 이주 후 바깥 경치를 구경하고 싶다는 아내의 말에 흔쾌히 동의하고 많은 사람이 지켜보는 가운데 함께 손을 잡고 청량산을 거니는 대목이다. 여성의 행동이 제한되고 남녀유별이 강조되던 현실 속에서 두소경의 아내에 대한 이런 행동은 수평적 태도에서 비롯된 상대방에 대한 남다른 존중과 배려, 사랑을 보여주는 것이 아닐 수 없다. 두소경이 남들의 비웃음에도 아랑곳없이 자주 아내를 데리고 술집에 출입하는 것 역시 같은 맥락에서 이해되는 행동이다.

두소경 부부의 관계는 이처럼 서로를 존중하며 진정으로 상호 소통하고 교감하는 동지적 관계로 드러나고 있는 것이다. 이와 관련하여, 작가 오경재는 가세가 급격히 기울어 빈한했던 인생의 후반기를 묵묵히 함께해 준 후처 엽 씨葉氏에 대해 깊은 고마움과 사랑을 지녔던 것으로 알려져 있다. 어려운 시기를 동지처럼 함께해 준 엽 씨와의 관계를 두소경 부부 사이에 투영하면서 평등하면서도 상호주체적인 부부관을 드러내고자 한 것이다. 참고로 작품 속에서 이러한 관계는 장소광 부부를 통해서도 유사하게 그려지고 있다.

이상에서 살펴본 작품 속 인물들의 참다운 인간관계는 기본적으로 진정성과 상호성, 평등성이라는 공통점을 보인다. 속된 욕망의 늪과 차별적 신분 질서의 굴레에서 벗어나 서로 다른 존재인 너와 내가 상호주체적으로 공존하며 서로를 살리는 관계, 이것이 바로 작가가 꿈꾼 이상적 인간관계이다. 거짓되고 자기중심적이며 불평등한 인간관계로 가득한 세상 속에서 너와 내가

한 차원 높은 참 나로 거듭나 저마다 인간다운 가치와 존엄을 되찾을 첫걸음으로 이런 참다운 관계를 대안적 방향성으로 제시하고 있는 것이다. 이것이 지나치게 이상적이라 해도 우리 스스로를 되돌아보게 해주기에 충분하며, 그 자체만으로도 적잖은 의의가 있다고 할 터이다.

절망 사회: 희망은 물거품이 되고

현실은 여전히 제자리

세상은 모름지기 사람의 뜻대로만 되지 않는다. 제아무리 좋은 방향이라 해도 결국 이상은 말 그대로 이상일 따름이다. 삶의 갖은 굴곡을 겪은 통찰력 있는 작가가 이를 모를 리 만무하다. 긍정적 인물들의 가치지향은 과연 암울한 현실의 벽에 부딪히게 된다. 이상사회를 위한 그들의 실천도 태백사 대제가 끝난 후부터 점차 힘을 잃고 좌절을 겪는다.

태백사 대제가 끝나고 곧이어 등장하는 곽 효자郭孝子의 이야기는 이상 추구의 허무한 결과를 보여주는 예 가운데 하나이다. 곽 효자는 20년 동안이나 아버지를 찾아 방방곡곡을 떠도는 인물이다. 작품에서 강조되는 유가 덕목인 효를 인생을 걸고 실천하는 인물로 그려지는 것이다. 그의 어리석어 보일 정도의 이런 효행은 두소경을 감동케 하고, 그 도움을 받아 천신만고 끝에 부친을 찾게 된다. 그러나 뜻밖에도 그의 부친은 자신에게는 아들이 없다며 끝내 곽 효자를 받아들이지 않은 채 세상을 떠난다. 이로써 반평생을 바친 곽 효자의 노력은 정작 부친조차 감동시키지 못하고 사실상 무위에 그치고 마는 것이다. 또 그가 그토록 찾아 헤맸던 부친이 반역 세력에 투항했다가 반란이 진압되자 도망쳐 승려로 신분을 숨기고 은신해 온 왕혜로 밝혀지는 아이러니도 허무감을 더해준다. 제44~45회에서 효제孝悌의 본보기로 묘사되는 여 씨余氏 형제의 경우도 유사한 면이 있다. 그들은 돌아가신 부모 영구靈柩 매장埋葬 일 등을 위해 동분서주하며 정성을 다하고 형제간의 우애심이 누구보다 돈독한 것으로 그려진다. 그러나 부모 매장을 위한 비용 마련을 위해 형 여특余特이 살인사건 송사를 중재하여 무마해 준 대가로 뒷돈을 챙기고, 그것이 발각되어 수배령이 떨어지자 동생 여지余持가 체포 영장 문구의 빈틈을 파고들어 법망을 피해 간다. 작가가 이런 우효愚孝와 어긋난 효제를 묘사한 것은 현실 속에서 진정한 이상 실현의 무망함을 허탈하게 드러내고 있는 것이라 할 터이다.

　　작품 속에서 예악병농의 이상을 가장 집중적으로 구현한 소운선의 청풍성 재건의 경우도 닮은 점이 있다. 소운선은 소수민족 반란 진압에 있어서나 황폐해진 변방의 땅을 훌륭하게 다시 일군 점에서나 눈부신 업적을 세운다. 그러나 소운선이 축성에 관한 보고서를 올리자 조정에서는 사용된 비용에 대해 임의적인 과다 지출이라는 판정을 내린다. 결국 소운선은 포상이나 승진은커녕 억울하게도 거액의 변상 책임을 지고 낙담에 빠지게 된다.

의욕적인 이상 추구의 실천이 중앙 관료의 무능으로 인해 좌절되고 마는 현실을 보여주는 대목인 것이다. 소운선이 당하는 억울한 처사는 진정한 인재가 매몰되는 현실의 문제점을 드러내는 것이기도 하다.

　덧붙여 언급하자면, 소운선의 청풍성 재건 과정은 이상적으로 그려지고 있지만, 옥의 티라 할 만한 부분이 있다. 곧 재건 과정의 마지막 일환으로 학교를 세우고 교사를 초빙하여 아이들에게 팔고문을 가르치며, 학동들은 그것을 배우고 영광스럽게 느낀다고 묘사된다는 점이다. 또 그 팔고문을 가르치는 교사가 [이후의 전개 내용과 무관하게] 자기 딸을 대염상에게 시집보내려 한 심경지의 부친이라는 점도 다소 의아스럽다. 여하튼 작은 이상사회 건설을 묘사한 대목에서의 이런 아이러니한 설정은 소운선이 결국 억울한 처사를 당하는 안타까운 현실에 마치 복선처럼 작용하는 듯한 감이 있다.

　한편, 남성 중심의 차별적 사회 질서와 금권의 횡포에 맞서며 자신만의 당당한 삶을 살기로 선택한 심경지도 염상 송위부의 고소로 인해 체포령이 내려져 결국 관아에 압송되는 것으로 그려진다. 그녀의 부친도 딸을 위해 고소를 하지만, 염상의 금권을 이길 수는 없었던 것이다. 물론 그녀는 체포와 압송에도 전혀 굴하지 않고, 그녀를 높게 평가한 지방관의 판단에 힘입어 탈 없이 풀려나게 되는 것으로 그려진다. 하지만 그녀의 대담한 언행도 결국 당시 사회 속에서는 개인 차원의 기행奇行이자 반항으로 비춰질 뿐이고, 그녀를 둘러싼 기성 권력의 힘과 낡은 관념 등 현실은 사실 달라진 것이 없다.

절망 사회: 희망은 물거품이 되고

마지막으로 조금 다른 예로 탕 씨湯氏 부자父子의 경우도 짚어 볼 만하다. 고위 무관의 자제인 탕 씨湯氏 형제는 풍운의 꿈을 안고 남경에 향시를 보러 가는 길에 기루에서 기생들을 끼고 거들먹거리며 과거시험에 대해 장광설을 늘어놓으면서 권세를 내세운다. 조상의 공로 덕에 시험 참가 자격을 갖게 된 그들은 학문은커녕 팔고문 실력도 제대로 갖추지 못했지만, 이처럼 같잖은 허세를 부리다 결국 시험에 보기 좋게 낙방하고는 시험관만 욕하며 화풀이하는 것으로 그려진다. 그 부친 탕주湯奏는 귀주성 도독都督[지역 군정軍政 수장]으로 있으면서 말썽의 소지가 있는 묘족苗族 집단을 토벌하기에 앞서 공을 탐내서 앞뒤 가리지 않고 공문서를 위조하여 과도한 병력을 투입했다가 결국 군비를 낭비했다는 이유로 좌천당하는 것으로 묘사된다. 소운선의 경우와 유사한 면이 있지만, 기실 강병強兵의 이상이 사적 욕망에 의해 변질되는 모습의 일단을 보여주는 예라 할 것이다. 결국 이들 부자의 이야기는 문행출처를 가벼이 여기고 경거망동하는 모습을 그린 것이다. 한데 탕주는 좌천된 이후 두소경, 우 박사, 장소광 등을 찾아와 만나고 잠시나마 함께 어울리는 것으로 그려진다. 이런 설정에서도 긍정적 인물의 이상 추구가 빛이 바래지고 있음이 넌지시 드러나고 있다고 할 것이다.

인걸은 하나둘 흩어지고

긍정적 인물들의 가치지향과 이상 추구의 노력을 보여주는 이야기는 결국 우 박사가 남경을 떠나는 것을 계기로 사실상 막을 내리게 된다. 우 박사가 떠날 날이 가까워지자, 장소광은 마침 중양절重陽節[음력 9월 9일]도 다가오고 하니 송별연을 겸해서 절기 풍속에 따라 등고회登高會를 열 것을 제안한다. 이에 긍정적 인물들이 마지막으로 한자리에 모여 즐거운 시간을 보내며 아쉬움을 달랜다. 이즈음 남경에서 우 박사를 전별하려는 사람이 못해도 천 명이 넘었지만, 우 박사는 모두 정중히 사양한다. 막상 출발하는 날은 그저 작은 배 한 척을 빌려 조용히 떠나는데, 두소경 한 사람만 배까지 그를 전송한다. 두소경은 그와 헤어지면서 "세숙께서 가시고 나면 저는 이제 의지할 데가 없군요"라며 섭섭한 속마음을 밝힌다. 우 박사 역시 마음 아파하며 눈물을 뿌리며 작별한다. 애잔한 여운이 길게 드리워지는 대목이다. 두소경이 우 박사에게 건넨 말에는 거목과도 같은 우 박사의 작품 내 지위와 더불어 향후 상황이 어떻게 전개될지에 대한 어렴풋한 예시가 드러나고 있다. 가을이 한창인 중양절 무렵 송별연을 벌인다는 설정에도 머지않아 '겨울'이 다가올 것이라는 암시가 깔려있다.

실제로 우 박사가 떠나는 제46회 중반 이후로는 주요 긍정적 인물이 거의 퇴장하고 더욱 타락해 가는 현실의 모습들로 점철된다. 정문 속에서 가장 이상적 인물로 그려지는 우 박사의 떠남은 작품 전체적으로 또 하나의 중요한 변곡점을 이루는 것이다. 이와 관련하여 제46회의 와평에서는 다음과 같이 논평하고 있다.

"우 박사가 떠나자 문단은 점차 활기를 잃어간다. 우육덕虞育德[우 박사]은 이 책에서 으뜸가는 인물이요, 태백사의 제사는 이 책에서 으뜸가는 사건이다. 이후의 것은 모두 그 유풍이요

절망 사회: 희망은 물거품이 되고

여운이다."

작품 속에서 우 박사는 남경이라는 공간을 중심으로 한 긍정적 인물들 및 이상 추구의 구심점이었기에, 그의 떠남은 이후 다른 인물들의 활동과 거취에 큰 영향을 미친다. 그러는 가운데 남경에서의 그 존재에 대한 기억은 사람들 사이에서 한동안 안타까운 상실감으로 거듭 환기되고, 그의 부재는 깊은 허전함으로 남게 된다.

여특이 자기 고향 오하현五河縣의 타락한 풍속을 못마땅해하며 한탄하는 다음과 같은 말에서 그 일단을 엿볼 수 있다.

"우리 고을에 예의와 염치는 모두 사라져 버렸네! 학교에 좋은 선생이 없어서이기도 할 걸세. 우 박사가 계셨던 남경 같은 곳에서라면 이런 일이 일어날 수 있겠는가!"(제47회)

휘주徽州 출신 수재 왕옥휘王玉輝가 남경의 명사들을 찾으러 왔을 때, 역시 수재이자 양주揚州에서 염상 일을 돕는 등의鄧義가 그에게 해주는 말은 우 박사가 떠난 후의 상황을 잘 보여준다.

"저도 여기에 늦게 오게 되어 얼마나 안타까운지 모릅니다. 전에 남경에 우 박사께서 계셨을 때는 뛰어난 명사들이 구름처럼 모여있었지요. 태백사에서 성대한 제사를 거행한 일은 온 세상이 다 알고 있는 일이고요. 우 박사께서 떠나신 후로 이곳에 계시던 고명한 학자, 문사들도 바람에 날려가는 구름처럼 뿔뿔이 흩어지고 말았답니다. 제가 작년에 왔을 때 두소경 선생님을 만나 뵌 적이 있고, 또 그분 소개로 현무호$玄武湖$에서 장소광 어른도 뵌 적이 있는데 지금은 두 분 다 여기 안 계십니다."

(제48회)

우 박사가 떠난 이후로는 긍정적 인물들 간의 모임은 물론 개별 인물의 등장 자체가 드물어진다. 더구나 나중에 그들이 어떻게 되는지 그 후일담이나 행방조차 상세히 묘사되지 않는다. 작가는 긍정적 인물 한 사람 한 사람의 훗날 이야기를 자세히 그리기보다는 가장 대표적인 인물 우 박사의 떠남과 부재에 초점을 맞추어 이상 추구의 좌절과 무망함을 상징적으로 드러내고자 한 것이다. 아울러, 이로써 긍정적 인물들의 존재와 그 노력들이 무정한 세월의 흐름 속에 서서히 잊히고 끝내 묻히게 됨을 보여주려 한 것이다. 제49회 와평에서 "우육덕이 떠나간 후 그 뒷이야기는 모두 여론$餘論$이다"라고 한 것도 이런 맥락을 짚어준 것이라 할 터이다.

점입가경의 세태

우 박사가 남경을 떠난 다음 바로 이어지는 이야기는 구석진 고을 오하현의 타락상이다. 오하현은 앞서 소개한 여 씨 형제의 고향이다. 이 고장에서는 진사를 여럿 배출한 팽 씨$彭氏$ 집안과 전당포와 소금업으로 벼락부자가 되고 향신$鄕紳$ 지위까지 오른 휘주$徽州$ 출신 방 씨$方氏$ 집안이 흥성하여 그 권세가 이만저만이 아니다. 원래 오하현의 선비 집안인 여 씨와 우 씨虞氏 가문은 대대로 문중의 체면을 지키며 양가가 서로 혼인을 맺어왔고, 특히 졸부인 방 씨 집안과는 혼인을 맺으려 하지 않았다. 하지만 점차 팽 씨와 방 씨 가문에 빌붙는 자들이 나타나기 시작했다. 그러더니 급기야 '방 씨가 아니면 사돈을 맺지 않고 팽 씨가 아니면 친구로 사귀지 않는다'느니 '방 씨가 아니면 마음에 두지 않고 팽 씨가 아니면 입에 올리지 않는다'는 말이 생겨날 정도가 되었다. 온통 권세를 떠받드는 속된 고장으로 변질되고 만 것이다.

"오하현의 풍속은 누군가 품행이 훌륭하다는 얘기가 나오면 다들 입을 삐죽거리며 비웃고, 수십 년 된 훌륭한 가문에 대한 말이 나오기라도 하면 콧방귀를 뀌고, 누군가 시나 부, 고문을 잘 짓는다는 얘기가 나오면 눈썹을 찡그리며 웃어 댄다. 그리고 오하현에 볼 만한 경치가 뭐냐고 물으면 향신 팽 나리라고 하고, 오하현에 무슨 진귀한 특산물이 나느냐고 물어도 향신 팽 나리라고 하며, 오하현에서 덕망 있는 이가 누군지 물어도 향신 팽 나리라며 받들어 모시고, 덕행이 훌륭한 사람이나 재기가 뛰어난 사람을 물어도 오로지 향신 팽 나리밖에 없다고 떠받든다. 이것 말고 오하현 사람들이 또 안달하는 게 있으니 휘주 출신 방 씨 집과 혼사를 맺는 것이요, 하나 더 열심인 일이 있다면 돈을 잔뜩 써서 전답을 사는 것이었다."(제47회)

이제까지 현실의 문제들이 주로 개별 인물이나 소집단 차원에서 풍자되던 것과는 달리 이 대목에서는 이처럼 한 고을 전체가 비판의 대상이 되고 있음을 볼 수 있다. 그만큼 사회의 저열한 풍조를 집중적으로 파헤치며 비판의 강도를 높이고 있는 것이다. 논자에 따라서는 오하현의 실제 원형이 작가 오경재의 고향이라 보기도 한다. 작가가 젊은 시절 고향에서 몸소 겪은 비열한 인정세태와 그로 인한 실망감과 염오감을 이입한 것으로 보는 것이다. 그래서인지 이 대목에서 서술자의 언사는 유난히 과하다 싶을 정도로 직설적인 감이 있다. 하지만 오하현은 특정 고을의 예외적 특수성을 드러냈다기보다는 한 고을의 전형적 사례를 빌어 당시 세상의 보편적인 문제를 다소 과장되게 그려냈다고 보는 편이 더 타당할 것이다.

여 씨 형제와 우 씨 집안의 우화헌虞華軒은 오하현에서는 드물게 학문이 깊고 품행도 그나마 바른 인물로 그려진다. 그러나 이들은 고향에서 아무런 존경도 받지 못한다. 그러다 보니 이들은 고을의 저속한 풍조 속에서 아무런 긍정적 영향력도 발휘하지 못한다. 그들이 할 수 있는 것이라고는 이따금 지역 사람들의 경박한 언행에 분을 참지 못하고 삐딱하게 성질을 부리곤 하는 것뿐이다. 그로 인해 그들은 사람들의 비난까지 받으며 점점 더 고립되기만 할 따름이다. 그들의 처지는 세상이 더 이상 어떻게 해 볼 수조차 없을 만큼 구제 불능의 지경에 이르렀음을 보여주고 있는 셈이다.

한편, 여 씨 형제가 오하현을 떠나 휘주徽州로 가게 되면서 만나는 왕옥휘의 이야기는 봉건 예교의 비극성을 여실히 보여준다. 왕옥휘의 셋째 딸은 남편이 죽자, 자기도 남편을 따라 죽겠다고 한다. 시부모와 어머니는 극구 반대하지만, 왕옥휘는 오히려

절망 사회: 희망은 물거품이 되고

청사에 길이 남을 일이라며 허락하고, 딸은 결국 순절하고 만다. 그 와중에 왕옥휘는 통곡하는 아내를 달래며 차마 웃지 못할 언행을 보인다.

"정말 어리석은 건 할망구 당신이야! 우리 셋째 딸이 지금 불사의 선녀가 되었는데 왜 우는 거야? 그 애는 훌륭하게 죽었어. 나는 그 애처럼 훌륭하게 죽지 못하면 어쩌나 그게 걱정이구만!" 그러고는 앙천대소하며 "잘 죽었어! 참 잘 죽었어!" 하고는 큰 소리로 웃으며 방을 나갔다.(제48회)

낡고 무용한 수절이라는 명분을 위해 죽음을 택하려는 딸을 말리기는커녕 도리어 부추겨 죽음으로 몰아넣은 아버지의 비정상적 사고와 심리가 두드러지는 대목이다. 죽은 딸은 곧 열부烈婦 표창을 받고 정절을 기리는 사당에 배향된다. 왕옥휘는 열녀의 아버지로서 사람들로부터 칭찬까지 받는다. 하지만 그도 사람인지라 정작 딸이 죽고 난 후부터는 그럴수록 더 상심하게 된다. 이 이야기를 통해 작가가 말하고자 한 것은 바로 상심하는 왕옥휘의 모습에서 발견할 수 있다. 즉 수절 같은 예교의 규범과 인간 본성 간의 충돌이 결국 본성의 발로로 귀결되고, 이로써 인성을 옥죄고 사람을 죽음으로 내모는 예교의 비인간적 굴레에 일침을 가하고자 한 것이다. 더 나아가 명청시대에 특히 심각했던 이런 불합리한 예교가 과거제도가 뒷받침하는 성리학을 기반으로 한다는 점, 그리고 왕옥휘가 삼십 년간 수재 신분으로 과거 공부를 해온 사람이라는 점에서 이는 결국 팔고 과거제와 연관된 사상적 속박의 문제를 비판한 것이기도 하다.

이야기는 다시 남경으로 돌아와서 우 박사가 떠난 후 사회의 변화된 모습을 조명한다. 우 박사 등이 남경을 떠난 후로는 아니나다를까 장원급제 출신이자 한림 신분인 팔고 과거제 신봉자 고 한림高翰林이 남경 문인들의 실질적인 좌장 역할을 하는 것으로 그려진다. 그는 주위 문인들에게 과거 급제를 위한 공부의 오묘한 정수이자 비법을 이렇게 역설한다.

> "그 '마르고 닳도록 연구[揣摩]'하는 것이야말로 바로 과거 급제의 제일가는 비법이오. 내가 향시 때 쓴 부족한 글 세 편은 단 한 글자도 멋대로 지어낸 것이 없소. 한 글자 한 글자마다 다 내력이 있었기에 급제할 수 있었던 거요. '연구'할 줄 모른다면 제아무리 성인이라 해도 급제할 수 없소."(제49회)

여기서 소위 '연구'란 것은 모범답안 등의 팔고문을 보며 출제 의도와 평가 기준에 맞게 치밀하게 과문科文을 공부하고 구상하는 연습을 말한다. 장원급제 출신이라지만 깊은 학문도 없고 언행도 오만하고 비열한 데다 이처럼 팔고 과거제도만 예찬하는 위인이 이제 남경 문인들의 중심 역할을 하게 된 것이다. 이는 우 박사가 떠난 이후 남경 지식인 사회에서마저 속된 풍조가 금세 긍정적 인물들의 빈 자리를 대신하게 되었음을 보여주는 것이다.

한편, 고 한림과 의형제 사이이자 고 한림의 위와 같은 설교에 가장 적극적으로 맞장구를 치는 인물인 만리萬里의 이야기는 남경 지식인 사회 풍조의 퇴락을 엿보게 해주는 또 다른 예이다.

절망 사회: 희망은 물거품이 되고

만리의 관직 사칭 사건이 그것이다. 만리는 관원인 양 신분을 속이고 남경에서 이름있는 인물들과 어울리다 갑자기 체포당하는데, 그는 압송되는 과정에서 협사俠士 봉명기鳳鳴歧에게 자신의 사정을 이렇게 실토한다.

"솔직히 말씀드리겠습니다. 사실 저는 중서中書가 아니라 일개 수재에 불과합니다. 집에서는 하루도 먹고 살기가 어려워, 할 수 없이 이곳저곳을 떠돌아다녔지요. 그런데 수재라고 하면 굶는 수밖에 없지만, 중서라고 하면 돈깨나 있는 상인이며 향신들이 기꺼이 뒤를 봐주더군요."(제50회)

만리의 이런 처지는 한 편으로는 과거제도에 희생된 몰락 문인의 비참한 모습과 더불어 염량세태炎凉世態를 드러내는 면이 있다. 하지만 그의 관직 사칭 행각은 우선 그것이 고의적이라는 점에서 문제이고, 또 그런 인물이 명사인 양 행세하여 남경 지식인 사회가 전락한 일면을 보여준다는 점에서도 문제적이다. 만리의 사기 사건은 결국 봉명기의 도움, 그것도 교묘히 돈과 연줄을 이용해 관직을 사는 방식으로 간신히 '해결'되는데, 이 또한 부패한 지식인 사회의 한 단면을 보여주는 것임은 물론이다.

봉명기의 경우, 만리 외에도 계속해서 어려움에 빠진 사람을 힘을 다해 돕는 인물로 그려진다. 대가를 바라지 않고 남을 위해 의로운 행동을 하는 봉명기는 일견 긍정적 인물로 비춰지기도 한다. 그러나 그는 그저 주위에서 우연히 벌어지는 사건들을 그때그때 해결해 줄 뿐, 현실 모순에 대한 근본적 문제의식 같은 것은 없다. 또 그가 도움을 주는 사람은 모두 부정적 인물들이며, 그가 돕는 이유 또한 '그저 잠시 우연히 흥이 나서'일 따름이다. 그의 행동에는 기본적으로 어떤 가치지향이나 목적의식이 결핍되어 있는 것이다. 이렇듯 봉명기의 이야기도 결국은 모순적 현실을 타개해 나갈 주체의 부재라는 난망함과 허무함을 드러내는 것이라 할 터이다.

작품 정문의 마지막을 장식하는 것은 남경 청루靑樓 거리의 기생 빙낭娉娘의 이야기이다. 빙낭은 어려서 배우 출신 하층민 집안에 민며느리로 들어가 이름난 기생이 된 인물이다. 그녀는 자신의 미색을 자부하고 벼슬아치 상대하는 것을 좋아하며 관료 집안의 마님이 되기를 갈망한다. 빙낭이 가짜 명사 진목남陳木南에게 잠시 관심을 주는 것도 이런 목적 때문이다. 진목남이 곧 관원이 될 것이라는 말에 빙낭은 자신의 미래를 걸어보지만, 이는 헛된 망상에 그치고 만다. 그녀는 진목남이 가난뱅이 가짜 명사에 불과함을 눈치채고 또 다른 구원자가 나타나기를 고대하며 지내지만, 그녀를 착취하는 기생 어미와의 갈등 끝에 결국 출가하여 비구니가 되고 만다.

빙낭과 진목남의 관계는 겉으로는 마치 재자가인의 사랑처럼 보이지만, 사실은 동상이몽의 속물적 관계일 뿐이다. 빙낭은 진목남의 시를 좋아하고 사람 자체를 사랑한다고 하지만, 기실 진목남을 통해 그 친척이자 명문자제인 서 구공자徐九公子에게 접근하려는 것이 본 속셈이다. 그녀의 목표는 단 하나 지체 있는 집안의 마님이 되는 것뿐이다. 진목남 역시 빙낭을 찾는 까닭이 그녀가 자신의 시를 높이 평가해 주기 때문이라 하지만, 사실은

절망 사회: 희망은 물거품이 되고

여색이 목적이다. 이를 위해 그는 서 구공자와 자신의 관계를 과장하고 곧 벼슬길에 오를 것이라는 둥 거짓으로 일관한다. 후에 기루에서 그의 정체를 눈치채고 냉대하기 시작하자 미련 없이 떠나버리는 것에서도 빙낭에 대한 그의 마음이 진정이 아니었음이 드러난다. 더욱이 둘 사이의 관계는 애당초 돈으로 팔고 사는 '놀이'에 불과한 것이었다. 작가는 두 인물의 이런 일그러진 관계로 정문을 마무리하면서 하층 여성의 내면에까지 깊이 뿌리내린 부귀공명의 욕망과 타락한 지식인의 말류를 암담하게 그려내고 있는 것이다.

파노라마식 구성 체계와 의미구조

수미상응의 이야기 사슬

『유림외사』 구조의 기본적인 특징은 작품 전체에 걸친 단순하고 선명한 스토리라인 없이 짤막한 이야기들이 연쇄적으로 이어진 구성을 보인다는 점이다. 작품 정문은 수십 개의 서로 다른 이야기가 각각의 주요 인물을 중심으로 서술되면서 사슬처럼 연결되어 나가는 방식으로 짜여 있다. 이런 구성과 맞물려 기존의 여느 소설과 달리 일반적 의미의 주인공이 설정되어 있지 않다는 점도 특징적이다. 그렇다 보니 자연히 편폭에 비해 많은 인물이 등장하게 되어, 주요 인물만도 50여 명에 부차적 인물이 백여 명에 이른다.

한편, 하나의 이야기가 다른 이야기로 연결되는 방식은 대체로 두 가지 형태로 나타난다. 앞 이야기가 끝나기 전에 다음 이야기를 이끌어 갈 인물이 미리 등장하거나, 하나의 이야기가 매듭 지어진 후 그 이야기에 등장했던 인물이 다른 환경으로 이동하면서 자연스럽게 다음 이야기를 이끌어 내는 방식이 그것이다. 예를 들어 마순상의 이야기가 끝나기 전에 광초인을 등장시킴으로써 자연스럽게 광초인의 이야기로 전환되는 것이나, 주진이 북경에서 광동으로 가게 되면서 범진의 이야기로 전환되는 식이다. 이런 식으로 각각의 이야기들은 대부분 인물을 매개로 하여 자연스럽게 이어지지만, 그 사이사이의 구체적인 연결은 대개 우연적 계기나 사건을 통해 이루어진다.

그러나 이야기들이 이런 방식으로 이어져 나간다고 해서 그 연결이 단순한 병렬 차원에 머무는 것은 물론 아니다. 위의 연결 방식에 더해서 각각의 이야기 사이의 연관성을 높이는 서술 방식도 활용되고 있다. 특정 주요 인물을 중심으로 일군의 인물 관련 에피소드를 연결하는 것과 동일한 인물을 서로 다른 이야기를 통해 2회 이상 등장시키는 것, 그리고 다양한 복선을 통해 이야기 사이의 연계성을 보강하는 것 등이 대표적이다.

여기에 더해서 작가는 여전히 산만하게 비춰질 수 있는 작품의 구성에 특별한 장치를 부가한다. 바로 작품의 서두와 결미結尾를 상대적으로 독립된 형식의 이야기로 설정하여 구조상 서로 수미상응하도록 한 점이다. 제1장에서 보았듯이 서두의 제1회는 왕면을 주인공으로 하는 하나의 독립된 이야기로 이루어져 있다. 제1회는 정문의 내용이나 등장인물과 직접적 연관관계 없이 상대적으로 독립된 채 작품 전체[정문]의 축소판으로서 의미구조상의 연관성만 드러낸다. 결미는 작품의 마지막 부분인 제55~56회로, 정문의 내용이 마무리된 후 역시 상대적으로 독립된 형식의 이야기를 덧붙인 형태를 띤다. 사대기서 등 기존의 여타 장편소설은 이처럼 작품 첫머리와 마지막 대목을 독립된 챕터로 분리하는 형식을 취하지 않았다는 점에서 『유림외사』의 서두와 결미는 서술 구조상 새로운 시도로서 특수함을 보인다.

 제1회에서 왕면을 중심인물로 내세우고 있다면, 제55회에서는 4명의 기인奇人을 주요 인물로 등장시키고, 제56회에서는 정문에 등장했던 주요 인물들의 사후死後 후일담을 덧붙임으로써 작품의 마지막 단추를 채우고 있다. 4명의 기인은 작품 속 최고의 이상적 인물인 왕면에 미치지는 못하지만 역시 이상적 인물들로 그려지면서 전후 호응을 이룬다. 또 제1회가 정문 전체에 대한 복선 기능을 하고 있다면, 제55회는 작품의 내용을 다시 한번 반추함과 동시에 묵직한 메시지를 던져 주는 역할을 한다. 제56회는 정문 속 주요 인물들에게 특별히 진사 자격과 한림 직함이 추서되는 내용으로 이루어져 일종의 대단원으로 기능함과 동시에 다각적 해석의 여지를 남기고 있다. 이런 식으로 서두와 결미는 작품 전체적으로 볼 때 마치 긴 전동차 앞뒤의 조종실처럼 수미상응의 관계를 이룬다. 서두가 작품 전체의 원형으로서 이후 정문 속에서 다양한 모습으로 구체화되고 변주된다면, 결미는 이 같은 과정을 거친 후의 일종의 변형이자 여운이라 할 수 있다. 구성상의 이러한 배치는 작품 전체를 아우르는 구조적 틀 역할을 하면서, 일견 들쑥날쑥해 보이는 정문의 많은 이야기들을 전체적 윤곽 속에서 파악하는 데 도움을 준다.

 다시 단편 고사의 연결 체계라는 기본적인 구조적 특징으로 되돌아와서, 그런 특징이 작품 속에서 어떤 기능과 함의를 지니는지 짚어볼 필요가 있다. 이에 대한 해답을 얻기 위해서는 이같은 구조를 이루는 많은 인물과 다양한 이야기들 자체에 주목해야 한다. '유림외사'가 '유생외사儒生外史'가 아닌 까닭은 작품의 이야기가 어떤 특정 지식인을 중심으로 묘사되고 있지 않기 때문이다. 작품 속 지식인 인물들의 출신, 지위, 출사의 길과 처한 환경은 각기 다르지만, 바로 이런 차이들이 현실비판의 '넓이'를 만들어 내면서 작품의 풍자와 비판이 사회 전체를 향할 수 있었다고 보는 것이다. 다시 말해 중심인물이 부재한 구성으로 인하여 각각의 인물과 그 이야기들이 상대적으로 더 중요성을 띠게 되고, 바로 이런 차이성[특수성]들이 모여 현실에 대한 다각적이고 총체적인 비판이 가능한 구조를 이루고 있다는 것이다.

차이성을 통한 다각적 현실비판은 수많은 사람들에게 억압기제로 작용하는 일종의 권력으로서 팔고 과거제도의 폐해가 사회 구석구석까지 미치는 현실에 대한 문학적 반영이자 대응으로 볼 수 있다. 푸코(Michel Foucault)에 의하면 권력은 지배계급이나 국가, 군주의 소유물이 아니라 관계의 그물이다. 이러한 권력관계는 사회적 제 관계의 바깥에 존재하는 것이 아니라 모든 사회적 관계 안에 이미 내재하는 것이다. 또한 권력은 강요와 억압의 측면뿐 아니라 적극적이고 생산적인 기능도 가지고 있어 그것에 쉽게 복속되도록 하기도 한다. 이런 시각에서 보면, 팔고 과거제도는 그 영향권 안에 있는 인간을 식민화하는 권력이며, 이러한 권력은 현실의 도처에 다양한 형태로 편재하는 것이다. 한편 작가의 관점에서 볼 때, 여기에는 부귀공명에 대한 인간의 욕망이 마치 동전의 양면처럼 자리하고 있다. 부귀공명의 욕망은 권력에 의해 촉발되며, 권력에 노예가 된 인간의 내면을 대표하는 것이다. 이런 의미에서 부귀공명의 욕망 또한 인간 정신 속에 내면화된 권력이라 할 만하다.

  작가는 이런 권력의 편재성이라는 문제에 걸맞은 서술 방식을 꾀한 것으로 보인다. 권력의 편재성으로 인해 그것이 현실에서 발현되는 양태는 구체적인 인물이나 상황에 따라 천태만상으로 다르기 마련이다. 따라서 이에 대한 서사적 비판과 저항 또한 식민화된 현실 속의 다양한 인간의 모습들 각각의 차이성과 특수성을 미세하고 예리하게 파고드는 방식으로 구현하는 것이 합당한 판단이 아니었을까. 중심인물과 단순한 스토리라인을 설정하지 않고 수많은 인물의 다양한 이야기를 파노라마처럼 펼치고, 그럼으로써 각각의 인물과 이야기가 작품 내에서 상대적으로 더 부각되도록 한 데는 이런 맥락이 깔려있다고 봐야 할 것이다. 이런 형태의 문학적 비판과 저항은 결국 각각의 특수성을 넘어 권력의 본질을 파헤치고 그것을 해체하는 방향으로 수렴되는데, 이처럼 현실 모순의 동일성을 차이성을 통해 전복하려 한 것이 작가가 취한 글쓰기 전략의 한 측면이라 할 터이다.

'모임 구조'의 상징성

  『유림외사』의 또 다른 구조적 특징은 인물들의 모임이 작품 중간중간에서 매듭 역할을 하는 '모임의 구조'를 보인다는 점이다. 작품 정문에서는 단편적 이야기들이 이어져 나가는 가운데

5차례의 모임이 설정되어, 해당 부분의 주요 인물을 한자리에 모으는 기능을 한다. 5차례의 모임이란 제12회의 앵두호 연회, 제18회의 서호 시회, 제30회의 막수호 모임, 제37회의 태백사 대제, 제46회의 등고회이며, 이 중 태백사 대제가 가장 중요한 의미를 지닌다. 이 모임들은 그 목적과 성격, 참여 인물, 인원수 등이 모두 다르지만, 주요 인물들이 모이게 되면서 복잡한 이야기의 흐름을 한 번씩 일단락지어 주는 역할을 한다는 점에서 공통점이 있다.

    5차례의 모임은 다시 구성원의 성격상 주로 부정적 인물들이 참여하는 전반부의 세 차례 호수 모임과 긍정적 인물이 위주가 되는 중후반부의 태백사 대제와 등고회 두 부분으로 나눌 수 있다. 먼저, 첫 번째 모임인 앵두호 연회에는 누 씨 형제를 비롯해 우포의, 양집중, 권물용, 장철비 등 8명의 인물이 참가한다. 이 모임을 주최하는 누 씨 형제는 과거시험을 통한 출세보다는 명사들을 빈객으로 받아들이며 풍류의 삶을 지향하는 인물이다. 그밖에 몰락 문인, 시인, 점술가, 협객 등 다양한 신분의 인물들이 모이지만, 대다수가 과거제도의 그늘 가운데 일그러진 주변적 인물들이다. 그러면서도 이들은 대부분 부귀공명의 욕망에서 벗어나지 못하는 특징을 지니고 있다. 이들 주위에는 팔고문 예찬론자 노 편수도 등장하는데, 그 역시 예의상 누 씨 형제로부터 모임에 초청되지만 참석하지는 않는다. 선상船上에서 열리는 앵두호 연회는 다른 인물들과는 신분과 성향이 다른 노 편수가 빠지면서 그 자체로는 외적으로나마 나름 분위기 있는 명사들의 모임으로 그려진다.

두 번째 모임인 서호 시회에도 위체선, 수잠암, 조설재, 광초인, 호밀지, 경란강 등 8명의 인물이 참여한다. 이 모임에 참가하는 인물들의 신분도 팔고문 선문가, 상인, 의사 등으로 다양하지만, 그 가운데 특히 팔고문을 숭상하며 과거제도에 기생하는 선문가가 3명이나 포함되어 소위 명사들의 시회라는 것의 실상을 단적으로 엿보게 해준다. 이들은 시를 매개로 동인 관계를 형성하고 그것으로 자신들을 높이지만, 이들의 작시 능력이란 죄다 보잘것없는 수준에 불과하다. 또 모임의 주최자인 호밀지는 극히 쩨쩨한 인물로, 서호 모임은 그의 인색함으로 인해 시회로서 정취가 크게 퇴색되고 만다. 결국 이런 점들로 인해 서호 시회는 앵두호 연회만도 못한 모임으로 그려진다.

세 번째 막수호 모임에는 두신경, 계위소, 김동애 등 13명의 인물이 참여한다. 구성원의 면면을 보면 선문가들뿐 아니라 염상 밑에서 기생하는 문인에 부패한 중과 도사까지 포함되어 있다. 주최자 두신경은 남경 최고의 명사인 양 칭송되지만, 실제로는 부귀공명을 탐하고 위선적인 이중인격자이다. 공동 주최자 격인 계위소는 아첨에 능한 약삭빠른 인물이다. 막수호 모임은 두신경의 막대한 재력으로 거창하게 치러지면서 두신경은 그 일대에서 더 큰 명성을 얻게 된다. 막수호 모임은 이전 두 차례의 호수 모임에 비해 규모에서만큼은 가장 우위를 보인다. 그러나 질적인 면에서는 오히려 반대이다. 이는 모임의 동기에서 벌써 잘 나타난다. 앵두호 연회는 비록 누 씨 형제의 어리석은 열정이었다 해도 명사들을 초대하여 풍류를 즐기고자 하는 데 목적이 있었다. 서호 시회는 선문가들이 섞인 데다가 궁색함마저 드러내지만, 시회 동인들을 모아 나름 멋스러움을 추구하고자 하는 의도에 바탕을 둔 것이었다. 그러나 막수호 모임은 구성원들이 모임의 주체가 되지 못하고 단순히 배우들의 외모와 연기를 감상하는 유희에 머문다. 이는 안하무인의 귀족 자제 두신경의 개인적 쾌락과 명예를 위한 제안에 그를 떠받드는 자들이 뇌동함으로써 벌어진 일이다. 구성원의 조합과 인품도 점점 악화되는 경향을 보이는데, 여기서 갈수록 타락하는 세태를 점차적으로 드러내려는 서사 전략을 엿볼 수 있다. 이처럼 세 차례의 호수 모임은 표면적인 '묶음'의 기능을 넘어 현실 모순의 점진적 심화를 보여주는 단계적 과정으로 기능함으로써 작품의 의미구조를 형성하고 있다고 할 것이다.

한편, 태백사 대제에는 긍정적 인물의 대표 격인 우 박사, 장소광, 지형산, 두소경 등 4명이 중심이 되고, 그 외에 22명의 다양한 인물들이 참가한다. 제사에 관한 묘사 또한 다른 모임들과 달리 준비 과정에서부터 거행 절차에 이르기까지 훨씬 상세하게 그려진다. 특히 제례 행사는 처음부터 끝까지 전 과정이 빠짐없이 묘사되고 있다. 이는 그 자체로 태백사 대제가 작품에서 차지하는 위치를 말해준다. 실제로 태백사 대제는 예악을 통한 교화라는 기치를 세움으로써 현실 속에서 사회적 이상을 실천하고자 하는 분명한 의도를 보여준다. 그런가 하면, 태백사 대제는 막수호 모임과 묘한 대비를 이룬다. 양자는 모두 남경을 공간 배경으로 하고 있고, 모임을 주도하는 인물 또한 같은 두 씨 집안의 육촌지간인 두신경과 두소경이다. 또 두 모임은 공히 성대하게 치러져 그 일대 사람들로부터 큰 호응을 얻는다. 그러나 모임의 의도나 성격으로 볼 때 양자는 확연한 대조를 이룬다. 거시적으로 보면 태백사 대제는 그 이전에 정문 가운데 묘사된 현실 모순을 극복하려는 실천적 노력이라 할 수 있지만, 모임의 구조라는 시각에서 보면 이처럼 막수호 모임과의 대비를 통해 작가의 이상을 한층 돋보이게 하고 있는 것이다.

그러나 태백사 대제에서도 문제점이 발견된다. 먼저 제례 절차에 대한 묘사가 그러하다. 제사의 준비 과정에서는 인물들의 의욕적인 움직임이 묘사되고 있으나, 정작 제사가 거행됨에 이르러서는 기계적으로 반복되는 제례의 세부 절차에 대한 극히 건조한 묘사로 일관되고 있다. 제사의 엄숙함과 진지함을 보여주는 면도 있겠으나, 구조상 작품의 고조에 해당하는 대목에 대한 문학적 형상화의 시각에서 보면 지나치게 생동감이 떨어지고 무미건조하다. 모임 구성원의 조합도 그렇다. 태백사 대제는 이상 실현을 위한 최대의 실천이자 작품의 고조를 이루는 부분임에도, 참여 구성원 중에는 계위소 같은 아첨꾼이나 마순상, 제갈천신諸葛天申 등의 선문가, 신동지辛東之, 경란강景灡江 등 위선적인 명사들이 포함되어 있다. 이는 한 편으로는 권력의 편재성으로 인한 피할 수 없는 모순적 현실을 사실적으로 반영하고 있다는 측면에서 이해할 수 있다. 다른 한편으로는 소수의 주도적 인물에 의한 이상 실천의 노력도 결국은 그런 현실을 조금도 바꿀 수 없다는 한계와 무력감을 간접적으로 드러내고 있다고 할 것이다.

마지막 등고회는 정문에서 최고의 긍정적 인물로 묘사되는 우 박사를 송별하기 위한 모임으로, 장탁강莊濯江이 주선하고 우 박사, 장소광, 두소경, 지형산, 소운선 등의 인물이 참석한다. 이 모임은 다른 모임들과는 달리 대부분 긍정적 인물이 참여한다. 그러나 무엇보다 이 모임은 우 박사의 떠남이 작품 속에서 또 하나의 큰 전환점이 될 것을 암시하는 대목이라는 점에서 중요성을 지닌다. 실제로 등고회 이후 작품 속의 현실 모순은 갈수록 심화되는 것으로 묘사되는 까닭이다. 5차례 모임 중 유일하게 등고회만 명확한 참여 인원수를 밝히지 않고 있는데, 이는 안정성의 상실을 암시하면서 긍정적 인물들이 결국 뿔뿔이 흩어지게 되는 이후 상황을 넌지시 예고하는 것으로 해석할 수 있다.

요컨대 작품에 나타나는 5차례의 모임은 서술 구조상 단락으로서의 특징을 넘어서 의미구조의 흐름을 파악하게 해주는 상징적 장치 역할을 하고 있다. 곧 세 차례의 호수 모임이 갈수록 악화하는 현실의 모순을 대변하고 있다면, 태백사 대제는 이와 대조적으로 현실 모순을 극복하려는 긍정적 인물들의 최대 실천을 대변하고, 등고회는 이상 추구의 실천이 현실적 힘을 발휘하지 못하고 사실상 좌절되었음을 보여주고 있는 것이다.

한 가지 덧붙이자면, 『유림외사』의 구조는 중국 장편소설의 효시인 『수호전』의 그것을 상당 부분 원용한 것으로 평가된다. 실제로 『수호전』 전반부의 단편 고사의 연결 체계와 상대적으로 독립된 작품 첫머리와 결말 부분은 『유림외사』와 닮은 꼴을 보인다. 『수호전』에서 영웅 인물들의 몇 차례의 대규모 모임과 그 단락으로서 기능에서도 『유림외사』의 모임 구조와 유사성을 찾을 수 있다. 다만 오경재는 송강宋江이라는 주인공이 존재하는 영웅전과는 사뭇 다른 새로운 작품을 창작하면서, 『수호전』의 구조적 특징에서 필요한 요소들을 취해 작품의 특성에 맞게 창조적으로 변용하는 지혜를 발휘하였다. 한편, 중하층 지식인과 사회의 다양한 주변적 인물들을 중심으로 암울한 현실을 그린 『유림외사』의 특징으로 볼 때, 작품 구조상의 이러한 친연성은 영웅서사에 대한 일종의 패러디로도 볼 수 있다.

시공간 안배의 함의

　『유림외사』의 구조적 특징은 서사의 시간 및 공간 안배에서도 드러난다. 작품에 나타나는 시공간의 특징은 우선 그 장구한 시간적 배경과 광대한 공간적 배경의 설정에서 엿볼 수 있다. 이런 기본적 특징은 다시 구체적인 구성상의 안배를 통해 작품의 의미구조와 긴밀히 연관되는 양상을 보인다.

　먼저 작품의 시간 배경을 보면, 전체적으로 280년가량의 긴 세월을 배경으로 삼고 있다. 제1회는 원대 말기에서 명대 초기 홍무洪武 연간[1368~1398] 사이를 배경으로 하고 있다. 정문이 시작되는 제2회부터 제56회까지는 성화成化 연간[1465~1487] 말년부터 만력萬曆 44년[1616년]까지 약 130년간을 배경으로 한다. 56회라는 편폭에 이처럼 긴 시간을 담은 것은 중국 고전소설에서 보기 드문 경우이다. 사대기서만 해도 시간 배경은 120회본 『수호전』이 205년으로 가장 길고(그나마 정문의 본 이야기를 기준으로 하면 십여 년간에 불과하다), 100회본 『삼국지연의』는 110년이며, 100회 분량의 『서유기』와 『금병매』는 15~16년에 불과하다. 『유림외사』와 비슷한 시기에 지어진 120회본 『홍루몽』도 20년 정도의 이야기를 담고 있을 뿐이다.

이런 시간 배경의 안배에 있어서 특징적인 점 하나는 제1회와 정문, 정문과 결미 사이에 시간적 간극이 설정되어 있다는 것이다. 제1회와 정문 사이에는 약 백 년의 시간적 거리가 있으며, 정문과 결미 사이도 제55회와는 6년여, 제56회는 또 제55회와 20년의 시간적 거리가 있다. 제1회에는 작품 전체의 주제와 내용을 암시하는 특별한 구조적 기능을 뒷받침해 줄 수 있도록 상대적으로 독립된 시간적 배경이 설정된 것이다. 아울러 작가의 이상을 제시하는 먼 과거의 인물(왕면)을 형상화하는 데 있어서도 정문과는 적절한 시간적 간극을 두는 것이 필요했을 터이다. 한편, 정문과 제55회와의 시간적 거리는 약 6년 정도로 길지는 않지만, 이는 이상 실현을 위한 사회적 실천이 좌절된 현실 상황에 대한 최종 진단, 그리고 그런 현실에 대응할 미래지향적 전망을 효과적으로 드러내기 위해 설정된 서사적 거리라 할 수 있다. 제55회와 제56회 사이의 시간적 간극 역시 정문 속 주요 인물들의 사후死後 후일담이 특별한 피날레로 장식될 수 있도록 안배된 것이라 볼 수 있다.

한편, 작품의 시간 배경은 기본적으로 시간의 흐름에 따라 순차적으로 안배되고 있다. 이는 작품 중간중간 명확한 시간 배경이 명시되고 있는 데서 알 수 있다. 단편 고사의 연결 체계를 보이는 작품의 구성은 이런 시간의 순차적 흐름 가운데 전개되고 있는 것이다. 이 점 역시 구조적 특징의 하나로 의미를 지닌다. 『유림외사』는 그 제목에서 드러나듯 비판적 역사가의 입장에서 지식인 사회를 중심으로 한 모순적 현실을 풍자적으로 형상화한 소설이다. 많은 개별 인물과 사건들을 장기간의 현실 변화의 흐름 속에 위치시키는 방식으로 현실의 문제를 보여주고자 한 작품인 것이다. 일종의 비판적 '역사 서사'로서 열전列傳과 편년사編年史를 결합한 형태를 띠고 있는 셈이다. 작가는 이런 구조를 활용하여 점차 타락하는 세상과 그에 따라 허물어져 가는 작가의 사회적 이상을 긴 시간의 역정을 통해 드러내고자 한 것이다.

    장구한 시간적 배경은 단편 고사의 연결 체계로 인한 계속적인 등장인물의 교체 및 새로운 사건의 전개에 따라 잦은 공간 변화와 맞물리면서 전체적인 공간 배경의 광대함으로 이어진다. 작품에서 다뤄지는 지역은 산동, 광동, 강소, 절강, 안휘, 강서江西, 북경, 사천, 하남河南, 귀주 등 거의 명나라 전역에 걸쳐 있다고 할 만하다. 작품의 편폭에 비하면 역시 유난히 넓은 공간 배경을 포괄하고 있는 것이다. 이는 앞서 언급한 '권력'의 편재성을 드러내고자 하는 작가의 서사 전략과도 밀접한 관련이 있다고 봐야 할 것이다.

    다만 이처럼 넓은 공간적 배경도 결국 하나의 구심점을 중심으로 구조화되는데, 그것은 바로 남경이다. 남경은 작품 중반부에 이르러서야 실질적 배경으로 등장하지만, 그럼에도 작품 내 많은 주요 인물이 이합집산을 거듭하는 공간적 거점이면서 작가가 긍정적 인물들을 통해 이상을 추구하고자 한 상징적 공간이자 가치론적 공간이 되고 있다. 남경 이외의 수많은 공간적 배경은 이런 구심점을 향해 나아가기 위한 과정으로서의 의미로 기능한다고 해도 과언이 아니다. 작품 속 공간을 남경과 그 외의 공간으로 양분해 보면, 대체로 남경에서는 긍정적 인물들의 이야기가 중심이 되고 있고, 남경 이외의 공간에서는 부정적인 인물들 혹은 모순적 현실 속에서 일그러진 주변인들의 이야기가 주를 이루고 있다. 다시 말해 남경은 현실 모순에 대한 대안으로서 이상을 추구하는 중심이 되고 있고, 그 밖의 공간적 배경들은 현실의 보편적인 타락상과 모순의 심화 과정을 보여주고 있다고 할 수 있다.

이렇듯 남경이 특별한 공간이 되고 있는 것은 무엇보다 그곳이 작가 스스로 선택한 제2의 고향이라는 점과 밀접한 관련이 있다. 이미 소개했듯이 오경재는 여러 사정으로 인해 인생 중반에 고향을 등지고 남경으로 이주하여 후반생을 보냈다. 남경은 이주 이전에도 작가가 몇 차례 방문하기도 하는 등 적잖은 인연이 있는 곳이었다. 더욱이 평소 애호해 온 소위 위진풍도魏晉風度[죽림칠현竹林七賢으로 대표되는 명사들의 탈속적이고 자유분방한 삶의 방식]의 유풍이 남아있는 육조六朝의 고도古都이자 명청시대, 특히 청대의 남방, 나아가 한족 문화의 핵심 거점이었던 남경은 그에게 남다른 공간이 아닐 수 없었다. 또 작가는 남경에서 사재를 헐어 선현사先賢祠를 중수重修한 바 있는데, 이는 작품 속 태백사 대제의 모티프가 되기도 한다. 남경이 작품 곳곳에서 다른 지역에 비해 각별하고 상세하게 묘사되고 있는 것 역시 이러한 배경과 무관하지 않다.

작품 속에서 남경이 실제로 공간적 배경이 되는 것은 포문경이 자신의 고향인 남경으로 돌아가게 되는 제24회 후반부터이다. 남경이라는 특별한 공간이 포문경에 의해 등장하게 되는 것도 나름의 의미가 있다. 포문경은 하층민이면서도 긍정적 인물로 묘사되고 있고, 작품 전반부에서 그만큼의 긍정적 인물을 찾기 어렵다는 점에서도 적절한 인물이었을 것이다. 한편, 포문경이 남경으로 오게 되는 직접적 원인은 자신을 후원해 주던 관료가 세상을 떠나 의지할 데가 없어졌기 때문이다. 이후 다른 많은 인물이 마찬가지로 의지할 곳을 잃거나 현실적 좌절로 인해 남경을 거쳐 가게 된다. 두소경을 비롯해서 소운선, 탕주, 심경지, 여씨 형제, 왕옥휘 등이 대표적인 예이다. 그러나 남경에는 이런 부류의 인물들만 모이는 것은 아니다. 두소경과 함께 긍정적 인물로 그려지는 우 박사, 장소광, 지형산 등도 남경의 중심적인 인물이 되는데, 이들은 남경을 가치론적 공간으로 부각하기 위한 필요에 의해 배치된 인물이라 할 수 있다. 또 제도권에서 소외된 채 정처 없이 방랑하는 이른바 명사들도 태백사 대제를 전후로 남경을 거쳐 간다. 이런 인물들은 일일이 헤아리기 어려울 만큼 많은데, 그 대다수가 제24회 이전부터 이미 등장하는 인물들이다.

　이처럼 남경을 거쳐 가는 인물들은 대부분 태백사 대제를 전후로 남경에 모이지만, 이후 하나둘 흩어져 결국 우 박사가 남경을 떠나면서 거의 자취를 감춘다. 이는 작가의 이상을 추구하기 위한 노력이 남경을 중심으로 진행되면서 많은 인물이 모이게 되었다가, 그것이 성과를 얻지 못하고 힘을 잃어 가면서 다시 남경을 떠나게 되는 과정이라 할 수 있다. 그 결과 특별한 공간이었던 남경도 타락한 공간으로 변해 가게 된다. 그러나 작품 결미에 하층민인 4명의 기인이 이상적 인물로 등장함으로써 남경은 다시금 가치론적 공간으로 남게 된다.

　한편, 남경을 거쳐 가는 인물 중에는 또 다른 부류도 있다. 두신경과 마순상 같은 인물이 이에 속한다. 두신경은 본래 안휘성 천장현天長縣 사람이나, 첩을 얻기 위해 남경에 왔다가 결국 과거시험을 보기 위해 북경으로 떠난다. 마순상은 본래 절강성 처주處州 출신인데, 여러 곳을 전전하다 나중에는 남경에 와서 태백사 대제에도 참여하나, 그 또한 결국은 북경으로 가고 만다. 곧 이들은 남경이라는 공간을 거치지만, 그 궁극적 지향점은 북경이었던 셈이다.

이처럼 작품 속에는 중심 공간으로서 남경 외에, 이와 대비를 이루는 북경이라는 또 하나의 상징적 공간이 존재한다. 남경이 주로 제도권에서 소외된 주변인들이 모이는 곳이자 긍정적 가치를 지닌 공간이라면, 북경은 성공과 출세, 권력을 상징하는 공간인 것이다. 작품에서 북경이 직접적으로 공간 배경으로 묘사되는 경우는 드물지만, 제도권 내에서 출세를 지향하는 많은 인물이 결국 이곳을 거쳐 가거나 혹은 이곳으로 가는 것으로 그려진다. 작품 초반부의 주요 인물로 등장하는 주진, 범진, 순매, 왕혜 등이 대표적인 예이고, 이후 광초인, 진중서秦中書도 마순상, 두신경처럼 결국 북경으로 가는 것으로 그려진다.

북경은 이런 '적자適者'들을 양산하는 것 외에도 다른 한 편으로 소외자들을 만들어 내기도 한다. 작품 속 대부분의 인물이 사실상 이런 소외자들이기는 하지만, 북경이라는 공간과 관계를 보여주는 인물을 든다면 누 씨 형제와 소운선, 탕주 등이 대표적이다. 한편 두소경과 장소광은 이 상징적 공간의 적자가 될 수 있는 특별 추천 등용 기회를 얻게 됨에도 불구하고 이를 의도적으로 피한다. 곧 이들이 지향하는 심상 공간은 북경이 아닌 남경이었던 것이다.

이렇게 볼 때, 남경을 거쳐 가는 수많은 위선적인 명사들은 두 상징적 공간 사이에서 방황하는 중간적 존재들이라 볼 수 있다. 이들은 부귀공명을 추구하면서도 제도권 내에서 적자가 되지 못해 권력의 주변에서나마 스스로를 높일 곳을 찾아 떠도는 기생적 존재들인 까닭이다. 궁극적으로 이들의 내면을 지배하는 것은 '북경'이지만, 현실적 한계로 인해 남경이라는 공간에 발을 딛게 되는 것으로 그려지고 있는 것이다.

요컨대 장구한 시간적 배경이라는 날줄에 상응하는 광대한 공간적 배경의 씨줄이 남경이라는 가치론적 공간을 중심으로 직조되어 서사의 전체적인 틀을 이루고 있다. 여기에 북경이라는 상징적 공간이 대비되면서 전체적으로는 이 양자 사이의 길항 속에서 점차 악화하는 현실의 기나긴 역정이 드러나고 있다고 할 수 있다.

7

웃프게, 냉철하게: 뛰어난 풍자 예술

중국 현대문학의 대문호이자 고전소설 연구 대가인 루쉰魯迅은 중국 고전소설사의 기념비적인 저서로 평가되는 『중국소설사략中國小說史略』에서 풍자소설로서 『유림외사』의 특징과 소설사적 지위에 대해 이렇게 평가한 바 있다.

"오경재의 『유림외사』가 나오고 나서야 공정성을 견지하면서 당시의 폐단을 지적하게 되었으며……그 문장은 또한 개탄하는 가운데 해학이 있고, 완곡하면서도 풍자가 많이 담겨 있다. 이에 소설 가운데 비로소 풍자소설이라 할 만한 작품이 있게 되었다."

루쉰의 이러한 견해는 풍자소설로서 작품의 특징적 면모를 간명하게 짚어낸 것으로서 지금도 여전히 널리 받아들여지고 있다. 여기서는 이러한 평가를 바탕으로 작품의 풍자 예술을 몇 가지 측면에서 살펴보기로 한다.

희극과 비극의 융합

『유림외사』의 풍자는 궁극적으로 사회의 근본적인 문제에 대한 비판으로 수렴되지만, 비판의 칼날은 결코 개개의 인물을 향해 무자비하게 휘둘러지지는 않는다. 그렇다고 풍자 대상에 대한 단순 희화 일변도로 흐르지도 않는다. 작가는 오히려 깊은 계층적 반성의 입장에 서서 애써 눈물을 감추며 희비극적 웃음을 택한다. 백발이 되도록 과거시험에 실패만 거듭하다 어느 날 갑작스런 합격 소식에 그만 실성하여 우스꽝스럽게 미쳐 날뛰는 범진, 실소를 금치 못할 갖은 비열한 수단으로 약자들을 괴롭히며 이익을 뜯어내는 엄대위, 숨이 넘어가는 상황에서도 등잔에 심지가 두 가닥이 타고 있는 것이 아까워 손가락 두 개를 펴 보이며 죽지 못하는 엄대육, 도박과 여색 등으로 물의를 빚는 형편없는 자를 대단한 명사라 여기며 삼고초려 하는 누 씨 형제, 아들이 없는 것을 한탄하며 어이없게도 과거를 볼 자격조차 없는 외동딸을 팔고문 고수로 만드는 노 편수, 딸이 남편을 따라 순절하게 하고서 잘 죽었다며 앙천대소하는 왕옥휘 등등. 작가는 다양한 지식인 일상의 단면들을 통해 그들 삶의 비애와 속물성, 파렴치, 허영, 위선 등 인성적 결함, 비뚤어진 인간관계 등을 담담한 필치로 희화함으로써 깊숙이 감춰져 있는 문제들을 들춰낸다.

언뜻 보기에는 희극적이지만, 자세히 들여다볼수록 비극인 것이 『유림외사』 풍자의 기본적인 특징이다. 단순한 분노나 증오, 비판이 아닌 당시 사회 문제에 대한 작가의 슬픔이 어린 풍자는 이처럼 희비극의 성격을 띤다.

이런 희비극적 풍자가 가장 잘 드러나는 인물을 꼽으라면 마순상을 들 수 있다. 그는 평생 팔고 과거제도를 그야말로 경건하게 신봉하며 그것을 통한 부귀공명을 제일의 가치로 추구하는, 팔고 과거제의 노예 같은 인물이다. 그는 사회 전체를 병들게 하는, 이미 죽은 것이나 다름없는 가치를 틈만 나면 다른 이들에게까지 적극 '전도'한다. 정작 자신은 끝내 그 '성공'의 사다리에 오르지도 못하면서 아무런 원망조차 보이지 않는다. 그는 자기 삶이 어떤 문제에 갇혀있는지 전혀 자각하지 못하는 비극적인 존재이다. 그러나 그에 대한 묘사는 적어도 겉으로 보기에는 시종 전혀 비극적이지 않을뿐더러 도리어 희극적인 양상을 보인다.

마순상이 팔고문선집 편찬 의뢰를 받고 항주에 가서 서호西湖 일대를 유람하는 대목은 그에 대한 희비극적 풍자가 가장 집중적으로 드러나는 부분이라 할 만하다.

"……마순상은 혼자 돈 몇 푼을 지니고 걸어서 전당문錢塘門을 나와 찻집에서 차 몇 잔을 마시고 나서 서호 가의 패루牌樓 앞에 앉았다. 배를 타고 불공드리러 온 아낙네들은 모두 머리를 곱게 빗고 푸른색이나 청록색 의상을 차려입었고, 젊은 여인들은 모두 빨간 명주로 된 홑치마를 입고 있었다. 또 달덩이 같은 하얀 얼굴에 광대뼈가 높이 솟은 잘생긴 여자들도 있었고, 흉터에 얼굴이 얽었거나, 곰보이거나, 버짐이 피었거나, 옴이 오른 여자들도 있었다.······그들은 뭍에 내려서 제각기 여기저기 절을 향해 흩어졌다.

　마순상은 죽 둘러보았으나 별 흥미로운 게 없자, 자리에서 일어나 또 1리 남짓 걸어갔다. 호숫가 쪽으로 술집이 몇 개 이어져 있는데, 기름지고 두툼한 양고기가 걸려 있었다. 상 위에 놓인 접시에는 김이 펄펄 나는 돼지족발, 해삼, 술지게미에 절인 오리, 생선이 가득 담겨 있었다. 그리고 냄비 안에는 만두가 끓고 있고, 찜통에서는 커다란 찐빵을 찌고 있었다. 마순상은 그것들을 사 먹을 돈이 없어 꿀꺽 침만 삼키고, 그저 한 국숫집으로 들어가 16전짜리 국수를 한 그릇 사 먹었다. 그래도 배가 차지 않자, 그 옆의 찻집으로 가서 차를 마시면서 처주에서 난 말린 죽순을 2전 어치 사서 우적우적 씹어 먹었는데, 그게 또 그런대로 맛이 괜찮았다.

　다 먹은 후 나와 보니 호숫가 버드나무 그늘 아래 배 두 척이 매어져 있는데, 배 안에서 여자 손님들이 옷을 갈아입는 게 보였다. 그중 한 명은 검은색 외투를 벗고 알록달록 여러 가지 천 조각을 잇대어 만든 망토를 걸쳤고, 또 한 명은 감색 외투를 벗고 옥색 실로 둥글게 꽈리를 튼 용을 수놓은 검은 옷으로 갈아입었으며, 중년의 한 여인은 밝은 남색 비단으로 된 웃옷을 벗고 남색에 금실로 수놓은 웃옷으로 갈아입었다. 이 여인들의 시중을 드는 십여 명의 시녀들도 모두 옷을 갈아입었다. 이 세 여자 손님은 각기 둥근 검은색 비단 부채를 들고 햇빛을 가리는 시녀를 한 명씩 거느리고 천천히 걸어 뭍에 올랐다. 머리에 꽂은 진주의 하얀 빛은 저 멀리까지 비쳤고, 치마의 구슬 장식은 딸랑딸랑 소리를 냈다. 마순상은 그들을 쳐다보지도 않고 고개를 푹 숙인 채 지나갔다.

……반 리쯤 가자, 호수 가운데에 지어진 누대 하나가 보였는데 널다리로 연결되어 있었다. 마순상은 그 다리를 건너가 누대 앞 찻집에서 차를 한 잔 마셨다. 누대 안쪽의 문은 잠겨 있었는데, 마순상이 들어가 보려고 하자 문지기가 그에게 1전을 달라고 하더니 문을 열고 들여보내 주었다. 안쪽은 세 칸짜리 건물로 위층에는 인종仁宗 황제가 쓴 글씨가 모셔져 있었다. 마순상은 깜짝 놀라 황망히 두건을 바로 쓰고 남색 도포를 여미고, 홀笏 대신 장화의 목에서 부채 한 자루를 꺼내 들고, 옷자락을 털고 예를 갖추어 위층을 향해 공손하게 다섯 번 절을 올렸다. 절을 올리고 나서 그는 정신을 가다듬고 아까처럼 찻상 앞에 앉았다.

……찻집을 나와 뇌봉탑雷峰塔을 지나자……굉장히 높은 산문이 하나 보였는데……무리를 지어 드나드는 커한 집 여자 손님들의 발길이 끊이지 않았다. 그들은 모두 화려하게 수놓은 비단옷을 입고 있었고, 바람이 불 때마다 몸에서 나는 향기가 코를 찔렀다. 마순상은 키도 큰 데다 높은 방건을 쓴 채 시커먼 얼굴에 배를 쑥 내밀고, 바닥이 두꺼운 낡은 장화를 신고 휘적휘적 몸을 마구 흔들며 사람들 틈바구니를 헤집고 빠른 걸음으로 걸어갔다. 여자들도 그를 쳐다보지 않았고, 그도 여자들을 쳐다보지 않은 채 인파 속을 걸어갔다.

……조금 더 올라가자, 길은 더 이상 없는 것 같고 왼쪽으

웃프게, 냉철하게: 뛰어난 풍자 예술

로 문이 하나 나 있는데, 문 위에는 '편석거片石居'라 적힌 편액이 걸려 있었다.…… 밖에서 안을 들여다보니 몇 사람이 탁자 주위에 모여 있었다. 향로 하나를 놓고 여러 사람이 둘러싸고 있는 것이 신선점을 치고 있는 것 같았다. 그는 속으로 생각했다. '저 사람들은 신선을 불러내 공명을 점치려는가 보군. 나도 한번 들어가 물어보자.' 마순상이 잠시 서 있는데 안쪽의 어떤 사람이 머리가 땅에 닿도록 절을 했고, 그 옆에 있던 사람은 이렇게 말했다. '재녀 한 분을 모셨습니다.' 마순상은 이 말을 듣고 속으로 웃었다. 또 잠시 후 사람들이 물었다. '이청조인가요?' '아니면 소약란蘇若蘭[소혜蘇蕙: 위진魏晉 시대 여류 시인]입니까?' 또 한 사람이 손뼉을 치며 말했다. '알고 보니 주숙진朱淑眞[남송대 여류 시인]이구먼.' 마순상은 이렇게 생각했다. '이건 어떤 사람들인가? 공명에 뜻을 둔 이들은 아닌 것 같으니 그냥 가야겠군.'

…… 성황묘를 지나 모퉁이를 돌아가니 또 작은 골목이 나왔다. 그 골목에는 술집과 국숫집도 있었고, 새로 문을 연 듯한 서점도 몇 개 있었다. 가게 안에는 '처주 마순상 선생이 정선한 『삼과정묵지운三科程墨持運』 판매 중'이라고 쓴 종이가 붙어 있었다. 마순상은 그것을 보고 기뻐하며 서점 안으로 들어갔다. 앞에서 책 한 권을 집어 들고 가격을 물어보면서 넌지시 물었다. '이 책은 좀 팔립니까?' 그러자 서점 주인이 대답했다. '시험 답안지는 그저 한때뿐이지요. 어디 고서에 견줄 수 있겠습니까?' 마순상은 일어나 나와서 잠깐 쉬었다가 다시 올라가기 시작했다.

…… 좀 더 올라가자, 오른쪽으로 서호와 뇌봉탑 일대, 그리

고 호심정湖心亭까지 눈에 들어왔다.……가슴이 탁 트이고 상쾌해진 그는 계속 위로 올라갔다. 가다 보니 또 커다란 사당 문 앞에 차를 파는 탁자가 놓여 있었다. 그는 다리가 뻐근하던 터라 잠시 거기에 앉아 차를 마셨다. 차를 마시면서 양쪽을 바라보니 한쪽은 강이요 한쪽은 호수이며, 또 이 강과 호수를 산들이 빙 둘러싸고 있고 강 건너편에는 높고 낮은 산봉우리들이 아련했다. 그는 감탄했다. '참으로 화산華山을 싣고 있으면서도 무겁게 여기지 않고, 하해를 거두면서도 흘리지 않으며, 만물을 싣고 있는 모습이로다!' 차 몇 잔을 마시자 배가 고파져서 돌아가는 길에 밥을 먹어야겠다고 생각하는 참에 마침 시골 사람 하나가 국수와 밀전병, 그리고 푹 삶은 쇠고기 한 광주리를 들고 다니며 팔고 있는 게 보였다. 그는 매우 기뻐하며 국수와 밀전병, 쇠고기를 몇십 문 어치 사서 탁자 위에 벌여 놓고 신나게 먹었다. 배불리 먹고 나자 든든한 김에 더 올라가 보기로 했다.

길을 좀 더 올라가자……천태만상의 아름다운 기암괴석이 펼쳐졌고, 바위틈으로 들어가자 암벽 위에 수많은 명인들이 쓴 시구들이 새겨져 있었지만 그는 그것들을 쳐다보지도 않았다.……돌다리를 건너자 아주 조그만 사당 건물이 나왔는데, 편액에는 '정선지사丁仙之祠'라고 쓰여 있었다. 안으로 들어가자 가운데에 신선상이 하나 서 있고, 왼쪽에는 선학仙鶴이, 오른쪽에는 글자 스무 개가 적힌 비석이 서 있었다. 그는 첨통籤筒[점괘가 적힌 점대를 담는 통이 있는 걸 보고 이렇게 생각했다. '내가 여기서 곤궁에 처해 있으니 점대를 뽑아서 운세나 알아봐야겠지?'……"

웃프게, 냉철하게: 뛰어난 풍자 예술

위 대목은 마순상이 이틀에 걸쳐 서호 일대를 유람하는 장면의 일부이다. 서호는 예나 지금이나 중국 최고의 명승지 중 하나로 손꼽히는 곳이다. 마순상은 한가한 틈을 이용해 절경과 명소들로 가득한 서호 일대 구경에 나서 이곳저곳을 둘러보는데, 홀가분하게 나선 유람인 만큼 그의 나들이를 그린 필치도 자못 경쾌하다. 이 대목은 언뜻 보기에는 주머니가 가벼운 마순상의 궁색함 외에는 특별할 것 없는 평범한 명승 유람 묘사로 비춰질 수도 있다. 그러나 좀 더 자세히 보면 희비극적인 요소들이 곳곳에서 발견된다.

발길 닿는 곳곳이 명소인 천하의 명승지를 유람하면서도 가장 먼저 그의 눈과 마음을 사로잡는 것은 멋진 풍광도 고적도, 운치 있고 깊이 있는 감흥도 아닌 여인네들과 먹거리이다. 여성들을 근거리에서 마주칠 때는 애써 외면하지만, 멀리 떨어져 있을 때는 뚫어져라 관찰하며, 평소 식욕이 남다른 그는 맛있는 음식들만 보면 군침을 흘리지만, 주머니 사정으로 인해 할 수 없이 저렴한 음식과 차로 배를 채우며 스스로를 달랜다. 최고의 명승지를 유람하면서 그가 가장 관심을 두는 것이 이런 본능적 차원의 것들이라는 일종의 부조화, 그리고 끌리는 것과 현실 사이의 괴리가 다분히 희극적으로 묘사되고 있는 것이다.

누대에서 황제의 어필을 보고 절하는 장면도 가관이다. 나이 든 일개 수재에 불과한 그가 고작 옛날 황제의 글씨를 보고 놀라며 마치 황제 앞에 조아리는 조정의 신료라도 된 듯 진지하고 엄숙하게 절을 올리는 모습은 우스꽝스럽기 짝이 없다. 절을 올리고 나서 다시 정신을 가다듬었어야 할 만큼 그가 잠시나마 실제로 황제를 알현하는 환상에 빠져 있었던 듯 묘사되고 있는 점도 흥미롭다. 평생 팔고 과거제도를 통해 벼슬길에 나갈 수 있기만을 갈구해 온 그의 내면을 단적으로 엿볼 수 있는 장면인 것이다.

신선점 치는 것을 구경하는 장면도 이와 유사한 맥락에서 볼 수 있다. 평소 그의 정신을 지배하는 것은 오직 과거시험을 통해 부귀공명을 누리고픈 욕망인 까닭에, 점치는 광경만 보고도 남들도 공명 운세를 본다고 생각하며 자기도 운을 점쳐보려 한다. 그런데 '재녀'란 말이 들리자 벌써 실망스러운 헛웃음이 절로 나온다. 역대 유명 여류 시인들이 줄줄이 언급되지만, 그런 것에 애당초 관심이 없는 그는 그들이 누구인지조차 알지 못하고 그저 공명과 관계가 없다는 이유만으로 바로 자리를 떠버린다. 그의 속된 면모가 다시금 드러나는 지점인 것이다.

잠시 실망했던 그를 기쁘게 하는 것은 다름 아닌 자신이 지은 팔고문선집이다. 고적과 명소가 널린 명승지에서 줄곧 별다른 감흥을 보이지 않던 그가 자기 책이 서점에 광고문까지 붙여져 팔리고 있는 것을 보자 그 어떤 광경을 본 것보다 반가워하는 기색을 드러낸다. 순간 뿌듯해진 그는 서점 주인에게 책값이며 판매 현황까지 알아보는데, 여기서도 그의 속된 본색이 은근히 들춰지고 있다.

그런가 하면, 서호와 전당강 등 주변 경관이 훤히 내려다보이는 산 위에 오르자, 그 또한 탁 트인 아름다운 광경에 순간 자연스럽게 감흥이 솟아오른다. 그러나 그가 그런 절경에 감탄하며 내뱉는 말이라고는 고작 과거시험을 위해 어려서부터 닳도록

웃프게, 냉철하게: 뛰어난 풍자 예술

외워 온 『중용』의 글귀이다. 중년 나이가 되도록 그의 머리에 든 것이라고는 과거시험용 경서와 팔고문뿐인 것이다. 그러니 암벽에 새겨진 수많은 명인들의 시구 따위가 눈에 들어올 리 만무하며, 그보다는 운세를 점치는 것이 훨씬 관심을 끄는 유익한 일일 수밖에 없다.

　이처럼 마순상의 서호 유람은 천하의 아름답고 운치 있는 명승이 그의 속되고 메마른 욕망, 진부하고 노예화된 내면과 시종 부조화를 이루며 우스우면서도 씁쓸한 장면들을 연출하고 있다. 그의 유람은 분명 그 스스로가 찾아 나선 나들이이지만, 거기서 한 인간으로서 자신만의 참다운 가치나 내면을 지닌 마순상은 찾아볼 수 없다. 오히려 팔고 과거제도와 욕망의 노예로 살면서도 스스로 깨닫지 못하는 수많은 지식인의 한 전형으로서 마순상의 황폐한 정신세계가 여지없이 파헤쳐지고 있을 따름이다. 그리고 그것은 결국 팔고 과거제도와 부귀공명의 욕망이라는 근본적 문제에 대한 비판으로 연결된다. 마순상이라는 전형적 인물에 대한 이러한 풍자는 그가 진부하고 속되면서도 다른 한 편으로는 순진하고 선량한 인물로 그려지기도 한다는 점을 되짚어 보면 더 안타깝고 비극적으로 다가온다. 이런 점에서 이 대목은 인물 형상, 형식, 표면적 내용의 희극성과 그 안에 내포된 함의의 비극성이 절묘하게 융합되어 있다고 할 만하다.

사실寫實적 풍자의 극치

　『유림외사』 풍자의 또 다른 특징으로는 문제적 현실의 장면들을 꾸밈없이 객관적으로 묘사하는 가운데 비판적 우의를 넌지시 드러내는 이른바 백묘식白描式 풍자를 자주 활용한다는 점을 들 수 있다. 마치 극사실주의 영화처럼 심한 과장이나 작가/서술자의 감정 또는 직접적 논평의 개입 등을 최대한 배제하고 마치 현실의 일상을 풍경화처럼 있는 그대로 자연스럽게 그려내는 듯한 사실적 필법을 빈번히 구사하고 있다는 것이다. 와평에서는 이를 두고 "사건을 그대로 기록할 뿐 평어를 붙이지 않는데도 그 시비가 저절로 드러난다"(제4회)고 평가하고 있기도 하다. 루쉰이 『유림외사』 풍자의 특징을 평가하면서 '공정성'과 '완곡함'을 짚어낸 점도 바로 이런 점을 지적한 것이다.

이런 특징의 일례로, 신출귀몰하는 협객인 양 행세하는 장철비에 대한 묘사의 한 장면을 들 수 있다. 그는 어느 날 밤 갑자기 급전을 구한다며 누 씨 형제 집을 찾아오는데, 지붕을 통해 나타날 때나 사라질 때나 기왓장 밟는 소리를 내며 다소 의심스러운 모습을 드러낸다. 물론 작가는 이 대목에서 장철비의 정체에 대해 다른 어떤 언급도 하지 않는다. 세심히 읽지 않으면 독자들도 무심코 읽어 넘기기 쉬운 대목인 것이다. 그런 그를 귀인으로 대접하던 누 씨 형제 역시 나중에 자신들이 완전히 속았음을 알기 전까지는 아무런 의구심도 갖지 않는 어리석은 모습을 보인다. 결국 이 장면은 장철비는 물론 누 씨 형제 모두를 풍자하고 있는 것인데, 세심한 독자가 아니라면 작가의 이런 의도조차 간파하기 어렵다. 이처럼 작품의 적잖은 대목은 세밀하게 읽고 곱씹지 않으면 그 함의와 참맛을 알기가 쉽지 않다. 청대의 한 비평가는 『유림외사』의 의도를 간파하지 못하는 사람은 그 역시 작품

웃프게, 냉철하게: 뛰어난 풍자 예술

속에서 풍자되고 있는 사람이라고 꼬집은 바 있는데, 이 역시 작품의 이러한 풍자적 특징과 밀접한 관련이 있는 논평이라 할 것이다.

사실적 풍자의 특징이 잘 드러나는 대표적인 예로는 향시 급제 후 범진의 이야기 가운데 몇몇 장면을 들 수 있다. 범진이 거인이 되자 그보다 먼저 거인이 되어 지방관도 한 차례 역임한 바 있는 향신이자 모사꾼인 장사륙張士陸이 의도적으로 다가와 여러모로 호의를 베푸는 척하며 그를 이용해 잇속을 챙기려 한다. 장사륙은 이제 막 모친상을 당해 안장安葬도 하지 못한 범진을 부추겨 그를 거인으로 합격시켜 준 지방관 탕봉湯奉에게 인사드린다는 핑계로 돈을 얻어내기 위해 함께 찾아간다.

"장사륙이 먼저 인사를 드리고, 범진도 스승과 제자 사이의 예를 올렸다. 탕봉은 거듭 사양하며 둘을 자리에 앉히고 차를 권하면서 장사륙에게는 꽤나 오랜만이라는 인사를 하고, 또 범진의 문장을 한바탕 칭찬하고 나서 물었다. '왜 회시를 보러 가지 않았나?' 범진이 그제야 사정 이야기를 했다. '모친께서 세상을 뜨셔서 법도대로 상을 치르고 있습니다.' 탕봉은 깜짝 놀라 급히 예복으로 갈아입고, 두 사람을 후당後堂으로 안내하여 술상을 내오게 했다. 상에는 제비집, 닭, 오리 외에도 광동에서 난 오징어, 여주[苦瓜]가 한 접시씩 올라왔다. 탕봉은 손님들에게 자리를 권하고 자신도 앉았는데, 잔과 젓가락은 모두 은으로 장식한 것들이었다. 범진이 멈칫하며 잔도 젓가락도 들지 않자 탕봉은 영문을 몰라 어리둥절해졌다. 그러자 장사륙이 웃으며 말했다. '선생께서는 상중이라 이런 잔과 젓가락을 안 쓰나 봅니다.' 탕봉은 황급히 자기로 된 술잔과 상아 젓가락으로 바꿔 오게 했다. 그래도 범진은 여전히 손을 대지 않았다. 장사륙이 말했다. '이 젓가락도 안 쓰는군요.' 다시 흰색 대나무로 된 것을 가져오니, 범진은 그제야 젓가락을 들었다. 탕봉은 그가 이렇게 상중의 예법을 철저하게 지키자 조금 걱정이 되었다. 음식을 따로 준비해 놓지도 않았는데 혹시 고기와 술도 안 먹으면 어쩌나 싶었던 것이다. 하지만 조금 뒤 범진이 제비집 요리 사발에서 커다란 새우 완자를 집어 입에 넣는 걸 보고는 안심하며 말했다. '정말 미안하네만, 우리 회교도의 술상에는 별로 먹을 게 없고 그저 반찬 몇 가지로 대충 때운다네. 우리가 먹는 것은 소고기와 양고기뿐인데, 두 분은 안 드실까 봐 상에 올리지 못했소.……'"(제4회)

장사륙의 꼬임에 넘어갔다고는 해도 몽상蒙喪 중인 범진이 그를 따라나선 것 자체가 벌써 가난하고 순박했던 수재 시절과 달리 서서히 변질되어 가는 조짐을 보여준다. 이런 와중에 범진은 짐짓 상례喪禮의 법도를 조금도 어기지 않으려 애쓰는 듯한 태도를 취한다. 하지만 자세히 보면 미식이 차려진 술자리에 끼어 그저 세세한 예법을 따지며 사양하는 듯한 시늉만 하다가 먼저 가장 고급 요리에서 큼지막한 새우 완자부터 집어 먹는 모순적인 면모를 보이고 있음을 알 수 있다. 그의 위선적 면모를 이런 식으로 은근히 풍자하고 있는 것이다.

한편, 세 사람이 자리를 이어 나가는 가운데 이런 대화가 오간다.

"'홍무 연간에 유劉 선생께서……' 이렇게 장사륙이 말을 시작하려는데 탕봉이 물었다. '어느 유 선생 말인가?' '함자가 기基인 분 말입니다. 홍무 3년 첫 번째 과거의 진사로서 천하유도天下有道로 시작되는 세 구절에 대한 시제試題로 5등이 되셨지요.' 범진이 끼어들었다. '아마 3등이었지요?' '5등이 맞습니다. 그 답안지를 제가 읽어봤으니까요. 그 뒤 그분은 한림원에 들어갔지요. 그런데……홍무 황제께서 미복으로 그분 댁을 찾아가셨지요. 마침 강남에서 장사성張士誠[원나라 말기 군벌이 장아찌를 한 단지 보냈는데, 그 자리에서 열어 보니 그 안에 든 건 모두 작은 금덩이였습니다. 홍무 황제께서는 화가 나셔서 이렇게 말씀하셨지요.' '그자는 천하를 자네들 서생이 주무르는 줄 아나 보군!' '그리고 다음 날 유 선생을 청전현青田縣 지현으로 폄적시키고, 또 나중에 독살해 버렸지요……' 탕봉은 그의 말이 청산유수인 데다 확실히 지금의 명나라 때 있었던 일을 바탕으로 한 이야기인지라 믿지 않을 수 없었다."

역사적 사실을 따지지 않고 보면 딱히 문제가 없는 대화인 것처럼 보일 수도 있는 장면이다. 그러나 유기는 원나라 때 진사로, 명나라 때는 개국공신으로 과거시험을 보지 않고 요직을 지냈던 인물이며 한림을 지낸 일도 없다. 지방관으로 좌천된 일도 사실무근이다. 그런데 장사륙은 아무 근거도 없는 말을 마치 사실인 양 장황하게 떠벌리고 있는 것이다. 범진은 그것도 모르면서 맞장구를 치며 마치 뭐라도 아는 듯 천연덕스럽게 이야기에 끼어드는 가소로운 모습을 보인다. 진사 출신인 탕봉 역시 아무런 문제도 발견하지 못하고 모두 사실로 받아들인다. 과거시험의 바늘구멍을 통과한 거인, 진사들의 지식과 대화 수준이 단적으로 그려지며 이들 모두가 풍자의 대상이 되고 있는 장면인 것이다.

한편, 제7회에서는 끝내 진사에 급제하여 한 성省의 교육과 인재 선발을 주관하는 교육감[學政] 직책을 맡은 범진이 송대의 대문장가 소식蘇軾이 어느 시대의 어떤 사람인지조차 모르는 모습이 그려지고 있다.

"막객 가운데 거경옥이라는 젊은이가 말했다. '선생님, 이 일을 보니 옛날이야기가 하나 생각나는군요. 몇 년 전에 어느 노선생께서 사천 지역 교육감으로 임명되어 하경명何景明[명대 유명 시인] 선생의 거처에서 술을 마시는데, 하경명 선생이 취하자 큰 소리로 이렇게 말씀하셨답니다.' '사천 땅에서는 소식 같은 문장력이 있어도 시험을 치면 최저등급밖에 못 돼.' 이 노선생은 그 말을 가슴에 새겨두었는데, 나중에 3년 동안의 교육감 일을 마치고 돌아와 하경명 선생을 다시 뵙고 이렇게 말했답니다. '제가 사천에 3년 동안 있으면서 가는 곳마다 자세히 살폈지만, 소식이 와서 시험을 치르는 것은 보지 못했습니다. 아마 시험장 규칙 때문에 피한 모양입니다.' 이렇게 말하고 거경옥은 소매로 입을 가리고 웃더니 또 이렇게 말했다. '이 순매라는 이에 대해 선생님의 스승님께서는 뭐라고 말씀하셨습니까?' 범진은 고지식한 사람이라 그의 말이 우스갯소리임을 모른 채 그

웃프게, 냉철하게: 뛰어난 풍자 예술

저 근심 어린 표정으로 말했다. '소식이야 문장이 안 좋아서 못 찾았으니 그래도 그만이겠지만, 이 순매는 스승님이 뽑고자 하신 인물일세. 못 찾는다면 면목 없는 일이지.'"

막객 거경옥이 범진에게 소식이 마치 명대 사람인 것처럼 꾸며 우스갯소리를 하자, 범진은 이를 진지하게 사실로 받아들인다. 여기서는 작가가 거경옥이 농담한 것임을 서술자의 말을 통해 일러주고 있기는 하지만, 장면 묘사가 매우 자연스럽고 사실적인 점은 앞서 본 예들과 별반 다르지 않다. 이 같은 장면 역시 그토록 힘든 과거시험에 합격한 인물들의 무지함을 담담한 필치의 생생한 장면을 통해 풍자함으로써 팔고 과거제도의 폐해를 비판하고 있는 것이다. 과거시험을 위한 좁고 획일적인 공부에만 매달려 균형 있고 깊이 있는 학식은 고사하고 상식 수준의 지식조차 부족한 엉터리 지식인과 관료들이 양산되는 현실을 문제 삼은 것이다. 나아가 그런 함량미달인 자들이 시험관이 되어 인재를 선발하는 시험 공정성 문제의 악순환에 대해서도 예리한 비판을 가하고 있다. 이 장면이 범진이 자신을 수재로 선발해준 '스승' 주진의 부탁을 받고 수재 선발 시험에서 순매라는 특정인을 뽑아주려고 열심히 그의 답안지를 찾는 대목의 일부라는 점을 감안하면 그 풍자 의도가 더욱 분명히 드러난다.

제6회 와평에서는 "보이지 않는 귀신이나 괴물을 그리기는 쉬워도 보이는 사람이나 사물을 그리기란 어렵다[畵鬼怪易, 畵人物難]"는 옛말을 거론하면서 세상에서 가장 평범하고 누구든 볼 수 있는 것이야말로 '본질까지 생생히 그려내기[神似]'가 가장 힘든 법이라고 지적하고 있다. 인물들의 일상의 단면들을 사실적으로 그려내는 가운데 그 이면의 본질적인 문제를 폭로하는 작품의 백묘식 풍자의 특징과 그 예술성을 잘 짚어주고 있는 또 다른 논평이라 할 만하다. 한편 작품의 이런 사실주의적 풍자가 개별 인물에 대한 비판에 머물지 않고 계층과 사회의 정신 구조, 시대와 역사의 근본적 문제를 완곡하면서도 날카롭게 파고드는 보편성을 잃지 않는다는 점에서 사상적으로도 높은 가치를 지녔다고 할 것이다.

냉철한 반성과 성찰의 풍자

『유림외사』의 풍자는 냉철한 성찰적 면모를 드러낸다는 점에서도 특징적이다. 이러한 특징은 긍정적 인물들까지도 풍자의 대상에서 제외하지 않았다는 점에서 잘 엿볼 수 있다. 가령, 우박사조차 수험생의 부정행위를 발각하고도 그냥 눈감아주는 흐리멍덩한 모습 등을 보이는가 하면, 장소광의 경우 다소 허세를 지닌 책상물림으로 그려진 경향이 있으며, 지형산은 고루한 구석이 있고, 소운선은 팔고 과거제도에 대한 문제의식이 결여되어 있으며, 심경지 역시 얼마간 속된 면모를 드러내는 흠결을 보이기도 한다. 이런 점들은 모순적이기보다는 오히려 서사의 진실성과 인물의 현실성을 더해주면서 풍자의 객관성을 제고하고 있다.

이러한 특징은 작가 자신의 모습을 투영한 두소경에게서 특히 잘 드러난다. 두소경은 긍정적 인물 중 가장 많이 등장하고 그만큼 자세히 묘사되고 있는 점에서 성찰적 풍자의 면모를 엿보기에 적절한 인물이기도 하다. 실제로 다른 인물이 두소경을 부정적으로 평가하는 장면이 작품 곳곳에서 눈에 띄는데, 이러한 평가들은 때로는 도리어 두소경을 높여주면서 평가하는 인물의 부정적 측면을 드러내는 풍자로 기능하기도 하지만, 적어도 작가의 화신인 인물을 타자의 시선을 통해 대상화하고 희화하는 대목들이라는 점에서 공통점을 보인다.

일례로 두소경 집안의 집사였던 누 노인이 와병 중에 그에게 유언처럼 당부하는 대목에서, 누 노인은 두소경의 "인품과 학문은 당대 제일"이지만, 집안일도 제대로 모르고 좋은 벗을 사귈 줄도 모르는 인물로 평가하고 있다. 실제로 두소경은 세상 물정에 어두워 소인배들에게 이용당하는 모습을 자주 드러낸다. 그가 식객처럼 데리고 있던 의사 장준민張俊民은 가짜 협사 장철비인 것으로 밝혀지고, 또 그와 가깝게 지내는 수재 장도臧荼는 부귀공명에 눈먼 자이자 두소경과 두신경 모두에게 빌붙는 인물이다. 두소경은 평소 자신의 가치지향과 어긋나는 인물들을 곁에 두고 있으면서 이용만 당하는 어리석은 모습을 보이는 것이다. 뿐만 아니라 장준민이 호적상의 거주지를 속여 자기 아들을 과거시험에 응시하게 해달라는 청탁을 선뜻 들어주기도 하고, 사람을 매수해 시험 학위 자격을 사거나 시험 결과를 조작하는 장도의 비리를 알고도 그런 일을 위해 흔쾌히 돈을 빌려주는 의아한 모습을 보이기도 한다. 어리석어 보일 정도로 남 돕기를 좋아하는 그의 기질을 보여주는 것이기도 하지만, 자신의 도덕적 가치 기준과 배치되는 부패하고 타락한 사회 속에서 살아가는 지식인이 겪을 수 있는 현실적 상황을 객관적으로 묘사하며 스스로를 풍자

하고 있는 지점들이라 할 것이다.

한편 고 한림이 두소경을 비판하는 대목은 세속적인 시각에서 그가 어떻게 평가되는지가 가장 집중적으로 드러나고 있다고 할 만하다. 남경의 한 향신 집에서 고 한림과 마순상, 계위소, 지형산 등을 초대한 술자리에서 고 한림은 두소경에 대해 이렇게 말한다.

"……이 소경이란 자는 두 씨 집안에서도 가장 한심한 자요! 그 집안은 조상 수십 대 동안 의술로 널리 음덕을 쌓았고 전답도 엄청나게 모았지요. 그리고 조부인 전원공殿元公 대에 와서 벼슬길에 올라 집안이 흥성하게 되었습니다만, 그분은 수십 년 동안 관직에 있으면서도 돈 한 푼 못 벌었다지 뭡니까! 소경의 부친은 그래도 재주가 있어 진사에 급제해 태수를 한번 지냈지요, 그런데 이 부친 때부터 벌써 멍청한 짓을 하기 시작해서, 관리 노릇을 할 때 상급 관청은 전혀 떠받들 줄 모르고 그저 백성들 환심만 사려고 했지요.……결국 상급 관청에 밉보여서 관직을 잃고 말았지요. 이 아들놈은 더욱 가관이어서 무위도식이나 하면서 중이나 도사, 장인, 거지들은 전부 불러다 어울리고, 제대로 된 사람들과는 상대하려 하지 않는다니까요! 결국 10년도 안 되어 6, 7만 냥이나 되는 은자를 몽땅 써 버렸지요. 그러다 천장현에서 버틸 수 없으니까 남경으로 옮겨와서는 날마다 마누라 손을 잡고 술집에 가서 술을 마시는데, 손에 구리 잔을 들고 다니는 꼴이 영락없이 구걸하는 거지 행색이지요. 그 집안에서 이런 자손이 나올 줄 누가 알았겠습니까! 저는 집에

웃프게, 냉철하게: 뛰어난 풍자 예술

서 자식과 조카들을 가르칠 때 이 사람 이야기를 하며 경계로 삼도록 한답니다. 책상마다 천장현의 두소경을 본받지 말라고 써서 붙여 놓았지요.' 지형산은 이런 말을 듣고 얼굴이 벌게져서 말했다. '그분은 얼마 전 조정에서 훌륭한 인재로 천거되어 조정에서 불렀는데도 마다하고 가지 않았습니다.' 고 한림이 냉소를 띠며 말했다. '선생, 그것도 틀린 말씀이오. 만약 그가 정말 그렇게 대단한 사람이라면 과거에 급제해 벼슬길에 나가야지요.' 그리고 껄껄 웃으며 이렇게 덧붙였다. '그리고 천거를 받아 벼슬하는 게 어디 과거에 급제하여 정도正道로 등용되는 것과 같을 수 있나!'"(제34회)

팔고 과거제도의 신봉자이자 노예인 고 한림의 속물적인 가치관이 잘 드러나는 장면이지만, 이런 평가 가운데서 두소경, 나아가 작가 자신이 타인의 시선을 통해 '객관화'되며 조롱의 대상이 되는 것도 모자라 가장 경계해야 할 인물로까지 묘사되고 있음을 볼 수 있다.

그런가 하면, 감생監生 신분으로 남경 국자감 근처에 살며 국자감 교사들과 가깝게 지내는 속된 인물들인 이소伊昭와 저신儲信이 우 박사와 주고받는 다음과 같은 대화 역시 맥락상 유사함을 드러낸다.

"……그 사람이 본래는 부자였지만 지금은 완전히 빈털터리가 되어 남경으로 도망 와서 거짓말로 사람들 돈이나 뜯어먹고 산다는 걸 남경 사람이면 누구나 다 압니다. 행실도 형편없지요!' '무슨 일로 행실이 나쁘다는 건가?' '그자는 늘 아내를 데리고 술집에 가서 술을 마신답니다. 그래서 사람들이 모두 비웃지요.' '그게 바로 그 양반의 풍류와 고상함을 보여주는 것이네. 그걸 속된 사람들이 어찌 알겠나?' 그러자 저신이 말했다. '그건 그렇다 치더라도 선생님, 다음부터 돈이 되는 시나 문장은 그 사람에게 지어달라고 하지 마십시오. 그자는 과거시험도 보지 않는 사람이니, 지어 낸 글이 좋아 봤자 얼마나 좋겠습니까! 괜히 선생님 명성에 누가 될까 걱정입니다.'"(제36회)

두소경을 헐뜯으며 자신들의 잇속이나 챙길까 하는 두 인물의 비열함이 드러나는 장면이지만, 여기서도 세속적인 눈에 두소경이 어떻게 비춰지는지 그 단면이 잘 드러나고 있다. 이처럼 작가는 자신의 화신이자 긍정적 인물을 묘사함에 있어서도 결코 단순히 좋은 면만 보여주며 미화 일변도로 나아가지 않고, 결점이나 속인들의 부정적 평판까지 거듭 드러내고 있는 것이다.

여기서 속인들의 부정적 평가는 단지 자신들의 비뚤어진 가치관과 내면을 스스로 드러내는 데 그치지 않는다. 두소경이 아무리 긍정적인 면이 많다 해도 부패하고 타락한 현실을 일신할 실질적 방안도 힘도 없는 무력한 존재이고, 결국은 자신도 그런 세상에서 벗어나지 못한 채 살아가는 잉여적 존재일 수밖에 없는 현실적 한계가 행간에서 드러나고 있는 까닭이다. 두소경뿐 아니라 긍정적 인물들 모두가 정도와 양상은 달라도 모두 단점이나 문제점을 보이며 풍자의 필봉을 비켜 가지 못하는 것은, 그 자체로 작가 자신을 포함한 지식인 계층 전체에 대한 냉철한 반성과

웃프게, 냉철하게: 뛰어난 풍자 예술

성찰의 풍자를 보여주는 것에 다름 아니다. 작품 정문에서 긍정적 인물들의 이상적 가치 실현을 위한 실천들이 결국 좌절로 귀결되는 것 역시 이런 점과 무관하지 않다. 이처럼 작품의 풍자는 작가 자신, 나아가 사회 전체에 가장 큰 영향을 미치는 자기 계층 전체를 대상으로 삼은 반성적 차원의 것이라는 점에서 자못 깊은 사상적 의미와 가치를 지닌다고 할 것이다.

　　루쉰은 풍자의 생명은 진실성이며, 사실적이지 않으면 결코 풍자가 될 수 없다고 지적한 바 있다. 공정하며 객관적인 태도로 작가 자신까지도 대상으로 삼는 작품의 풍자는 이런 진실성을 충분히 구현하고 있으며, 루쉰이 『유림외사』를 진정한 풍자소설로 꼽은 것도 그 때문이라 할 것이다. 또 진실성에 기반하여 냉철하고 준열한 비판 정신을 완곡하면서도 자연스럽게 형상화함으로써 깊은 반성과 성찰을 이끌어 내고 있는 것이 『유림외사』 풍자의 진면목이라 할 수 있다. 제3회 와평에서는 "『유림외사』를 읽지 말라. 읽고 나면 결국 평소 살아가며 겪는 일들이 『유림외사』에 묘사된 것과 조금도 다를 바 없음을 깨닫게 된다."고 평가한 바 있는데, 이는 진실성을 바탕으로 한 작품의 냉철한 풍자적 특징과 더불어 그 예술성과 사상성까지 두루 아우르는 인상적인 논평이라 할 만하다.

살아있는 생활사박물관:
생생하게 그려진 명청시대 사회문화

　『유림외사』는 명청시대 지식인 계층은 물론 사회 전체의 구석구석을 일상의 단면들을 통해 사실적으로 묘사하고 있다. 그런 만큼 작품 속에는 과거시험과 관련된 다양한 문화는 물론 의식주를 비롯해 신분 질서, 신앙, 풍습, 상업, 유락, 교통 등 명청시대 사회상 및 생활상의 제반 면모가 생생하게 펼쳐져 있다. 작품은 마치 풍속화첩이나 다큐멘터리처럼 당대의 생활상과 다채로운 문화를 세밀하면서도 폭넓게 담아냈다고 할 만하다. 이런 점에서 『유림외사』는 명청시대 사회문화를 생생하게 전시하는 생활사박물관이라 해도 과언이 아니다. 그런 만큼 전통시기 독자들에게는 그 현실감으로 큰 공감을 얻었을 터이며, 오늘날에는 당시 사회문화 연구자들에게 중요한 참고 자료로 널리 활용되고 있기도 하다. 여기서는 작품의 이러한 면모 가운데 주요한 측면만 추려 간략히 소개한다.

수험 생활

　『유림외사』가 지식인 계층을 중점적으로 그린 소설이자 팔고 과거제도를 핵심적으로 문제 삼은 작품이다 보니, 과거시험 및 그 준비를 위한 교육, 관련 신분 질서와 의례, 풍속, 미신, 부정행위 등에 이르기까지 사실상 명청시대 과거문화의 면면을 총체적으로 그려내고 있다고 해도 지나치지 않다. 과거제도, 특히 명청시대의 과거제는 당시 사회문화 전반에 걸쳐 심원한 영향력을 발휘한 핵심 문화 기제였던바, 작품 곳곳에 자리한 관련 내용과 장면들을 통해 당시인들의 일상 속에 그것이 어떻게 스며들어 기능하고 있는지를 실감 나게 엿볼 수 있다.

　그 가운데 중심을 이루는 것은 아무래도 수험 생활이라 할 것이다. 작품에서는 학동들이 공부에 입문하는 것에서부터 사서四書 공부와 팔고문을 위한 작문 연습 등의 기초교육을 받는 과정, 수재가 되기 위한 시험을 위시하여 단계별로 무한 반복되는 층층의 시험에 관한 묘사나 언급이 수없이 등장한다. 이는 작품에 등장하는 지식층 인물들이 대부분 거인 이하의 중하층 지식인이라는 점과도 밀접히 맞물려 있다. 그들 대다수는 자발적으로 이 기나긴 수험 생활의 고통스러운 '문화 감옥'에 갇히는 삶을 살아가는 것으로 묘사된다. 그런 가운데 평소 시험에 대한 관심과 그에 관한 대화, 시험 준비 과정, 응시로 인한 여정, 시험을 앞둔 기대와 불안, 시험을 치르는 광경, 시험 결과에 따른 기쁨과 좌절,

거듭된 실패로 인한 생활고, 합격에 따른 의례나 인간관계 및 삶의 변화 등 수험 생활의 면면이 작품 곳곳에서 다양하게 그려지고 있다.

그 가운데 시험에 관한 묘사가 가장 집중적으로 드러나는 대목으로는 제42회에서 탕 씨 형제가 응천부[남경] 향시에 응시하는 대목을 꼽을 수 있다. 이들이 향시를 보기 위해 고향인 강소성 양주부揚州府 의징현儀徵縣에서 길을 나서 남경에 도착하여 응시를 준비하고 시험을 치르고 결과를 확인하기까지의 전 과정이 다음과 같이 묘사된다.

"두 공자는 숙소를 잡자마자 [집사] 털보 우 씨尤氏를 재촉해서 새 방건과 시험장에 들고 갈 대바구니, 구리 주전자, 가림막, 주렴, 화로, 촛대, 심지 자르는 가위, 답안지를 담는 자루 등을 모두 두 개씩 사오게 했다. 그리고……시험장에서 나눠준 빈 답안지에 이름을 써서 다시 제출하고, 시험장에서 먹을 음식을 준비했다. 준비한 음식은 월병과 오렌지로 만든 다과, 연밥, 껍질 깐 용안龍眼, 인삼, 볶은 쌀, 오이장아찌, 생강, 그리고 절인 오리 따위였다. 탕유湯由가 탕실湯實에게 말했다. '귀주에서 가져온 아위阿魏[향신료, 해독제 등으로 쓰이는 식물. 여기서는 그것을 넣어 만든 진정제를 가리킴]도 좀 가지고 가자. 시험 보다가 글자라도 잘못 써서 초조해지면 먹어야지.' 하루가 꼬박 걸려서야 모든 준비가 끝났다. 두 공자는 준비물을 하나하나 직접 살펴보면서 말했다. '공명을 이루는 큰일을 대충대충 할 수는 없지!'

살아있는 생활사박물관: 생생하게 그려진 명청시대 사회문화

8일 아침이 되자 그들은 자신들이 쓰고 있던 낡은 방건을 두 하인에게 줘서 쓰게 하고, 대바구니를 안고 시험장 앞에서 그들 대신 대기하게 했다.……날이 저물 무렵에야 의징에서 선발된 수재들의 출석 점검이 끝나 두 공자의 차례가 되었다. 정문을 들어설 때 두 하인은 따라 들어갈 수 없었기 때문에 두 공자는 각기 대바구니를 안고 봇짐을 져야 했다. 정문 안에는 양쪽으로 갈대 잎을 쌓아 피워놓은 모닥불 불빛이 하늘에 닿을 듯 환하게 밝혀져 있었다. 두 공자는 땅바닥에 앉아 상의를 풀어 헤치고 신을 벗었다. 그때 안쪽에서 크게 외치는 소리가 들려왔다. '자세히 검사하라!' 두 공자는 사람들을 따라 들어가 두 번째 대문에서 빈 답안지를 돌려받은 후, 시험장 문으로 들어가 각자의 자리[號舍]로 갔다.

그렇게 10일까지 시험을 치고 나오니 지쳐 쓰러질 지경이었다. 그들은 각자 오리를 한 마리씩 먹고 하루 종일 잠을 잤다. 세 차례의 시험이 모두 끝나고 16일이 되자, 그들은 하인에게……극단을 하나 불러와 신에게 감사하는 공연을 하게 했다.……두 사람이 숙소로 돌아오고 20여 일이 지나 시험장 앞에서 남색 명단[차기 시험 응시 자격 취소자 명단]을 쓸 먹물을 들여가자, 곧 합격자가 발표된다는 것을 알 수 있었다. 그로부터 이틀 후 합격자를 발표했는데, 탕 씨 형제는 모두 합격하지 못했다. 그들은 7, 8일 동안 숙소에서 화만 내고 있다가 각기 세 장씩 탈락한 답안지를 돌려받았는데, 세 장 모두 채점관들이 끝까지 읽은 흔적이 없었다. 두 사람은 시험장 감독관과 채점관들이 꽉 막혔다며 욕을 퍼부었다……"

총 9일간에 걸쳐 진행되는 시험을 위해 각종 물품을 준비하고 점검하는 것에서부터 시험 당일 수험생 출신 지역별 출석 점검, 소지품 검사와 시험장 입장, 시험 종료 후 결과를 기다리는 과정, 결과가 발표되고 시험지를 돌려받은 후의 반응에 이르기까지가 자못 생생하게 그려지고 있음을 볼 수 있다. 이 인용문 바로 앞에는 두 형제가 남경으로 오는 길에 어떤 문제가 출제될지 의견을 주고받는 장면과 더불어 남경 숙소 도착 후 각처에서 몰려온 수재들이 시험을 대비하며 홍얼홍얼 글을 읽고 있는 장면 등이 묘사되고 있기도 하다.

이 대목의 묘사는 여기에 그치지 않는다. 탕 씨 형제가 남경으로 출발하기 전날 기생집에서 술을 마시며 시험 개시 전 시험장의 의례에 대해 장황하게 떠벌리는 장면도 다음과 같이 상세히 그려지고 있다.

'"시험장 앞에서 미리 대포를 세 방 쏘면 시험장 울타리가 열리고, 다시 세 방을 쏘면 대문이 열립니다. 그리고 다시 세 방을 쏘면 시험장 문인 용문龍門이 열리니 모두 아홉 방의 대포를 쏘는 게지요.'……'대포를 쏘면 대청 안에 향로가 놓인 탁자가 마련되고, 응천부윤應天府尹께서 복두幞頭를 쓰고 망포를 입은 채 절을 올린 다음, 일어서서 차양으로 얼굴을 가리지요. 그러면 포정사布政司의 사무관[書辦]이 무릎을 꿇고 삼계복마대제三界伏魔大帝 관성제군關聖帝君[관우關羽]을 청해 시험장 안의 사악한 것들을 물리치시게 하고……그런 다음 부윤께서 차양을 치우고 다시 절을 올려요. 그 뒤에 포정사 사무관이 무릎을 꿇고 칠곡七

曲 문창개화文昌開化 재동제군梓潼帝君[공명과 녹위祿位를 주관하는 문창제군을 모셔서 시험을 주관하게 하시고, 괴성노야魁星老爺[문장을 주관하는 규성奎星]를 청해 시험장에 빛을 밝히게 한답니다.'……'문창성을 모신 후 부윤께서 나아가 다시 큰절을 세 번 올리면, 사무관이 무릎을 꿇고 시험에 응시한 사람들의 공덕부모功德父母들을 모신다오.'……'공덕부모는 그 집안에서 진사에 급제하고 벼슬살이를 한 적이 있는 조상들이지요. 그런 분들이라야 모셔 올 수 있어요. 늙도록 수재에 머물고 만 자들과 일반 백성들이야 뭐 하러 부르겠습니까?'……'시험장의 각 자리 앞에는 붉은 깃발이 하나씩 걸리고, 그 아래엔 또 검은 깃발이 하나 걸려 있지요. 붉은 깃발 아래에는 응시자에게 은혜를 갚을 귀신들이 모여있고, 검은 깃발 아래에는 응시자에게 원한을 품은 귀신들이 모여있다오. 이때 부윤께서는 대청의 공무를 처리하는 자리에 올라가 앉으시지요. 그 뒤에 사무관이 은혜 갚을 귀신도 들어오고 원한 품은 귀신도 들어오라고 외치면, 양쪽에서 지전紙錢을 사른다오, 그러면 음산한 바람이 쏴 하고 불어오고, 그 바람에 따라 태운 지전이 각기 붉은 깃발과 검은 깃발 아래로 날려간답니다.'……"

민간신앙의 미신적 요소가 다분히 반영된 과거시험장의 의례와 풍속의 일면이 세밀하면서도 흥미롭게 묘사되고 있는 대목이다. 이 장면 뒤로는 시험장에서 일어난 괴담 하나가 소개되고 있기도 하다. 한편 이러한 묘사가 결국 보기 좋게 낙방할 탕 씨 형제가 자신들 집안에 굽실거리는 사촌 형이자 한량인 탕육湯六과 기생들의 열띤 호응을 받아 가면서 우쭐대며 떠벌리는 상황 설정과 절묘하게 어우러지고 있는 점도 흥미롭다.

出版 문화

중국은 4대 발명품의 하나인 종이를 발명한 나라라는 지위에 걸맞게 출판 문화도 일찍부터 발달했다. 위진남북조 시기에 이미 초기 형태의 서점을 통한 서적의 유통이 시작되었고, 명대 말기에 이르러서는 출판인쇄 문화가 절정을 구가하였다. 인쇄본의 역사에서 유럽이 아직 요람기이던 시절에 중국은 이미 성인기에 도달해 있었다고 평가될 만큼 중국의 출판 문화는 세계적으로도 눈부신 선진성을 자랑했다.

출판의 발전은 문화 자체는 물론 기술, 상업 등의 발달에 힘입었지만, 점진적인 독서층의 증가 곧 수요의 확대가 여기에 큰 역할을 했음은 말할 나위 없다. 또 이 점에 있어서 지대한 영향을 미친 것이 과거제도이다. 과거제도는 식자층의 확대를 견인하였고, 이는 과거제가 본격적으로 발전하기 시작한 송대 이후 가속화되었다. 더욱이 과거제도의 시행으로 당대에 이미 수험용 입문서나 모범답안류의 수험서가 등장하기 시작했고, 송대 이후로는 이러한 책들이 인쇄본의 형태로 자못 성행하기에 이르렀다. 과거제도가 학교 제도와 결합되어 더욱 확대·발전한 명청시대, 특히 명대 후기에 와서는 식자층의 급증이 상업의 비약적 발전에 따른 출판인쇄 문화의 급성장과 맞물리면서 수험용 서적 출판 역시 대중화되기에 이른다.

『유림외사』의 주요 공간 배경이기도 한 강소, 절강 등 강남 지역은 이 시기 출판인쇄 문화의 중심지로 기능하였다. 당시 출판시장에서 양적으로 가장 주류를 이룬 것은 다름 아닌 초급 교육을 위한 도서류를 포함한 수험용 서적이었고, 소설을 포함한 통속적 독서물이 그다음이었다.

명청시대의 이러한 상황과 관련하여 작품에는 서방書坊이라 불리는 출판사와 서점, 수험서, 특히 팔고문선집의 편찬, 선문가들, 판각과 인쇄, 상업적 유통 및 그 네트워크 등과 관련된 내용이 적잖게 그려지고 있다. 작품 내용상 주로 팔고문선집의 편찬 및 판매에 관한 내용에 편중되어 있기는 하지만, 관련 대목을 통해 당시 대중적 출판인쇄 문화의 단면을 자못 생생하게 엿볼 수 있다.

그 가운데 가장 구체적으로 묘사되고 있는 대목으로는 광초인이 강남 출판의 거점 중 하나인 항주에서 처음으로 팔고문선집을 펴내는 이야기를 들 수 있다.

"그날 밤 광초인은 술을 마시고 돌아와 잠을 잤다. 다음 날 새벽 문한루文翰樓 서방의 주인이 올라와 이렇게 말했다. '선생, 상의할 일이 있습니다.' 광초인이 무슨 일인가 물으니, 주인이 이렇게 이야기했다. '친구와 합자해서 시험 답안지를 책으로 간행하여 팔려고 하는데, 선생께서 문장을 선정하고 평을 좀 써 주셨으면 합니다. 내용도 훌륭해야 하지만 또 빨리 해 주셔야 합니다. 글이 모두 3백여 편인데, 시간이 얼마나 걸릴까요? 산동과 하남의 상인들에게 주어 팔게 할 생각인데 시간이 촉박합니다. 만약 출간이 늦어 그들이 떠나버리기라도 한다면 때를 놓치게 됩니다. 책을 출간할 때 표지에 선생의 성함을 넣을 것이고, 선집료 약간과 견본 몇십 권을 드리겠습니다. 시간 내에 해주실 수 있을까요?' '대략 며칠 내에 끝내야 차질이 없을까요?' '보름 내에 된다면 좀 여유가 있고요, 그게 어렵다면 20일 내에는 끝내야 합니다.' 광초인이 속으로 계산을 해 보니 보름이면 그럭저럭할 수 있을 것 같아 그 자리에서 제안을 받아들였다. 주인은 즉시 산더미 같은 시험 답안들을 위층으로 옮겨 왔고, 점심때는 요리를 네 접시 준비해서 변변치 않지만 먹어 보라고 하면서 말했다. '견본용 책이 나오면 다시 한 턱 내고, 정식으로 책이 나오면 또 한턱 내겠습니다. 평소에는 간단한 찬을 내겠지만, 초이튿날과 열엿새에는 목구멍 때를 벗길 고기를 준비하겠습니다. 차와 등유는 다 저희 가게에서 대 드리겠습니다.' 광초인은 아주 좋아하면서 그날 저녁부터 불을 밝히고 부지런히 비점批點을 달았다.

······엿새 만에 3백여 편의 문장에 비평을 모두 마치고 호밀지 집에서 [선문가 위체선, 수잠암에게] 들었던 [팔고문 관련] 이야기들을 부연해서 서문을 붙였다.······선정 작업이 끝나자, 서방에서 가져다 보고 나서 이렇게 말했다. '일전에 제 집안 형님이 운영하시는 [가흥嘉興의] 문해루文海樓에서 마순상 선생은 팔고문 3백 편에 비점을 다는 데 두 달이나 걸렸고, 기일을 재촉하면 역정을 내었습니다. 그런데 선생께서 이렇게 빨리 끝낼 줄은 몰랐습니다! 제가 다른 사람에게 보였더니 선생의 비점은 통쾌하고도 자세하다고 합니다. 정말 훌륭하십니다! 선생께서 여기 계시면 조만간 여러 서방에서 모셔 가려 할 테니, 벌이도

살아있는 생활사박물관: 생생하게 그려진 명청시대 사회문화

늘어날 겁니다!' 그러고는 원고료 두 냥을 봉투에 담아 주면서, '책이 나오면 증정본 50권도 드리겠습니다'라고 했다. 이어서 술상을 준비해서 위층으로 올라와 먹었다."(제18회)

팔고문의 대가도 경험 있는 선문가도 아닌 광초인이 초단기간에 팔고문을 선정하여 비점과 서문을 달아 책을 내게 되는 과정을 그린 대목이다. 소위 팔고문 선문가들이란 자들의 수준과 광초인이 타락해 가는 과정을 풍자하는 의도가 깔려있다는 점을 감안해야 하지만, 당시 수험서 출판의 기본적인 과정이 자못 사실적으로 상세히 묘사되고 있음을 볼 수 있다. 우선 출판사 대표가 필자에게 각종 조건을 제시하며 모범답안집 해설서 편찬을 의뢰하고, 필자가 이를 수락하여 기한 내에 작업을 마쳐 원고를 넘기고 보수와 더불어 피드백까지 받는 과정이 잘 드러나 있다. 또 시의성 있는 기획 출판 형식으로, 초기 투자금의 일부를 외부로부터 출자받고 기존의 광역화된 상업적 판매망을 통해 적기에 유통하여 이윤을 거두고자 하는 서방의 의도도 엿볼 수 있다. 아울러 한 가문 내 형제가 서로 다른 지역에서 별도의 이름을 가진 출판사를 각기 운영하면서 일종의 출판 네트워크를 형성하고 있는 모습도 대략 드러나고 있다. 작품에서 마순상이 이 두 서방으로부터 각각 선집 편찬을 의뢰받아 일하는 것으로 그려지는 데서도 그러한 관계가 드러나고 있기도 하다. 이런 점 역시 당시 출판 문화의 실제 면모를 잘 반영한 단면들이다. 한편, 서방 주인의 말처럼 과연 광초인의 이 처녀작은 성공을 거두어 이후 그는 다른 여러 서방으로부터 팔고문 선정 의뢰를 받게 되면서 나름 이름있는 선문가의 반열에 오르는 것으로 묘사된다.

여하튼 대략 이런 식으로 만들어진 팔고문선집이 광고문과 함께 서점들에서 팔리는 장면도 종종 등장하는데, 마순상이 서호 유람 중 서점에서 자신의 선집을 발견하는 장면도 그중 하나이다. 또 앞서 살펴본 탕 씨 형제의 남경 향시 응시 대목에서, 그들이 시험장 입장을 앞두고 있을 때 "회청교淮淸橋부터 시험장 입구까지 어지럽게 늘어선 노점상 진열대에 진열된 울긋불긋한 표지의 책들은 모두 소금현蕭金鉉과 제갈천신, 계염일, 광초인, 마순상, 거내순 등이 선집한 팔고문집들이었다."라고 묘사되고 있는 점도 흥미롭다. 수많은 가판 서점들에서 다양하면서도 수요자의 눈길을 끌 수 있도록 채색 표지로 장식된 모범답안 해설서들이 팔리고 있는 장면인 것이다. 명청시대에는 과거시험이 열리는 기간이 되면 시험장 부근에 임시 서점들이 개설되어 일종의 시험 특수를 누리는 것이 일반적이었는데, 작품의 이 장면은 대도시이자 유명한 출판의 거점 중 하나인 남경의 상황을 묘사한 것이니만큼 그와 같은 광경을 엿보게 해주는 좋은 예라 할 만하다.

상인 문화

유가사상이 오랫동안 사람들의 관념과 사회에 지대한 영향을 발휘했던 중국에서 상인은 사농공상 사민四民 가운데 가장 낮은 지위에 처해 있었다. 상업보다는 농업을, 이익[利]보다는 옳음[義]을 우선시해 온 유가의 오랜 관념 때문이었다. 그런 만큼 상업/상인에 대한 차별적, 부정적 편견은 그 뿌리가 깊었다. 그러나 중국의 상업은 송대에 이미 대도시를 중심으로 상당한 발전을 이루었고, 명대 후기에 이르러서는 소위 자본주의의 맹아가 형성되었다고 평가될 만큼 크게 발달하였다. 상업의 발전은 상인 계층의 증대와 그 지위의 향상을 가져왔고, 명대에는 처음으로 상인 자제들의 과거시험 응시가 법적으로 허용되기도 했다. 이러한 사회적 변화가 상인에 대한 전통적 시각을 근본적으로 바꾸지는 못했지만, 서서히 사람들의 관념에 변화를 일으키기에 충분했다. 명말청초에는 상업에 대한 긍정과 중시를 주장하는 진보적 사상가들이 등장하기 시작했는데, 이는 그러한 변화를 상징적으로 보여주는 단면이라 할 것이다.

청대 중엽에 지어진 『유림외사』에는 이러한 시대적 변화와 달라진 사회상이 적잖게 반영되어 있다. 이는 수많은 업종의 상점들과 상인들이 작품 곳곳에 등장하는 것에서 어렵지 않게 엿볼 수 있다. 일례로 작품 초반에 등장하는 범진의 장인 호 도호(胡屠戶)의 경우, 범진의 신분 변화에 따라 확연히 대조적인 모습을 드러내는 속물적 하층민의 대표적인 형상인데, 그는 푸줏간 주인 신분으로 그려진다. 그밖에도 작품에는 여러 유형의 행상, 노점상을 비롯해서, 쌀 장수, 향초 장수, 실 장수, 두건 장수, 종이 장수, 땔감 장수, 비단 장수, 도장 가게 주인, 양조장 주인, 부동산 중개인, 악기 수리상, 수상 운수업자, 도박업자 등등 다종다양한 중소 상인들이 등장한다. 이러한 상인 인물들은 작품 속 비중이나 기능은 차치하고 그 자체로 당시 사회의 상업적 생활상을 보여줌과 동시에, 작품이 사회 구석구석을 조망하면서 지식인들이 살아가는 사회 환경을 입체적으로 드러내고 있음을 방증한다고 할 것이다. 게다가 거듭된 과거시험 실패로 소상인으로 전락한 인물들이 그려지고 있는가 하면, 과거시험을 준비하거나 명사를 자처하면서 상업을 겸한다든지 생계를 위해 일시적으로 장사에 몸담는 경우들이 적잖게 그려지고 있기도 하다. 그만큼 상업의 보편화가 식자층의 급증과 맞물리면서 지식층과 상인 사이의 연관성이 증대됨과 동시에 양자 사이의 경계가 상당 부분 허물어진 사회상을 담아내고 있다고 할 터이다.

중소상인들 외에 작품에는 염업과 전당업 등 고수익 사업을 통해 막대한 부를 축적한 거상들도 다수 등장한다. 가장 대표적인 것이 [대운하의 핵심 거점 도시] 양주 등지에서 활동하는 휘주 출신 상인들 곧 휘상徽商이다. 휘상은 산서성山西省 출신 진상晉商과 더불어 명청시대 중국의 양대 상방商幫을 이루면서 중국은 물론 아시아 곳곳에 이르는 거대한 네트워크를 형성해 활약한 상업 집단으로 유명하다. 작품에 등장하는 양주의 만설재萬雪齋와 송위부宋爲富, 그리고 오하현 방 씨 집안의 방표方杓 형제 등에 대한 묘사는 당시 휘상의 금권과 그들의 생활상을 구체적으로 엿보게 해준다.

그 가운데 제22회에서 가짜 명사 우옥포牛玉圃와 우포랑이 만설재의 집을 방문하는 대목은 대염상에 관한 묘사 가운데 대표적인 장면으로 꼽을 만한데, 그 일부만 소개하면 다음과 같다.

"그들은 곧 호랑이 석상이 세워진 문루로 들어가 벽돌 깔린 마당을 지나 대청에 이르렀다. 고개를 들어 보니 중간에 커다란 편액이 하나 걸려 있는데 거기에는 금색 글씨로 '신사당愼思

堂'이라고 적혀 있고, 그 옆에는 한 줄로 '양회염운사사兩淮鹽運使司 염운사鹽運使 순매荀玫 씀'이라고 적혀 있었다.

　　방 안쪽에는 양쪽에 금전지金箋紙에 쓴 대련이 걸려 있었는데, 그 내용은 다음과 같았다. '공부도 좋고 농사도 좋지만, 무엇이건 잘 배워야 좋은 것이라네. 가업을 열기도 어렵고 성공을 지키기도 어렵지만, 어렵다는 걸 알면 어렵지 않다네.' 안쪽 벽에는 예찬倪瓚[원대의 유명 화가]의 그림이 걸려 있었고, 책상 위에는 다듬지 않은 큰 옥돌 하나가 놓여 있었다. 그 둘레에는 자단목紫檀木 의자 열두 개가 놓여 있었다. 책상 왼쪽에는 온몸을 비춰볼 수 있는 여섯 자 높이의 거울이 세워져 있었다.

　　그 거울 뒤쪽으로 들어가니 두 짝 여닫이문이 활짝 열려 있고 자갈이 깔린 땅이 연못을 따라 이어지는데, 그곳에는 모두 붉은 난간이 둘려 있었다. 그 안으로 걸어 들어가자 세 칸짜리 화려한 응접실이 보였는데, 문틀에는 반죽斑竹으로 만든 주렴이 걸려 있었다. 그곳에서 시중을 드는 어린 하인 둘이 두 사람이 걸어오는 것을 발견하고 주렴을 걷어 들어오게 해주었다. 그 안쪽에 벌여 놓은 것은 모두 반질반질 다듬은 녹나무 탁자와 의자였고, 벽 가운데는 하얀 종이에 먹으로 '꽃을 다듬듯 아름다운 시구詩句를 짓다'라고 쓴 작은 편액이 걸려 있었다.

　　둘이 앉아 차를 마시고 있노라니, 주인 만설재가 안쪽에서 걸어 나왔다. 그는 머리에 방건을 쓰고 손에는 금박 부채를 흔들고 있었는데, 연한 노란색의 비단 도포를 입고 붉은 신을 신고 있었다. 그가 나와서 우옥포와 정중하게 인사를 나누자, 우옥포가 우포를 불러 인사를 시켰다.……"(제22회)

호화롭고 어딘지 졸부 티가 나면서도 저속하지만은 않은 대저택의 내부와 염상의 모습이 눈앞에 펼쳐지듯 세밀하게 묘사되고 있음을 볼 수 있다. 만설재는 본래 염상 집안의 서동書童 출신으로, 운 좋게 벼락부자가 된 인물이다. 그가 집안을 서화로 장식하고 문사들이 쓰는 방건을 쓰고 있는 것에서 교양 있는 상인으로 보이고자 하는 태도를 엿볼 수 있다. 또 이 대목은 금권을 이용해서 이른바 명사들과의 교류를 통해 자신들의 문화적 욕구를 충족하고 고상한 이미지를 얻고자 하는 염상의 의도가 어렴풋이 드러나는 부분이기도 하다. 그러나 결국 그보다는 그의 부를 탐내 뭐라도 얻어내려 접근하는 가짜 명사의 가식과 속물근성이 더 강하게 풍자된다. 겉으로는 애써 아닌 척하지만 상인의 금권에 빌붙는 지식층의 씁쓸한 실상을 드러냄과 동시에, 그만큼 무시할 수 없는 현실적 지위를 지닌 거상의 존재가 잘 드러나는 대목이라 할 만하다. 권세만 쫓는 오하현의 타락한 세태를 그토록 개탄하는 여특도 염상 집에서 가정교사를 하는 것으로 그려지고 있는데, 이는 대상인과 지식인 사이의 현실적 역학관계를 단적으로 보여주는 또 다른 예라 할 것이다.

　　그런가 하면, 진사 출신이자 염업 감독관인 염운사鹽運使 순매荀玫가 쓴 대청의 편액에서 상징적으로 드러나듯, 이들 대상인은 또 관료들의 정치적 권력 밑에 있으면서 그들과 결탁하기도 하며 자신들의 이권과 지위를 지켜야 하는 입장에 있었음을 엿볼 수 있다. 만설재는 거금을 들여 한림학사의 딸을 며느리로 맞이한 것으로 그려지는데, 여기서도 의도적으로 권력자와의 유착관계를 맺으려는 노력이 드러난다. 작품에서는 또 이런 대상인들이 지방관들과 결탁하여 그 권세를 등에 업는 모습이라든지, 반대로 관권 앞에 감히 정면으로 맞서지 못하는 양태가 간간이 묘사되고 있기도 하다.

염상들 가운데 일부, 예를 들어 오하현 방 씨 집안의 염상들은 상인이면서 동시에 지역 향신 신분을 겸한 인물로 묘사되고 있기도 하다. 그들의 향신 지위가 과거시험을 통한 것인지 아니면 학위 구매를 통한 것인지는 작품 속에서 확인할 수 없다. 그러나 어느 쪽이든, 향신 지위의 겸비가 그들의 사회문화적 욕구와 현실적 필요에 따른 것이자, 관료들과의 관계를 원활하면서도 유리하게 이끄는 데 큰 도움이 되는 것임은 말할 나위 없다. 또 이는 지식층과 상인 사이의 경계가 점차 모호해져 가는 현실을 거듭 드러내는 지점이기도 하다. 실제로 명청시대에 부유한 상인층, 특히 양주의 염상 등 휘상은 막강한 자금력을 자제들의 교육과 과거시험 준비에 적극 활용하여 상당한 성공을 거둠과 동시에 지역 사회에서 자신들의 사회적 지위를 강화할 수 있었다.

한편, 작품 속에 드러나는 작가의 상인에 대한 태도는 유연하면서도 일면 모호함을 보이는 경향이 있다. 작가의 상인에 대한 평가는 우선 단순 긍정이나 부정의 형태로 나타나기보다는 지식인 등 다른 계층에 대한 태도와 마찬가지로 작가 자신의 도덕적 가치 기준에 따라 달리 나타나는 양상을 보인다. 가령 과거시험에 한이 맺힌 주진을 동정하며 십시일반으로 감생 자격을 사주어 시험에 응시할 수 있도록 적극 돕는 의로운 행상들이라든지, 평소 친구를 자신처럼 아끼고 사람의 도리를 더 중시하는 부상富商 장탁강莊濯江, 작은 가게를 운영하며 겨우 먹고살면서도 서로 깊은 우의를 나누며 정성과 예를 다하는 우 노인과 복 노인 등 일부 상인은 매우 긍정적인 시각에서 묘사되고 있다. 이들은 탐욕이 없고 속되지 않으며 군자다운 품행을 지녔다는 점에서 공통점을 보인다. 부귀공명의 욕망에 노예가 된 지식인보다 상인 신분인 이런 인물들을 더 긍정적으로 그릴 만큼 작가의 상인에 대한 시각은 기본적으로 열려 있음을 알게 해주는 예들이라 할 것이다.

염상과 같은 거상들의 경우, 얼핏 보기에는 전반적으로 부정적으로 다룬 듯한 편향된 인상을 주기도 한다. 그러나 자세히 뜯어보면 그렇지만은 않다. 그들이 금권 및 관과 결탁한 권세로 횡포를 부리는 것이 일부 부정적으로 그려지고 있는 것은 사실이다. 그러나 그것은 그들의 탐욕과 타락, 권세 남용과 같은 문제점들을 겨냥하는 것일 뿐 염상 전체를 시종 부정적으로 그리고 있지는 않다. 대체로 그들은 부정적 지식인 인물들에 비해 결코 더 못한 존재들로 그려지지도 않는다. 오히려 그들에게서 무언가를 얻어내고자 하나 뜻대로 되지 않자 그들을 시샘하며 비방하는 지식인의 위선 같은 문제점을 풍자하거나, 그들의 세력 부상에 위협을 느끼는 무력한 지식인들의 경계심 어린 부정적 반응을 이끌어 내는 매개 역할로서 비중이 더 크다고 해도 과언이 아니다.

전반적으로 볼 때 대상인, 특히 염상들에 대해서는 완전한 부정도 그렇다고 완전한 긍정도 하지 않는 다소 모호한 입장에서 사실적으로 묘사하는 경향을 보인다고 할 만하다. 이는 작가가 상업 발전의 가속화와 상인의 지위 및 권세 상승이라는 피할 수 없는 현실의 흐름을 상당 부분 받아들이는 가운데 가급적 사실적

살아있는 생활사박물관: 생생하게 그려진 명청시대 사회문화

으로 묘사하는 쪽을 택한 것으로 판단된다. 참고로 오경재 만년의 망년지교로서 오경재가 어려움에 처해 있을 때 금전적, 정신적 도움을 아끼지 않고 작가 사후 유일하게 그를 위해 전기「문목선생전文木先生傳」]를 쓴 정진방程晉芳이 유명한 휘주 출신 염상 집안의 문인이었음을 지적하지 않을 수 없다. 오경재는 한때 정진방의 집에 초대되어 두어 달을 머물기도 했는데, 이러한 경험은 작품 창작에 풍부한 소재로 활용된 것으로 평가된다. 또 정진방은 『유림외사』가 완성된 후 작품을 직접 읽고 높이 평가하기도 하였다. 여하튼 이 같은 관계는 작가의 대상인에 대한 인식과 평가, 그리고 작품 속 묘사를 모호한 가운데서도 대체로 객관적이면서도 사실적인 쪽으로 기울게 하는 데 일정한 영향을 미쳤을 터이다.

도시와 교통

명대 후기 이후 중국은 비약적인 경제 발전을 이루었고, 명청 교체 시기 어려움을 겪기는 했으나 이러한 호황은 대략 18세기까지 이어진다. 명청시대 경제 발전의 중심은 단연 소위 강남이라 불리는 강소, 절강 일대였다. 중국 최대의 젖줄 양자강과 바다가 만나는 지역이자 온화한 기후에 강수량도 풍부하여 천혜의 자연환경을 갖춘 이곳에 위진남북조 시기 이래 북방 민족 세력과 전란 등을 피해 한족들이 지속적으로 이주해 와 지역을 개발해 온 덕분이었다. 여기에 북방의 정치 중심과 이어진 물류의 대동맥인 대운하가 항주에서 북경까지 이어진 것도 이 지역 발전에 또 하나의 큰 동력으로 작용하였다. 그리하여 강남 지역은 명청시대는 물론 현재까지도 중국 경제의 핵심축 역할을 하고 있다. 그런 만큼 이 지역에는 많은 도시들이 형성될 수 있었다. 또 이 지역은 수많은 하천과 호수를 잇는 크고 작은 수로들이 그물망처럼 연결된 물의 고장(水鄕)으로도 유명하다. 이 물길들은 도시와 도시, 도시와 향촌을 이어주는 편리한 교통로로 활용되었고, 이는 사람들의 이동과 도시의 발전을 촉진하였다. 도시를 중심으로 한 상공업의 발전과 그를 통한 부의 축적은 도시 자체는 물론 도시를 중심으로 한 문화의 발전을 뒷받침하여, 이 지역이 명청시대 문화의 중심으로 번영을 누리기도 했음은 물론이다.

이런 지역을 중심 무대로 삼은 작품에 도시에 대한 묘사가 빠질 수 없다. 특히 남경과 항주, 양주가 가장 중점적으로 묘사되고 있고, 그밖에 소주, 가흥, 호주, 소흥 등 여러 도시도 자연스럽게 등장하고 있다. 그 가운데 가장 상세히 묘사되는 것은 단연 남경이다. 앞서 소개했듯 남경은 육조 시대 이래 4대 고도(古都)의 하나로 꼽히는 도시이자 명나라의 첫 수도였으며, 명청시대 한족의 정신적 구심점과도 같은 곳이었다. 더욱이 작가의 제2의 고향으로서 작품 속에서 특별한 가치론적 공간으로 설정되어 있는 도시이기도 하다. 작품에서 남경은 빈번히 등장하고 거론되지만, 도시의 모습을 특별히 묘사한 몇몇 대목들이 눈에 띈다. 대표적인 장면 하나를 먼저 소개하면 다음과 같다.

"남경이란 곳은 바로 태조 황제께서 도읍을 세우신 곳으로,

내성의 문이 열세 개이고, 외성의 문이 열여덟 개이며, 성의 직경은 40리에다 성의 둘레는 족히 120리가 넘는다. 성안에는 큰 거리가 수십 개요 작은 골목은 수백 개나 되는데, 그 거리와 골목마다 사람들이 북적대고 화려한 건축물들이 즐비하다. 성 안에는 강이 하나 있는데 동수관東水關에서 서수관西水關에 이르기까지 10리를 흐른다. 바로 진회하秦淮河이다. 물이 불어날 때면 놀잇배에서 음악 소리가 밤낮으로 끊이지 않고 흘러나온다. 성 안팎으로 화려한 색의 도관과 절들이 가득하니, 육조 시대에는 480곳이 있었지만, 지금은 4천 8백 곳도 넘는다. 큰 거리와 작은 골목의 술집들은 합쳐서 7천 곳 정도는 되고 찻집은 천 곳이 넘는다. 아무리 외진 골목에 가더라도 등불을 걸어 두고 차를 파는 집이 있어서 싱싱한 꽃을 꽂아 두고 깨끗한 빗물을 끓이고 있다. 그리고 그 안에는 차 마시는 사람들이 가득 들어차 있다. 저녁이 되면 길 양쪽 술집에서 내건 명각등明角燈이 길거리마다 수천 개씩 밝혀져 있어 마치 대낮처럼 환하게 길을 비추니, 지나다니는 사람들은 등을 가지고 다니지 않아도 된다.

  이 진회하라는 곳은 달이 뜰 때면 밤이 깊을수록 배들이 많이 나오는데, 그 배에서는 악기 소리와 노랫소리가 가늘게 흘러나와 부드럽고도 쓸쓸한 소리가 사람들의 마음을 적신다. 강 양쪽의 하방河房에 사는 젊은 여인들은 얇은 비단옷을 입고 머리에 말리화 꽃을 꽂고서 모두들 대나무 주렴을 걷어 올리고 난간에 기대어 음악 소리를 듣는다. 그리하여 등불을 밝힌 놀잇배에서 북소리가 한번 울리면 강 양쪽의 주렴이 걷히고 창이 열리며, 하방 안에서 피운 용연향龍涎香, 침향沈香의 연기가 일제히 뿜어져 나온다. 향 연기는 강 위의 달빛에 싸인 안개와 하나로 합쳐져 마치 낭원閬苑의 신선이나 요궁瑤宮의 선녀를 보고 있는 것 같다. 유명한 십육루十六樓의 관기들은 화장을 곱게 하고 눈부시게 화려한 옷을 입고 사방의 나들이객들을 맞는다. 정말 '아침마다 한식寒食이고, 저녁마다 정월대보름'이라고 할 만한 풍경이다."(제24회)

포문경이 고향 남경에 돌아온 시점에서 작가는 남경을 이렇게 소개한다. 이를 통해 남경이란 도시의 위상과 전체적인 규모 및 구조, 도시의 문화적·상업적 면모와 그 안의 대표적인 명소들, 그리고 거기에 거주하거나 그곳을 오가는 수많은 사람들의 풍속과 생활상 및 도시의 번화하고 화려한 분위기가 짧은 편폭 안에 공감각적으로 생생히 묘사되고 있음을 볼 수 있다. 특히 마지막 부분에서 이 풍요롭고 흥성흥성한 대도시를 지상 낙원처럼 매우 긍정적으로 평가하고 있는 점도 지적하지 않을 수 없다. 이 대목은 마치 한 편의 유기遊記나 문학성이 가미된 지리서의 한 대목과도 같이 그 자체로 하나의 상대적으로 독립된 글을 이루는 양상을 보이는데, 그만큼 작가가 특별히 의미를 부여하는 도시에 대한 긍정적 시선을 엿볼 수 있는 부분이다.

이 대목이 남경의 면모를 전반적으로 그렸다면 다음 장면은 남경의 명물이자 명소인 진회하에 초점을 맞추어 묘사한 부분이다.

"매년 4월 보름이 지나면 남경성 안 진회하의 경치가 점차

살아있는 생활사박물관: 생생하게 그려진 명청시대 사회문화

볼만 해진다. 누각을 떼어내고 천막을 친 배들이 양자강의 각 지류에서 흘러들어온다. 선창 안에는 금칠을 한 네모난 작은 탁자들 가져다 놓고, 그 위엔 의흥宜興에서 만든 찻주전자와 선덕宣德[1426~1435], 성화成化[1465~1487] 연간에 만들어진 정교한 찻잔들을 올려놓고서 빗물로 품질 좋은 모첨차毛尖茶를 끓여낸다. 뱃놀이하는 사람들은 술과 안주, 과자를 준비해서 이곳 진회하로 놀러 온다. 이 진회하를 지나가는 나그네들도 은자 몇 전을 내고 모첨차를 사서 뱃전에서 끓여 마시면서 천천히 즐기며 가곤 한다. 날이 저물면 배마다 명각등을 두 개씩 밝히고 오가는데, 불빛이 강물에 비치면서 위아래가 모두 밝게 빛난다. 문덕교文德橋에서 이섭교利涉橋, 동수관에 이르기까지는 밤새 피리 소리와 노랫소리가 끊이지 않는다. 또 어떤 사람들은 물쥐 폭죽을 사다가 강물 위에서 터뜨린다. 그러면 불꽃이 강물 위에서 수직으로 솟아올랐다가 터져 내려오는데 마치 흐드러지게 꽃이 핀 배나무처럼 아름답다. 이런 일은 매일 밤 자정이 훨씬 지난 새벽이 되어서야 끝이 나곤 한다."(제41회)

초여름 진회하의 아름다운 풍광과 밤낮으로 그것을 즐기는 도시인들과 나그네들의 운치 있는 광경이 세밀하게 그려지고 있음을 볼 수 있다. 진회하 주변에는 강을 따라 양쪽으로 줄지어 늘어선 주택 등 건축물이 즐비했음은 물론이고, 특히 부자묘夫子廟[공자 사당를 비롯해 그 주변의 대규모 과거시험장과 관학官學, 명인의 고택들, 출판인쇄소와 서점, 음식점과 유곽 등이 밀집한 구역은 남경의 중심 복합문화 공간 역할을 해온 곳으로 유명하다. 매번 과거시험이 열릴 때마다 이곳은 특히 더 북적였다. 오경재 역시 남경 이주 초반에는 진회하 강변의 하방에 살았고, 작품 속 그의 화신 두소경 역시 그런 것으로 그려져 있기도 하다. 한편 진회하는 양자강과 연결되는 남경 내 이름난 강으로, 여러 갈래의 물길을 통해 다른 지역 사람들이 분분히 이곳을 찾거나 거쳐 가는 교통의 일면도 엿볼 수 있다.

『유림외사』는 강소, 절강 일대를 중심으로 하면서 중국의 수많은 지역을 공간 배경으로 삼고 있어 인물들의 이동에 관한 묘사나 언급 역시 매우 빈번하다. 다만 강남 지역이 주요 공간 배경이다 보니 한 지역에서 다른 지역으로의 이동은 배를 이용하는 것으로 묘사되는 경우가 특히 많다. 선박의 종류나 화물 운송 및 여객 수송 등 배를 이용하는 방식과 비용, 좌석의 등급과 선내에서 제공되는 서비스, 나루터와 뱃길, 수상 운수업자와 뱃사람 등에 이르기까지 특히 수로를 이용한 교통에 관한 내용을 작품 곳곳에서 접할 수 있다.

교통 및 이동과 관련해서 대표적인 예를 하나만 든다면, 장소광이 천거를 받고 북경에 다녀오는 과정에 대한 묘사를 꼽을 만하다.

"다음 날 응천부의 지방관들이 모두 문앞까지 와서 출발을 재촉했다. 장소광은 조용히 작은 가마를 한 대 부르고 짐꾼에게 짐을 지게 한 뒤, 하인 한 명만 데리고 새벽같이 뒷문으로 나와 한서문漢西門을 벗어났다. 장소광은 황하까지는 물길을 이용했고, 황하를 건넌 뒤에는 수레 한 대를 세내어 새벽에 길을 떠나

밤늦게야 쉬며 부지런히 길을 가서 마침내 산동 지방에 이르렀
다. 연주부兗州府를 지나 40리를 가서 신가역辛家驛이란 곳이 나
오자, 그곳에서 수레를 멈추고 차를 마셨다.……며칠 후에는 [북
경 외곽] 노구교蘆溝橋에 이르렀다……장소광은 [북경성] 창의문
彰義門 안으로 들어가 호국사護國寺에 숙소를 정했다. 예부시랑
서기徐基가 즉시 하인을 보내 시중을 들게 하고 곧 자신이 직접
인사를 하러 왔다."(제34~35회)

"교지가 전해지자 장소광은 다시 [자금성] 오문午門에 가서
황제의 은혜에 감사를 올리고, 서기와 작별 인사를 한 뒤 행장을
꾸려 남경으로 떠났다.……올 때와 마찬가지로 수레를 한 대
불러서 타고 창의문을 나섰다.……대아장臺兒莊[산동성 남단의
대운하가 지나는 곳]을 떠난 뒤 쾌속선인 마류자선馬溜子船을 한
척 빌렸는데, 배에서 책도 꽤 볼 수 있었다. 오래지 않아 양주에
도착했다. 장소광은 초관鈔關에서 하루를 묵고 양자강을 따라
남경으로 내려가는 배를 갈아타기로 했다. 다음 날 아침 배에
올라……순풍을 타고 달려 남경 연자기燕子矶 나루에 도착하
자……천막을 친 배를 한 척 불러서 짐을 싣고 곧장 한서문
쪽으로 갔다. 그리고 짐은 짐꾼에게 지도록 하고 집까지 걸어서
갔다."(제35회)

대략적인 노정과 이동 과정만 그려지고 있을 뿐이지만, 이
정도의 묘사만 해도 당시의 교통과 장거리 이동의 단면을 충분히
엿볼 수 있다. 대체로 황하까지는 수로로 이동하고, 그 이북으로

는 육로로 이동하는 것을 볼 수 있고, 수로를 이용할 때는 노선 및 거리, 물길 등에 따라 서로 다른 배로 환승을 하는 모습을 볼 수 있다. 육로 이동의 경우 수레를 이용해 이미 갖춰져 있는 역참 노정에 따라 움직이는 양상도 드러나 있다. 요컨대 작품 속의 이 같은 묘사들을 통해 명청시대 지역 간, 그리고 도시와 도시, 도시와 향촌 간의 사회문화적 교류와 소통, 전파 등이 대략 이러한 교통 인프라와 시스템에 힘입어 활발하게 이루어지던 면모를 들여다볼 수 있다.

유락 문화

상업과 도시가 발달한 강남 지역을 주요 무대로 하여 지식층을 비롯한 사람들의 일상을 상세히 그린 작품 속에 놀고 즐기는 문화에 대한 묘사가 빠질 리 없다. 작품 속에는 각종 연회와 술자리는 물론 이러저러한 공연들, 절기 풍속 관련 놀이, 산수유람, 바둑, 장기, 주사위 놀이, 골패 놀이, 벌주놀이 등 다양한 놀이 문화에 관한 내용들이 적잖게 그려져 있다. 당시 유흥 문화의 일면을 이룬 기루妓樓 출입에 관한 내용들도 묘사되어 있는데, 이 역시 유사한 맥락에서 바라볼 수 있는 요소이다.

작품 속에 나타난 이런 유락 문화 가운데 가장 두드러지는 것은 공연, 그중에서도 연극 공연과 관련된 내용들이다. 중국의 공연예술 문화는 비교적 일찍부터 발달한 것으로 평가된다. 특히 몽골족이 지배한 원나라 때 이미 공연예술 문화가 성숙하여 관련 창작이 흥성하면서 희곡은 당시 문학을 대표하는 장르로 꼽힐 만큼 두드러진 발전을 이루었다. 명청시대에도 희곡과 공연예술은 지속적인 인기와 더불어 발전을 이어 나갔고, 지역별로 특색을 갖추며 더욱 정교화되었다. 오늘날 경극京劇이나 곤극崑劇, 월극粤劇 등이 국제적으로 널리 알려지고 세계무형문화유산으로까지 선정된 것도 이런 역사적 바탕 위에서 가능한 것이었다.

전통시기 중국의 연극 공연은 상설 공연장에서의 상업적 대중 공연 외에도 경사스럽고 축하할 일이나 연회 등 행사에 극단이 초청되어 공연으로 흥을 돋우는 역할을 하는 것이 보편화되어 있었다. 『유림외사』에 그려지고 있는 공연들은 모두 후자의 경우에 속한다. 작품의 주요 무대인 강남 지역은 경제와 도시가 발달한 만큼 공연 수요가 많았고, 그런 만큼 공연 문화 역시 상업적으로나 문화적으로 자연히 번성하였다. 단적인 예로 작품 제30회에서는 남경의 수서문水西門과 회청교 일대에만 극단이 130여 개나 되는 것으로 그려지고 있다. 두신경이 막수호에서 남경의 여성 인물 역할 배우 경연대회를 성대하게 여는 이야기도 이처럼 대중적으로 활성화된 공연 문화의 기반 위에서 이루어지는 것으로 묘사된다. 또 극단을 이끄는 포문경과 포정새 부자 같은 인물에 대한 묘사를 통해 극단이 어떻게 운영되고 활동하는지가 자못 상세하게 드러나 있기도 하다. 작품의 관련 내용들은 청대 초기 남경의 공연예술에 관한 상세한 사료가 많이 남아있지 않은 상황에서 그 자체로 당시의 관련 상황을 엿보게 해주는 귀한 자료로 평가받고 있기도 하다.

작품 속 공연 관련 묘사 대목들 가운데 예를 하나 들자면, 탕 씨 형제가 남경에 와서 향시를 치르고 나서 극단을 불러 공연을 관람하는 장면을 꼽을 만하다.

"시험이 모두 끝나고 16일이 되자, 그들은 하인에게……극단을 하나 불러와 신에게 감사하는 공연을 하게 했다. 잠시 후 차를 끓이는 이가 도착했다. 그는 회교도라 전문 요리사를 대동하고 있어, 요리사를 따로 구할 필요는 없었다. 극단에서 분장 도구를 담은 상자를 보내오고, 뒤이어 한 사람이 '삼원반三元班'이라는 글자가 적힌 10여 개의 등롱을 들고 왔다. 그 뒤로 한 사람이 작은 명함 상자를 든 심부름꾼을 대동하고 따라왔다. 그가 두 공자의 숙소 대문 앞에 이르러 집사에게 얘기하자, 집사는 명함 상자를 안으로 전했다. 큰 공자가 상자를 열어 보니, 그 안에는 다음과 같은 명첩이 들어있었다. '문하생 포정새가 삼가 희촉喜燭 한 쌍과 극단을 갖추어 축하 인사를 올립니다.' 탕유는 그가 극단을 이끄는 사람이란 걸 알게 되자 들여보내라 했다. 포정새가 두 공자에게 인사하며 말했다. '저는 작은 극단 하나를 거느리고 있사온데, 오로지 나리님들을 위해서만 공연합니다. 어제 두 분 나리께서 연극을 공연해 달라고 하셨다는 얘기를 듣고 찾아왔습니다.' 탕유는 상당히 재미있는 인물이라 생각하고 포정새에게 함께 식사를 하자고 했다. 잠시 후 배우들이 도착했다. 그리고 곧 강변의 사랑채에서 문창제군과 관성대제에게 지미紙馬를 바치고 두 공자가 큰절을 올려 제사를 마쳤다. 그리고 두 공자와 포정새가 함께 술상이 차려진 관람석에 앉았다.

잠시 후 징과 북이 울리더니 공연이 시작되어 4막으로 된

맛보기 공연[嘗湯戱]이 진행되었다. 이때는 날이 벌써 어둑했지만 10여 개의 명각등이 밝혀져 건물 안이 온통 대낮처럼 환했다. 공연은 한밤중이 되어서야 모두 끝났다. 그러자 포정새가 말했다. '저희 아이들 가운데 재주를 잘 넘는 녀석들이 몇 있으니, 두 분 나리께서는 그걸 보시며 술을 깨십시오.' 그러자 담비 외투를 입고 머리에 꿩 깃털을 꽂은 어린 배우들이 수를 놓은 산뜻한 무관용 배자褙子를 입은 채 무대 위로 달려 나와 갖가지 묘기를 보여주었다. 두 공자가 구경하며 매우 기뻐하자 포정새가 또 말했다. '두 분께서 거절하시지만 않는다면, 저 아이들 가운데 둘을 여기 남겨 시중을 들게 하겠습니다.'……"(제42회)

명목은 신에게 감사한다는 것이지만 실제로는 대갓집 자제들이 큰 시험을 마치고 나서 한바탕 즐기는 시간을 갖는 대목의 일부이다. 하인을 시켜 자신들의 숙소로 극단 하나를 불러 늦은 밤까지 공연을 관람하며 먹고 마시며 노는 과정이 자못 사실적으로 상세히 묘사되고 있음을 볼 수 있다. 극단 운영자 포정새가 귀공자들에게 아부하며 알랑거리는 모습이나 부와 지위를 이용해 향락을 좇는 탕 씨 형제 모두가 은근히 풍자되는 대목이지만, 그 자체로 당시 상업적 공연 문화 향유의 현실적 일면을 잘 엿보게 해주는 대목이라 할 만하다.

한편 남성 중심 사회였던 전통시기에 관료와 향신, 상인 등 고위층이나 부유층 남성의 기루 출입은 일찍부터 보편적인 현상의 하나였으며, 기루와 기녀, 기루에서 일어난 다양한 사회문화적 현상 등을 일컬어 '청루문화'라 부르기도 한다. 기본적으로 금전으로 관계와 쾌락을 사고파는 남성 중심의 향락문화이지만, 일부 기녀는 노래와 춤은 물론 시서화詩書畵 등에 능한 재녀로서 문사들과 수평적인 교유를 하며 이름을 날리기도 했다. 청루문화가 극성한 시대로 평가되는 명말청초의 문인 후방역侯方域과 남경 진회하의 명기名妓 이향군李香君의 실제 사랑 이야기를 담은 명작 희곡 『도화선桃花扇』은 그러한 면모를 보여주는 대표적인 예이다. 이런 측면으로 인해 지식인의 기생 놀음은 종종 풍류라는 미명으로 포장되곤 했다. 여하튼 청루문화 역시 엄연한 명청시대 유락문화의 일부였던 만큼 작품 속에도 이에 관한 내용이 자연스럽게 녹아들어 있다.

이와 관련된 대표적인 대목으로는 남경 기생 빙낭 이야기를 그린 제53~54회 부분을 들 수 있다. 이 대목은 남경 진회하 부근의 유명한 청루 거리인 소위 십이루와 그곳 기생 빙낭에 관한 다음과 같은 소개로 시작된다.

"남경 십이루의 대문은 무정교武定橋에 있고 후문은 동화원東花園 초고가鈔庫街 남단의 장판교長板橋에 있다.······해마다 2·3월 봄이 되면 기생들은 모두 화장을 하고 무정교 대문 앞 꽃그늘과 버드나무 아래 서서 저마다 손님을 부르곤 했다. 또 합자회盒子會란 것도 있었는데, 많은 사람을 초청하여 갖가지 인기 좋은 먹을 것과 마실 것을 차려 놓고 누구네 상차림이 더 훌륭한지 겨루는 것이었다. 용모가 꽤 예쁜 기생들은 손님을 아무나 받지 않았는데, 많은 아첨꾼들이 이곳에 와서 대신 향을 피워주고, 향로를 닦고, 화분을 늘어놓고, 탁자와 의자도 닦아주며, 기생들에게 거문고와 바둑, 서예, 그림 따위를 가르쳐주곤 했다. 그런 기녀들에겐 손님들이 많았지만, 명사들도 와 주어 자기가 속되지 않다는 명성이 나길 바랐다.

내빈루來賓樓에는 빙낭이라는 풋내기 기생이 있었다. 그녀의 시아버지는 임춘반臨春班이라는 극단에서 여주인공 역을 맡은 배우였다. 그는 젊은 시절 대단히 명성이 높았으나, 나중에 수염이 자라서 계속 그 일을 할 수 없게 되자 자기 손님을 이어받게 할 요량으로 아내를 얻었다. 하지만 아내는 뚱뚱한 데다 얼굴도 새까맸는지라 그녀와 결혼하고 나서는 찾아오는 손님이 없었다. 나중에는 어쩔 수 없이 양아들을 하나 들이고 어린 며느리를 구해 길렀는데, 며느리가 열여섯 살이 되어 그 미색이 활짝 피고부터는 난봉꾼들의 발길에 문지방이 닳을 정도였다. 빙낭은 기생 신세였지만 마음으로는 관리들과 어울리기를 좋아했다.……"(제53회)

십이루 거리의 풍경과 그곳 기녀들의 일상 및 그들 주변의 분위기를 스케치하듯 소개하고, 아울러 그중 한 기생의 내력을 자못 자세하게 소개하고 있음을 볼 수 있다. 비록 신분은 미천하지만 이름난 기녀들이 지식층의 고상한 취미들을 공유하며 그들과 어울리는 모습의 일단도 엿볼 수 있다. 빙낭 역시 노래를 잘 부르는 것은 물론 시를 읽을 줄 알고 바둑도 제법 두는 것으로 묘사되어 있기도 하다. 덧붙여 언급하자면, 빙낭의 시부에 대한 묘사에서 엿보이듯 전통시기 비천한 신분이었던 배우들은 종종 성적 유희의 대상이 되기도 했다. 두신경이 주최하는 막수호 경연대회 관련 대목이나 포정새가 탕 씨 형제에게 어린 배우들을 남겨 시중들게 하려 하는 장면을 포함해 작품 여러 곳에서 이러한 현상에 대한 직간접적 묘사를 볼 수 있다. 이는 당시 공연 관련 문화의 그늘진 이면이자 청루문화와의 유사성을 보이는 지점이라 할 것이다.

빙낭과 가짜 명사 진목남 사이의 엇갈린 사랑 이야기는 명기와 명사 사이의 로맨스를 일장춘몽의 허무한 관계로 패러디한 대목이지만, 그런 가운데 당시 청루문화의 일면이 자못 사실적으로 그려지고 있다. 진목남이 빙낭의 방에 처음 들어갔을 때의 다음과 같은 묘사는 그 사실성을 엿볼 수 있는 단적인 예이다.

"진목남이 아래층으로 내려와 방으로 들어가니 진한 향기가 코를 찔렀다. 창문 앞의 화리목花梨木 탁자에는 경대가 놓여 있고, 벽에는 진계유陳繼儒[명말의 유명 문인이자 서화개의 그림이 걸려 있었으며, 벽 앞 탁자에는 관음보살상이 모셔져 있었다. 그리고 그 양쪽으로 물광을 낸 녹나무 의자 여덟 개가 놓여 있었다. 방 중앙에는 진홍빛 휘장 안에 자개로 장식된 침상이 놓여 있었고, 침상 위에는 두께가 족히 석 자는 되어 보이는 이불이 깔려있었다. 침상 머리맡에는 덮개를 씌운 향로가 놓여 있고, 침상 앞쪽에는 수십 개의 레몬을 매달아 주렴처럼 장식해 놓았다. 방 한가운데 놓인 커다란 구리 화로에는 벌건 숯이 타고 있었고, 그 위에 얹힌 구리 냄비에는 받아놓은 빗물이 끓고 있었다.

빙낭은 섬섬옥수로 주석 병에서 은침차銀針茶를 꺼내 의홍에서 만든 찻주전자에 넣고 물을 부어 진목남에게 건넸다.……"
(제53회)

고급스럽고 화려하면서도 분위기 있는 기방 내부의 모습이 매우 디테일하게 그려지고 있음을 볼 수 있다. 이는 말할 것도 없이 작가의 직간접적 경험에 근거한 묘사이다. 참고로, 작가 역시 한때 기루에 자주 출입하기도 했던 것은 물론, 남경 진회하의 한 가녀歌女를 위해 시 4수를 지어 그녀를 명사와 대등하게 언급하며 평등 의식을 드러내기도 했다. 빙낭은 부귀공명욕에 사로잡힌 속물로 풍자되면서도, 다른 한 편으로는 자기 의지와 상관없이 어린 나이에 기녀로 전락하여 성적 노리개로 착취당하는 비천한 삶에서 벗어나고자 하나 뜻을 이루지 못하고 자살 소동 끝에 불가에 귀의하는 인물로 그려진다. 작가는 그녀에 대해 비판적 시선을 드러내면서도 동정의 태도를 잃지 않는데, 그로 인해 빙낭에 관한 묘사는 상당 부분 당시 기녀들이 처한 현실적 상황을 대변하고 있다고 해도 과언이 아니다. 기루와 기녀 삶의 어두운 면까지 놓치지 않는 작가의 이러한 시각에 힘입어 당시 청루문화가 작품 가운데 더욱 현실적으로 반영되고 있다고 할 만하다.

음식 문화

주지하듯 중국은 세계적으로 손꼽힐 만큼 음식문화가 발전한 나라이다. 작품의 중심 무대인 양자강 하류 일대는 그중에서도 음식문화가 가장 발달한 지역 가운데 하나이다. 이 지역은 예로부터 '물고기와 쌀의 고장[魚米之鄕]', 곧 물산이 풍부하고 넉넉한 곳으로 유명하다. 여기에 상업과 교통의 발달 등이 더해지면서 음식문화의 발전을 촉진하였다. 더욱이 명청시대는 근대 이전 음식문화가 가장 발달했던 시기이자 오늘날 중국 음식의 대략적인 면모가 형성된 시기로 평가되는바, 작품 속에 음식문화가 어떻게 반영되어 있는지 살펴보는 것 또한 당시 사회문화의 일면을 엿볼 수 있는 흥미로운 접근이라 할 것이다.

앞서 보았듯이, 『유림외사』는 단편적인 이야기들이 파노라마처럼 이어진 구성 체계를 지니고 있다. 그 안의 각각의 에피소드들은 대체로 인물 간의 만남과 관계에 대한 사실적 묘사로 이루어져 있다고 해도 과언이 아니다. 사람과 사람 사이의 관계에 있어서 함께 먹고 마시는 말 그대로 일상 '다반사'가 동반되는 것은 지극히 자연스러운 일이니만큼, 작품 속에는 이에 관한 내용이 무수히 등장한다. 또 각양각색의 인물이 등장하는 만큼, 인물의 신분이나 빈부, 종교, 사상, 개성 등에 따라 먹고 마시는 음식의 종류나 방식 역시 상황에 맞게 다양한 모습으로 그려지고 있다. 그런가 하면 음식 자체가 종종 풍자의 중요한 소재나 매개로 활용되고 있기도 한 것은 물론이다.

음식 관련 묘사가 많다 보니 작품에 등장하는 음식의 종류만도 줄잡아 백여 종에 달한다. 각종 식재료에 관한 언급에서부터 요리류, 탕류, 면류, 만두류, 떡류, 간식류 및 술과 차에 이르기까지 포괄하는 범위도 넓다. 채소 절임[醃冬菜], 삭힌 두부[豆腐乳], 술지게미에 절인 물고기[糟魚], 건두부와 제비쑥 줄기 볶음[蘆蒿

炒豆腐乾], 납작 당면과 닭고기 무침[片粉拌鷄], 염장 훈제 돼지고기와 새우 완자 전골[火腿蝦圓雜膾], 돼지족발, 오리 통구이, 참새구이, 개구리 다리 요리, 자라 요리, 해삼 요리, 제비집 요리, 팔보모듬탕[八寶攢湯], 생선 국수, 꽃만두, 호떡 등등, 일부만 열거해도 그 다채로움을 엿볼 수 있다.

    도시를 기반으로 하여 보편화된 음식문화의 상업적 면모도 작품 곳곳에 드러나 있다. 쌀집, 고깃간 등 식재료 상점에서부터 각종 음식점과 술집, 찻집이 빈번히 등장하는 것은 물론, 주막집, 국숫집, 만두집, 과자점, 음식 행상들에 이르기까지 당시 음식문화의 다양한 상업화 양상이 인물들의 이야기를 그려내는 일상 환경으로 자연스럽게 녹아들어 있음을 볼 수 있다. 여기에 더해 손님이 요청하는 곳으로 출장을 나가는 요리사나 차 끓이는 사람, 시중드는 사람 등도 자주 등장하는데, 이 역시 음식문화의 상업화 양상의 또 다른 측면을 보여주는 요소이다. 이들은 개인 주택은 물론 각종 야외 장소나 유람선 등 다양한 공간에서의 연회 등에서 손님들의 필요에 부응하는 서비스를 제공해 주는 역할을 하는 것으로 묘사된다. 제12회에 묘사된 앵두호에서의 선상 연회는 그 대표적인 예라 할 만하다.

    작품 속에서 음식 관련 묘사가 비교적 상세히 이루어지는 대표적인 대목으로는 제25회에서 포문경이 남경으로 돌아와 연극을 배울 아이들을 물색하며 시내를 돌아다니던 중 예상봉을 만나는 부분을 들 수 있다. 그들은 먼저 찻집에 가서 차를 마시며 이야기를 나눈다. 포문경이 예상봉에게 부탁하여 악기 수리를 하기로 약속을 정하던 중 찻집 입구에 복령고茯苓糕[버섯의 일종인 복령을 밀가루와 함께 반죽해 발효시켜 찐 떡를 파는 장사치가 멜대를 메고 오자, 반 근을 사서 예상봉과 함께 먹은 뒤 헤어진다. 이틀 후 예상봉이 수리를 하러 찾아오자 포문경은 그를 대접하기 위해 음식점으로 데리고 간다.

"두 사람은 밖으로 나가서 한 음식점에 들어가 조용한 구석 자리를 골라 앉았다. 종업원이 와서 물었다. '다른 손님이 또 오십니까?' 예상봉이 대답했다. '아닐세. 여긴 무슨 음식이 있나?' 점원이 손가락을 꼽아가며 자기 집 요리를 읊어댔다. '돼지 넓적다리, 오리, 생선조림[黃悶魚], 술에 절인 뱅어[醉白魚], 잡탕[雜膾], 닭백숙[單鷄], 돼지 내장 수육[白切肚子], 살짝 익힌 돼지고기 볶음[生爛肉], 북경식 돼지고기 볶음[京爛肉], 얇게 저민 돼지고기 볶음[爛肉片], 고기 완자 지짐[煎肉圓], 민물 청어 찜[悶靑魚], 삶은 연어 머리[煮鰱頭]에 또 가정식 편육[便碟白切肉]도 있습니다.' 예상봉이 말했다. '선생, 우리 사이에 체면 차릴 게 뭐 있겠습니까? 간단히 편육이나 한 접시 먹고 가십시다.' '그건 너무 약소하지요' 포문경은 종업원을 불러 먼저 술안주로 오리 한 접시를 가져오라 하고, 또 얇게 저민 돼지고기 볶음과 밥도 함께 주문했다. 종업원은 알겠노라며 가더니 금방 오리 한 접시와 술 두 주전자를 날라 왔다. 포문경은 일어나 예상봉에게 한 잔을 따르고, 자리에 앉아 술을 마시며 그에게 물었다.……"(제25회)

이 장면은 한참 동안 서로 술을 마시면서 포문경이 형편이

딱한 예상봉의 막내아들[포정새]을 양자로 들이겠다는 이야기를 나누다가 계산을 하고 나오는 것으로 마무리된다. 자신 역시 그리 넉넉지 못한 포문경이 몰락 문인 예상봉을 대접하는 대목이므로, 당시 도시민의 평범한 접대 광경을 엿볼 수 있는 부분이라 할 것이다. 비록 소박하지만, 이야기를 나누기 위해 찻집에 가서 차를 마시는 행위나 행상에게서 간식을 사 먹는 광경과 더불어, 다양한 메뉴가 준비된 보통 음식점에서 요리를 주문하여 안주 삼아 술과 함께 먹는 모습 등이 두루 사실적으로 그려지고 있음을 볼 수 있다.

또 다른 예로는 제29회에서 두신경이 계염일 등 선문가 세 사람을 집으로 초대해 [자신의 집에 잠시 머물고 있던 포정새와 함께] 간단한 술자리를 갖는 대목을 꼽을 만하다.

"두신경이 말했다. '그런 쓸데없는 소린 말고 술상이나 내 오라고 하게.' 그러자 포정새는 하인과 함께 탁자를 들고 왔다. 두신경이 말했다. '오늘은 속된 음식들은 모두 빼고 강남의 준치[鰣魚]와 앵두, 죽순만 준비했습니다. 이것들을 안주 삼아 여러 분과 마음껏 청담淸談을 나누려 합니다.' 상이 차려졌는데 과연 접시 몇 개만 깔끔하게 놓여 있었고, 영녕방永寧坊에서 사 온 고급 귤주가 잔에 채워졌다. 두신경은 주량은 대단했지만 음식은 별로 먹지 않았다. 젓가락을 들고 손님들에게 음식을 들라고 권했지만, 자신은 안주로 죽순 몇 조각과 앵두 몇 개만 집어먹었다. 주거니 받거니 오후까지 마시다가 두신경이 간식을 가져오라고 하자 돼지비계 만두[猪油餃餌]와 오리고기 만두[鴨子肉包],

거위 기름 과자[鵝油酥], 연향고軟香糕[쌀로 만든 박하향이 나는 간식]가 한 접시씩 나왔다. 손님들이 간식을 먹자 또 빗물에 끓인 육안六安[안휘성의 고을 지명] 모첨차를 한 잔씩 내왔다. 두신경은 연향고 한 쪽과 차 한 잔만 마시고 상을 치우게 한 뒤, 다시 술을 따랐다.……"(제29회)

평소 입맛이 까탈스럽고 음식은 적게 먹으면서 술은 많이 마시는 귀공자 두신경의 특성이 드러나는 대목이자, 대갓집 자제의 저택에서 벌어지는 간소하면서도 고급스러운 술자리 장면이 자못 상세히 묘사되고 있다. 간단한 안주에 고급술을 마시다가 몇 가지 간식으로 배를 좀 채우고 나서 차를 마시며 입을 가시는 등의 광경에서 당시 '명사'들의 술자리 모습의 일단을 엿볼 수 있다. 이 자리는 포정새와 어린 하인의 멋진 노래 연주를 듣고, 달빛 아래 만개한 정원의 아름다운 꽃들을 감상하는 것으로 이어지면서 모두 흠뻑 취한 채 파하는 것으로 그려진다. 포정새와 예상봉의 만남과 비교했을 때 배경 공간에서부터 인물의 신분과 개성, 음식의 질, 자리의 성격 등 여러 면에서 대비적이라 할 만하다. 이처럼 음식 관련 당시 생활상에 대한 묘사를 인물 및 이야기 설정 등 컨텍스트에 비추어 곱씹어 보면 작품 속에 반영된 음식문화가 좀 더 입체적으로 다가올 터이다.

살아있는 생활사박물관: 생생하게 그려진 명청시대 사회문화

수용과 영향, 비교의 관점에서 본 『유림외사』

소설사적 탄생 맥락

앞서 보았듯이 태생적으로 통치자에게 종속적인 존재일 수밖에 없었던 중국의 전통 지식인은 애초부터 자신의 존재가치에 대한 정체성 문제에서 자유로울 수 없었다. 더욱이 후대로 갈수록 출세를 위해 과거시험에 매달리는 거대한 잉여 집단을 형성하면서 도道의 담지자를 자임하는 자신들의 존립 근거와 유용성마저 상실하게 되는 비극적 운명에 놓이게 된다. 이런 맥락에 비추어 주목하지 않을 수 없는 것은 바로 전통시기 중국 지식인의 이 같은 운명과 그와 관련한 일반 지식인 내면세계의 문제이다.

중국 고전소설에서 이러한 문제는 소설사의 주요 관심사가 되지는 못했지만, 일부 작품들을 통해 문제적 시각에서 직간접적으로 다뤄지면서 하나의 단속적인 흐름을 형성하였다. 이러한 흐름이 의미를 갖는 것은 그것이 전통시기 지식인의 정신사를 대변할 뿐 아니라, 이후 만청晚淸 시기로 이어지고 다시 루쉰 등과도 연결되면서 전통과 현대를 이어주는 하나의 의미 있는 맥락을 이루기 때문이다.

본격적인 소설이 형성되기 이전인 위진남북조시대까지는 이렇다 할 만한 관련 서사 작품을 찾아보기 어렵다. 이 시기까지의 서사는 주로 기이한 일이나 일화를 간략히 기록하는 것 위주였으며, 아직까지는 지식인 문제가 심각한 사회 문제로 대두되지 않았던 까닭이다. 거론할 만한 작품의 출현은 당대에 이르러서였다.

당대 후기 장독張讀의 전기傳奇 소설 「이징李徵」(『태평광기太平廣記』 권427)은 지식인 문제가 자못 깊이 있게 드러난 작품으로 꼽을 만하다. 작품은 지식인의 회재불우의 울분, 그리고 절망적인 상황에서도 지식인으로서 자기 가치를 잃지 않으려는 집착을 형상화하여, 이상과 현실의 괴리로 인한 지식인의 정신적 고뇌의 문제를 드러내었다. 상류 지식인의 살롱 문학적 성격이 짙었던 당 전기에서 지식인 문제를 형상화한 이 같은 작품은 특수한 예라 할 것이나, 작품은 당시 과거제도로 인해 팽창한 지식인 계층 내면에 존재하던 정체성 문제의 일단을 엿보게 해준다는 점에서 의미가 깊다.

한편 당대 지식인 문제의 또 다른 측면을 보여주는 작품으로 「이수재李秀才」(『대당신어大唐新語』)를 들 수 있다. 작품은 다른 사람의 시권詩卷을 자기 것으로 속이고, 신분을 사칭해 고관과 접촉을 시도하는 등 출세를 위해 수단을 가리지 않고 행동하는 한 지식인의 비열한 모습을 그리고 있다. 태생적으로 잉여적 존재일 수밖에 없었던 지식인이 이利를 위해 얼마나 쉽게 의義를 버리게 되는가 하는 존재론적 비극을 잘 보여주는 작품이다. 여기서 드러나는 지식인의 모습은 후대 소설에서 흔히 볼 수 있는 과거제도와 권력의 주변에 기생하는 수많은 가짜 명사 형상의 원형이라 할 만하다. 이밖에 작품 내 묘사 비중은 각기 다르더라도 일부 작품에서 당시 지식인들의 최고 관심사라 할 과거급제와 벼슬길에 대한 관심과 열망, 과거시험 관련 비리에 대한 풍자 등을 볼 수 있는데, 이 역시 당시 지식인의 정신세계를 보여주는 편린들이라 할 것이다.

당대에 이러한 작품들이 출현할 수 있었던 것은 이 시기에 비로소 의식적인 소설 창작이 이루어졌고, 또 과거제도의 시행으로 지식인 계층이 확대되면서 그로 인해 파생된 지식인 문제가 일종의 사회적 문제가 되기 시작한 것과 관련이 있다. 그리하여 과거문화와 밀접한 관련을 지녔던 일부 작가의 관심 속에 이러한 문제가 포착되어 부분적으로나마 소설의 영역 속에 포함될 수 있었던 것이다. 그러나 당대 소설의 기본적인 관심은 역시 주로 기이한 이야기에 있었기에 소설 속에서 일반 지식인의 정신세계가 크게 부각되기는 어려웠다. 또한 이 시기의 지식인 문제는 명청시대에 비하면 심각한 것이 아니었고, 여기에는 새로이 도입된 과거제도가 아직까지는 대체로 순기능을 발휘하고 있었던 점도 중요한 원인이라 할 수 있다.

송대의 경우 문언 소설은 대체로 당 전기의 유풍을 이어받는 수준에 머물러 큰 발전을 이루지 못하고, 다른 한편으로는 판소리와 유사한 대중적 연행예술인 설서說書의 유행과 더불어 통속적

취향의 화본話本 소설이 새로이 발전하게 된다. 게다가 문치주의 시대였던 송대에는 지식인의 지위 자체가 상대적으로 높았을 뿐 아니라 과거제의 순기능이 고조를 이루고 벼슬길도 크게 확장되었기에 지식인 문제가 큰 사회적 문제로 두드러지지 않았다. 그러다 보니 지식인 문제는 이 시기 소설에서 별달리 부각되지 않았다. 물론 과거 급제 후 어려웠던 시절의 연인을 버리는 이야기를 담은 「왕괴전王魁傳」류의 작품이 송대에 유행한 점이나, 과거 시험 등락에 관한 숙명론을 담은 문언 소설이 대거 등장한 점 등은 이 시기 지식인의 정신세계를 엿볼 수 있는 현상으로 지적할 수 있다.

뒤이은 원대에는 과거시험이 오랫동안 폐지되고 지식인의 지위가 극도로 격하되어 정체성 문제가 심각했다. 하지만 이 시기의 지식인들은 전반적인 신분의 하락으로 인하여 오히려 통속적인 희곡 창작 등에 더 관심을 쏟았던 까닭에 이 시기 소설에서도 두드러진 문제작을 찾아보기 힘들다.

지식인 문제가 소설 속에서 본격적으로 다뤄지기 시작한 것은 명청시대, 특히 명말청초 이후의 일이다. 그것은 우선 지식인 계층이 전대에 비해 훨씬 비대해진 데 비해 거의 유일한 사회적 출로인 과거시험의 합격률은 지극히 낮아 과도한 경쟁과 수많은 실패자가 상존한 데다, 팔고 과거제도의 사상적 질곡이 더해져 지식인 사회가 심각하게 병들었던 것에 기인한다. 여기에 명대 후기 이후 소설이 크게 발전하여 중하층 문인들의 소설 창작이 늘고 소설 작가의 관심 폭이 넓어진 점이나, 명말청초에 대두된 진보적·비판적 사조의 영향 등도 중요한 원인으로 꼽을 수 있다.

특히 소설이 기존의 신괴神怪, 영웅, 역사 등의 소재 범위에서 벗어나 갈수록 인정人情과 세태, 나아가 당대의 사회현실 문제에 관심을 기울이게 된 흐름이 중요한 동력으로 작용하였다.

명말에는 주로 화본 소설을 중심으로 지식인의 회재불우의 불만 정서가 과거제도의 폐단에 대한 비판과 결합되어 산발적으로 드러나는 양상을 보인다. 과거제도의 폐단에 대한 비판은 당시 지식인의 내면을 병들게 하는 근원적 문제에 대한 반자각적 외침이었다고 할 수 있다. 당시 화본 소설이 하나의 문화상품으로 널리 유통되었던 상황을 고려해 볼 때, 이 같은 양상은 지식인 작가와 독자층 사이에 공유될 수 있었던 정서적 공감대가 존재했음을 말해준다. 청대 초기에 오면 이러한 양상은 더욱 확대되며, 그런 가운데 지식인 문제의 심각성을 깊이 있게 드러낸 화본 소설집 『원앙침鴛鴦針』을 비롯해서 문언 소설집 『요재지이聊齋志異』[특히 「왕자안王子安」, 「엽생葉生」 등], 중편 통속소설 『서유보西遊補』[특히 제4회] 등과 같은 작품들이 출현하게 된다. 청대 초기 작품들에서 특징적인 것은 기존의 개인적·즉자적인 문제의식과 불만 정서에서 벗어나 중하층 지식인 일반이 처한 환경에 대한 동정적 시각과 비판의식이 심화되면서 일종의 계층의식을 보이기 시작한다는 점이다.

이러한 바탕 위에서 청대 중기에 『유림외사』가 탄생할 수 있었다. 『유림외사』는 명청시대 지식인 사회를 거시적으로 조망하면서도 지식인들의 일그러진 내면세계와 비극적 존재 양태를 날카롭게 파헤친다. 그리고 그 근본 원인을 속된 욕망을 부추기는 팔고 과거제도에서 찾았다. 작품은 지식인 사회의 문제를 그 근원에서부터 통찰함과 동시에, 지식인 사회 전반에 대한 깊은 계층적 반성 의식을 보여준다는 점에서 고전소설 문제의식의 최고 수준에 도달하였다. 또 여기에 그치지 않고 사회의 중추인 지식인 사회의 문제가 곧 사회 전체의 문제이기도 하다는 것을 총체적으로 드러냄으로써 그 사상적 가치를 배가하였다. 더욱이 이러한 문제의식이 작품 특유의 완곡하면서도 예리한 풍자 예술을 통해 형상화되었다는 점에서 그 성과는 더욱 값진 것이었다. 루쉰이 『유림외사』를 유난히 높이 평가한 것도 바로 작품의 이같은 가치에 큰 의미를 부여했기 때문이다. 한편 청대 중엽에는 『유림외사』만큼 집중적이지는 않더라도 장편소설 『홍루몽紅樓夢』, 『기로등岐路燈』, 『경화연鏡花緣』과 문언 소설집 『자불어子不語』 등 많은 주요 작품에서 지식인 사회의 일그러진 모습들에 대한 회의와 비판, 성찰을 어렵지 않게 발견할 수 있다.

작품의 전파와 영향

『유림외사』는 초고가 완성되기가 무섭게 주위에서 다투어 필사하고 돌려 읽으며 전파되었을 만큼 큰 관심을 끈 것으로 전해진다. 물론 상당 부분 실제 인물과 사건을 모델로 하여 지식인 사회를 날카롭게 풍자한 작품이었던 탓에 반응은 크게 엇갈렸지만, 적어도 주변에서 상당한 반향을 불러일으킨 것만큼은 분명하다. 다만, 작가 스스로 원고를 간행할 만한 경제적 여건도 허락되지 않았거니와 일반적인 의미에서 '상품성'이 없었기에 곧바로 출판으로 이어지지는 못했다.

그나마 오경재의 오촌 조카이자 서로 각별한 인연을 이어왔던 김조연金兆燕(1718~1791?)이 작가 사후 최초로 작품을 간행한 것으로 전해지지만, 그 실물도 여타 관련 기록도 남아있지 않은 것으로 보아 초간본은 이렇다 할 성공을 거두지는 못한 것으로 추정된다. 1803년에 현전 최고본最古本인 와한초당본이 나오고 나서야 비로소 출판본으로서 『유림외사』에 대한 독자들의 관심과 전파 범위가 확대되었다. 다만 당시 『유림외사』의 대중적 인기는 『삼국지연의』나 『수호전』 등 베스트셀러들에는 크게 못 미치는 것이었다. 그러나 청대 말기에 이르러 잇따른 내우외환으로 시국이 어지럽고 급변하는 가운데 출판인쇄술이 더욱 보편화됨에 따라 『유림외사』는 여러 가지 판본으로 간행되고 증쇄를 거듭하면서 갈수록 널리 읽히는 작품으로 자리를 잡는다. 이후 민국 시기에 와서는 더 널리 읽히게 되면서 명작 소설로서 자리를 굳건히 하게 된다.

만청 시기의 경우, 청나라가 급격히 기울어 가고 외세의 침략이 가중되는 가운데 싹튼 개량주의 사조에 힘입어 문학, 특히 소설의 사회정치적 기능이 강조되면서 사회소설류 창작이 붐을 이루었다. 이 시기에는 신문과 잡지 등 정기간행물을 통한 연재 방식으로 수많은 소설이 발표되면서 당시 정치와 사회, 문화 등 다방면에 걸친 고질적인 문제점을 폭로하고 비판하는 작품들이 일시를 풍미하였다. 이들 소설은 대체로 관료 사회의 병폐를 주요 타깃으로 삼아 신랄한 비판과 풍자를 이어갔다. 이러한 작품들을 중국 소설사에서는 이른바 견책소설譴責小說이라 일컫는데, 이들 소설이 주요 본보기로 삼은 것이 바로 『유림외사』였다.

수용과 영향, 비교의 관점에서 본 『유림외사』

오경재가 보여준 『유림외사』의 현실비판 정신과 풍자, 그리고 독특한 서술 체계는 그 자체로 사회소설류, 나아가 장편소설의 독창적인 선례로 자리 잡았고, 이는 현실 고발에 초점을 둔 후대의 견책소설 창작에 더없이 좋은 귀감이 되었다. 특히 단편 고사의 연결 체계를 지닌 『유림외사』의 서술구조는 부패한 현실의 구석구석을 폭로·비판하는 데 적합했을 뿐 아니라, 주로 연재 형식으로 발표된 이들 소설의 창작 환경에도 잘 부합하는 것이었다. 이백원李伯元의 『관장현형기官場現形記』를 비롯해서 오견인吳趼人의 『이십년목도지괴현상二十年目睹之怪現狀』, 유악劉鶚의 『노잔유기老殘游記』, 증박曾樸의 『얼해화孼海花』 등 견책소설의 대표작들은 모두 이런 배경과 맥락 속에서 탄생한 것으로 평가된다.

이들 견책소설은 『유림외사』의 지대한 영향 가운데서 지식인 문제에 관한 이전 시기의 문제의식을 이어갔다. 뿌리 깊은 전통적 질서가 동요되기 시작한 이 시기 작가들은 이전보다 한층 더 각성된 의식으로 지식인 사회의 각종 병폐를 거침없이 고발하고 팔고 과거제도의 해악을 정면으로 비판하고 나섰다. 또 팔고 과거제도가 폐지된 이후에는 그것이 남긴 여독餘毒에서 벗어나지 못하는 지식인 사회의 어두운 현실을 폭로하기도 했다. 이 시기의 많은 작가들 역시 당시 지식인 문제의 중요한 근원으로 팔고 과거제도를 꼽았고, 지식인, 특히 관리官吏들의 문제가 국가의 운명을 기울게 했다고 인식하였다. 그런 가운데 부패한 팔고 과거제도 하에서 심화된 노예성, 속물성, 위선, 무능 등 지식인 내면의 문제점들을 거침없이 폭로하였다. 다만, 이들 소설은 그 자체의 시대적 의미와 가치에도 불구하고 소설의 사회비판적 기능과 시의성에 지나치게 기울었었던 탓에 사상성과 예술성 면에서 모두 『유림외사』에 미치지 못하는 것으로 평가된다. 이들 소설이 풍자소설이라 불리기보다 '견책'소설이니 심지어 '흑막'소설이라 불리곤 하는 것도 바로 그 때문이다.

한편, 청말 상해上海의 화류계를 상세히 그린 장편소설 『해상화열전海上花列傳』 역시 작가 한방경韓邦慶 스스로 『유림외사』를 본받았다고 인정한 바 있다. 그밖에 청말민초清末民初의 많은 작가와 작품이 『유림외사』의 직간접적인 영향을 받으며 특히 그 서술구조를 원용하였고, 일부 작가들은 이 같은 친연성을 직접 자술하기도 하였다. 또 『유림별사儒林別史』, 『신유림외사新儒林外史』, 『춘명외사春明外史』, 『이원외사梨園外史』 등과 같이 『유림외사』의 제목을 변주한 소설들이 다수 등장했던 것도 아울러 언급할 만하다.

그런가 하면 『유림외사』가 근대소설을 넘어 현대문학과 접맥된다는 점도 언급하지 않을 수 없다. 『유림외사』와 현대문학 사이에서 가장 중요한 매개자 역할을 한 인물은 바로 루쉰이다. 루쉰은 자신의 소설사 연구를 통해 『유림외사』의 가치를 매우 높게 평가한 것은 물론, 현대문학의 물꼬를 튼 작가로서 구시대 지식인의 일그러진 모습을 형상화한 풍자적인 단편소설들(「회구懷舊」, 「공을기孔乙己」, 「백광白光」)을 직접 창작하기도 하는 등 지식인 문제에 큰 작가적 관심을 드러냈다. 그 가운데 명작으로 꼽히는 「공을기」는 루쉰 스스로가 가장 좋아하는 소설로 꼽기도 했다.

뿐만 아니라 자신 역시 전통식 교육을 받고 자란 루쉰은 생전에 자기 세대를 포함한 전후 4대 지식인들의 삶을 다룬 장편소설 창작을 계획한 바 있기도 하다. 작품은 결국 지어지지 못하고 말았지만, 이러한 사실에서 지식인 문제에 대한 그의 지대한 소설적 관심을 거듭 확인할 수 있다. 「공을기」 등 구시대 지식인 관련 단편소설들도 그가 계획했던 장편소설과 결코 무관하지 않았을 것임은 물론이다. 구지식인 문제를 다룬 세 작품은 각기 독립된 단편이면서도 지식인 문제에 대한 역사의식과 시대의식을 투영하고 있다는 점에서 일맥상통하는 바가 있는데, 루쉰이 쓰고자 했던 장편소설 역시 그 같은 사고의 지평에서 기획되었던 것일 터이다. 『유림외사』는 지식인 문제에 대한 고전소설 최고의 문제의식을 보여주면서도 시대적 한계를 지니지 않을 수 없었는바, 루쉰은 자신이 유달리 애호했던 『유림외사』를 의식하고 그 한계를 넘어선 새로운 시대의 『유림외사』를 기획했던 것으로 보인다.

관련해서 언급하자면, 『유림외사』는 팔고 과거제도와 부귀공명의 욕망에 노예화되어 있으면서도 스스로 자각하지 못하는 수많은 지식인과 그 주변 인물들을 그려냈는데, 이는 우매한 '민족성' 문제에 대한 일종의 반성적 접근이라 할 만한 것이었다. 이후 국가 존망의 위기에 처해 있던 만청 시기 견책소설에서 이러한 문제의식은 지식인 문제를 국가와 민족의 운명 문제와 함께 인식하는 경향으로 계승, 발전해 나가는 양상을 보인다. 그리고 이는 전통적 지식인 계층이 분화, 해체되어 가는 가운데 지식인 문제가 '국민성'의 문제와 연결될 수 있는 단초가 된다. 한데 루쉰이 한결같이 가장 관심을 기울인 문제가 바로 우매하고 무감각한 중국인의 국민성 개조였다. 곧 『유림외사』에서 싹튼 민족성 문제에 대한 인식이 만청 시기를 거치면서 점차 확대·심화되어 루쉰이 통렬히 비판하고 개조하고자 한 국민성 문제로 이어지는 일종의 계보를 이룬다는 것이다. 이런 점까지 고려하면 중국 현대문학 초기『유림외사』의 영향은 자못 의미심장하다고 할 만하다.

더욱이 루쉰뿐 아니라 이른바 5·4 신문학운동新文學運動 시기 이래 천두슈陳獨秀, 후스胡適, 첸셴퉁錢玄同, 마오둔茅盾, 장톈이張天翼 등 다수의 대표적인 현대 작가와 지식인들 또한『유림외사』를 매우 높이 평가하였다. 이로써 당시『유림외사』는『홍루몽』,『수호전』과 더불어 가장 뛰어난 고전소설 작품으로 지위를 굳히게 되었다. 특히 중국 현대의 대표적인 소설가 마오둔은 소설 작가들의 예술적 수양에 도움이 되는 최고의 고전소설로『유림외사』를 추천하는가 하면, 자신의 명작 장편소설『자야子夜』를 '신유림외사'라 비유하기도 했다. 그런가 하면 전통시기 서면 구어인 백화白話를 표준적으로 구사한『유림외사』는 이들에 의해 언어적 측면에서도 하나의 전범典範으로 평가되어 이른바 '국어문학國語文學'의 표본으로 받아들여지게 되었다. 곧 구시대의 낡은 언어 형식에서 탈피하여 새로운 시대와 사상을 담을 새로운 언어 형식 면에서도 대표적인 본보기로서 지위를 얻었던 것이다. 이처럼『유림외사』는 현대에 들어서도 손꼽히는 학습 대상으로 자리매김하면서 현대소설, 나아가 현대문학에 적잖은 영향을 미치게 되었다. 더 나아가 일찍부터 세계 각국 언어로 번역되어 해외로도 널리 전파되었고, 보카치오, 세르반테스, 몰리에르, 발자크, 고골리, 디킨스 등의 세계적인 작품들과 어깨를 나란히 하는 걸작으로 평가되고 있기도 하다.

수용과 영향, 비교의 관점에서 본『유림외사』

국내 수용 및 비교의 접점

　이처럼 세계적 명작으로 꼽히는 『유림외사』는 국내에 언제부터 전래되어 어떻게 수용되었을까. 아쉽게도 초기 전파 및 수용에 관해서는 사실상 알려진 것이 거의 없다고 해도 과언이 아니다. 중국의 수많은 소설들이 특히 조선 후기에 와서 주로 연행 사절단의 사행使行 등을 통해 대거 유입되어 널리 읽히고 수많은 언해본은 물론 직간접적 영향을 받은 작품들이 많이 지어졌다는 것은 잘 알려진 사실이다. 뿐만 아니라 문인들이 중국 소설을 애독하고 그에 관한 독서 기록이나 비평을 남기기도 했다. 그렇다 보니 국내에 유입된 인기 있는 소설이나 대표적인 작품 가운데 국내인의 손으로 이루어진 관련 자료나 기록이 없는 소설은 거의 없다고 해도 지나치지 않다. 그런데 유독 『유림외사』만 지금까지 이렇다 할 만한 어떤 기록도 발견되지 않고 있는 점은 미스터리에 가깝다.

　『유림외사』의 국내 초기 전파에 관해 거의 유일하게 증언을 해주고 있는 것은 현재 주요 도서관들에 소장되어 있는 19세기 말에서 20세기 초 사이의 판본들뿐이다. 그것도 그나마 몇 종 되지 않고 그중 대다수가 청말민초에 대량 간행된 석인본石印本이며, 그 이전의 목판본은 한두 종밖에 안 될 정도로 희귀하다. 더욱이 이런 판본들이 언제 유입되었는지도 분명치 않다. 지금까지 확인되는 바로는 규장각 소장 목판본 『증정유림외사增訂儒林外史』(1874)가 국내 소장본 중 시기가 가장 이른 판본이다. 이 판본은 고종高宗의 서재 집옥재集玉齋 인과 더불어 '제실도서지장帝室圖書

之章'이 찍혀 있는 것으로 보아 고종 시기 또는 그 이전에 조선 왕실에 수장되어 있다가 1908년부터 일제 통감부가 집옥재 소장 도서들을 인수하면서 '제실도서지장'이라는 장서인이 찍히게 된 것이다. 이를 근거로 보자면 『유림외사』는 늦어도 19세기 말에는 유입되기 시작한 것으로 추정된다. 그리고 20세기 초까지 전통 판식의 선장본線裝本들이 계속 유입되어 유통된 것으로 보인다. 1920년대 이후로는 중국에서 간행된 현대식 표점본들 역시 지속적으로 유입되어 왔다는 점도 아울러 언급한다.

한편, 현전 국내 소장 중국 전통 판본의 미미한 수량으로 미루어 보건대, 유입 초기 국내에서 일정 정도 수용은 되었으나 그리 널리 읽히지는 않았던 것으로 추정해 볼 수 있다. 그 원인으로는 우선 내용이 비판적이고 작품 전체를 관통하는 주인공 및 갈등 구조가 없어 일반적 의미에서 소설적 재미가 떨어진다는 점을 들 수 있을 것이다. 또 작품에서 핵심적으로 문제 삼은 팔고문이 조선에서는 쓰이지 않은 문체였는 데다 과거제 자체와 신분제 등이 국내 상황과는 다소 차이가 있었다는 점 등에서 큰 공감을 얻기 쉽지 않았을 것으로 판단된다. 백화를 온전히 이해하고 향유하기 어려운 언어적 장벽도 여전히 무시할 수 없는 요소로 작용했을 터이다. 여기에 구한말 이후로는 이미 시대적 상황이 많이 달라져 있었던 데다가, 전통시기 중국 작품 외에도 여타 외국 작품들이 다양하게 번역·번안되어 소개되고 국내 신소설과 현대소설까지 등장하는 등 독서 환경이 크게 바뀌어 나가던 시기였기에, 쉽게 이해하고 공감하며 '즐기기' 어려운 『유림외사』가 폭넓은 관심을 받기는 쉽지 않았으리라 생각된다. 일찍이 이한조

수용과 영향, 비교의 관점에서 본 『유림외사』

李漢祚 교수는 「유림외사: 한말韓末 베스트셀러의 재발견」(『세대世代』 제4권 통권 39호, 1966)이라는 제목의 글을 남긴 바 있지만, '베스트셀러'로서 구체적 근거는 제시하지 않아 아쉬움을 남긴다. 결국 『유림외사』의 국내 초기 수용 관련 문제는 향후 추가적인 자료 발굴 등을 통해 복원해 나가야 할 과제로 남아있다.

한편, 『유림외사』는 대중들의 사회의식이 고조되었던 20세기 후반에 이르러서야 연구자들을 중심으로 관심을 받기 시작하며 관련 논문들이 하나둘 나오기 시작했고, 1990~1991년에는 두 종의 번역본이 잇따라 출판되면서 비로소 대중적 수용의 문이 열리게 되었다. 이에 힘입어 1990년대 이후 박사학위논문을 비롯해 적잖은 관련 논문들이 꾸준히 발표되어 오고 있고, 이런 흐름 속에서 2000년대에 들어 연구자들에 의해 새로운 완역본 2종이 등장하는 성과를 낳기도 했다. 그러나 연구의 영역에서 보든 대중적 수용의 측면에서 보든, 사대기서나 『홍루몽』, 『요재지이』 등에 비해 그 관심도가 상대적으로 떨어지는 양상을 보인다. 요컨대 『유림외사』는 여전히 좁은 범위의 독자층과 연구자들 사이에서만 관심을 받는 수준에 머물고 있는 형국이라 할 만하다.

그렇다면 『유림외사』와 비교의 접점을 찾을 수 있는 국내 작품들로는 어떤 것들이 있을까. 아직까지는 초기 수용 관련 정보가 거의 전무한 상황이다 보니 직간접적인 영향 수수 관계를 논할 수 있는 작품은 없다고 해야 할 것이다. 다만, 과거제도 및 지식인 문제와 관련하여 풍자적 내용을 담은 박두세朴斗世의 한문 단편 「요로원야화기要路院夜話記」(1678)와 이옥李玉의 「유광억전柳光億傳」을 우선 꼽지 않을 수 없다. 「요로원야화기」의 경우

가난하지만 여러 면에서 뛰어난 시골 선비와 교만하고 속물적인 서울 양반의 만남을 중심으로 당시 과거제 및 지식인 내면의 문제를 풍자적 시선으로 그린 작품이다. 「유광억전」은 과거시험 답안 대작代作을 업으로 삼다가 비극적으로 삶을 마감하는 유광억의 이야기를 통해 과거시험의 비리와 부패, 지식인의 타락 등을 풍자한 작품이다. 이들 두 작품은 조선판 단편 '유림외사'라 해도 과언이 아닐 만큼 내용적 접점이 많아 눈여겨볼 필요가 있다. 더욱이 「요로원야화기」는 『유림외사』보다 수십 년 일찍 지어진 수작이란 점에서 그 의미가 적지 않다고 할 것이다.

한편, 이미 다수의 연구가 진행된 것처럼 연암 박지원의 「호질」과 「양반전」 같은 소설도 빼놓을 수 없다. 역시 한문 단편이라는 형식의 차이는 있지만, 『유림외사』와 마찬가지로 18세기에 지어져 지식인 문제를 날카롭게 풍자한 명작이자, 특히 「호질」의 경우 중국 사행을 다녀와 남긴 연행록 『열하일기』에 수록된 작품이라는 점에서 수평적인 비교 대상으로 적절한 작품이라 할 것이다. 여기에 더해 사회의 주변적 인물들을 주인공으로 등장시켜 양반 사회와 현실의 문제들을 풍자한 『방경각외전放璚閣外傳』 내 단편소설들(「양반전」 포함) 역시 그와 유사한 인물들을 긍정적으로 그려낸 『유림외사』와 견주어 살펴볼 만하다. 아울러 『방경각외전』 내 주변적 인물들의 벗 사귐에 관한 묘사 및 교우론 역시 『유림외사』 내 일그러진 벗 사귐과 더불어 긍정적 인물들 간의 참된 관계 관련 내용과 상통하는 지점들이 있어 역시 비교 고찰의 가치가 있다.

그런가 하면 19세기 한문 중편소설 『포의교집布衣交集』(1866)

의 경우, 기혼 남녀의 불륜을 주요 내용으로 삼고 있는 작품이기는 하지만, 그 안에 지식인들이 풍자적으로 묘사된 대목이 적지 않아 역시 비교 차원에서 접근해 볼 만하다. 특히 지식인의 속물적이고 비루한 모습을 사실적으로 그린 대목들이 종종 눈에 띄는데, 이런 측면은 『유림외사』에 그려진 부정적 인물들의 면모를 연상케 한다는 점에서 자못 흥미롭게 다가온다.

각각의 양상은 다르지만 이러한 소설들의 등장은 17·18세기 이래 다량 유입된 중국 소설의 자극 등으로 더욱 촉발된 소설의 발전과 비판적 지식인의 각성, 과거제의 부패 및 신분제의 동요 등으로 인한 지식인 문제의 만연 등 여러 요인이 복합적으로 작용한 결과라 할 것이다. 그리고 이런 점들은 넓게 보면 근본적으로 중국의 상황과 크게 다르지 않다. 『유림외사』의 국내 초기 수용에 관한 실마리들을 지속적으로 탐색해 나가는 가운데, 이 같은 비교 차원의 관심도 기울여 나간다면 『유림외사』에 대한 이해의 지평을 넓히는 동시에 한국적 시각의 『유림외사』 읽기, 나아가 한중 서사문학의 흐름에 대한 사회문화사적 시야를 입체화하는 데 적잖은 도움이 될 터이다.

에필로그: 현실의 벽과 너머에의 꿈

하류사회 기인들의 이야기

"만력 23년(1595), 저 남경의 명사들은 이미 하나하나 사라져 버리고 말았다. 이즈음 우 박사의 동년배 가운데는 너무 늙었거나 죽은 사람들도 있고, 남경을 떠났거나 두문불출하며 세상과 담을 쌓고 사는 이들도 있었다. 꽃구경하기 좋은 명승지나 술 마시는 연회 자리에도 예전처럼 재기 넘치는 이들은 보이지 않았고, 현명한 유생들이 예악과 문장을 논하는 일에 정성을 기울이는 모습도 이제는 찾아볼 수 없었다. 벼슬길에 나아가고 물러남을 논할 때면 과거시험에 합격만 하면 재능이 있는 자요, 낙방하면 어리석고 못난 자로 치부되었다. 호탕한 기개를 논하자면 형편이 넉넉한 이들은 그저 자기 사치만 부리고, 어려운 이들은 그저 쓸쓸하고 초라하게 지낼 뿐이다. 이백, 두보의 문장에다 안연顔淵·증삼曾參의 덕행을 갖춘 인물이 있더라도 찾아가는 사람 하나 없었다. 그러니 한다하는 대갓집의 관혼상제나 향신들의 집에 몇 사람이 모여 술자리를 열었다 하면 나오는 얘기란 승진이니 좌천이니, 전근이니, 강등이니 하는 온통 관계官界의 소문들뿐이었다. 가난한 유생들은 또 그저 시험관에게 잘 보이기 위해 온갖 아부와 아첨을 떨 뿐이었다. 그러나 이런 시류 속에서도 기인이 몇 명 나타났다."

작품의 결미인 제55회는 이렇게 시작한다. 긍정적 인물들의 노력이 수포로 돌아가고 이제 그런 존재들마저 자취를 감춘 남경의 현실을 안타까워하며 세상이 이제 더 이상 손 쓸 수 없을 만큼 암담한 상황에 이르렀음을 개탄하고 있는 것이다. 그러나 작품은 결코 비극적 현실에 대한 절망의 눈물로 막을 내리지는 않는다. 작가는 절망의 끝에서 건진 한 가닥 어렴풋한 '너머'에의 꿈을 여운으로 남긴다. 소극적인 방식이기는 하지만 작품은 결말 부분에서 작가의 이러한 희망의 체현자들인 네 명의 기인을 등장시킨다. 그들은 모두 신분은 미천하지만 저마다 탁월한 능력을 지니고 있고, 아무런 외적 구속도 받지 않고 스스로의 존엄을 유지하며 개성대로 살아가는 존재이다.

첫 번째 인물 계하년季遐年은 어려서부터 집도 없고 달리 살 길도 없어 한 절간에 의탁하여 살아오는 처지이지만, 대단한 명필인 데다 자존심도 유달리 강한 별난 성질의 인물로 그려진다. 글씨를 쓰는 데 있어 그의 독특한 개성은 이렇게 묘사된다.

"그의 글씨는 절세의 명필이었다. 하지만 그는 옛사람들의 서첩書帖을 보고 따라 하려 하지 않고, 자신만의 개성적인 서풍을 창안해 붓 가는 대로 써 내려가곤 했다. 사람들에게 글씨를 부탁받으면 쓰기 사흘 전에는 하루 종일 목욕재계를 하고, 두 번째 날엔 다른 사람 손은 절대 빌리지 않고 혼자 하루 종일 먹을 갈았다. 열네 글자짜리 대련對聯이라도 먹을 반 사발은 준비해 놓아야 했고, 또 붓은 남들이 쓰다가 못 쓰게 되어 버린 것이 아니면 쓰지 않았다. 글씨를 쓸 때면 서너 명이 종이를 잡아줘야만 붓을 들었다. 조금이라도 잘못 잡으면 욕하고 때리기 일쑤였다. 하지만 그것도 자기 기분이 내켜야 흥이 나서 쓰곤 했다. 기분이 내키지 않으면 왕후장상이 행차하여 어마어마한 은자를 내리더라도 눈길 한번 주지 않았다."

이러한 계하년의 모습에서는 얼마간 광기조차 느껴지지만, 이를 통해 그가 자신의 하나밖에 없는 귀한 자산인 서예에 대해 한없는 자부심과 남다른 열의를 지니고 있음을 볼 수 있다. 또 그런 자부심과 열의가 부귀공명을 바라는 것과는 거리가 멀다는 점도 알 수 있는데, 이런 점은 다음과 같은 장면에서 더 잘 드러난다. 지역의 권세가인 시 어사施御史의 손자가 예를 갖추지 않고 그저 하인 하나를 보내 글씨를 쓰러 오라고 시키자, 다음 날 그는 그 집으로 찾아가서 이렇게 말한다.

"네깟 것이 얼마나 대단한 놈이라고 주제넘게 감히 나더러 와서 글씨를 쓰라는 거냐! 난 네놈 돈도 탐나지 않고, 네 권세도

에필로그: 현실의 벽과 너머에의 꿈

부럽지 않고, 네놈 덕을 볼 생각은 요만큼도 없거늘, 감히 글씨를 쓰라고 나를 불러 대!"

부귀공명이나 권세 따위는 초개같이 여기는 그의 성품이 그대로 드러나는 대목이다. 계하년은 또 자신은 늘 너덜너덜해진 장삼에 다 떨어진 짚신을 신고 다니면서도 글씨를 써 주고 사례를 받아 밥이나 먹고 나면 남은 돈은 일면식도 없는 가난한 이들에게 전부 내줄 만큼 세속적 욕심이 없는 것은 물론 도리어 사회적 약자들을 위하는 태도를 보이기도 한다.

두 번째 인물 왕태王太는 가난한 집에서 태어나 불쏘시개 통을 팔아 겨우 생계를 이어가는 인물이다. 그러나 그는 어릴 적부터 바둑 두는 것을 무척 좋아하여 굉장한 실력을 갖춘 것으로 묘사된다. 어느 날 왕태는 천하의 고수라는 마 선생馬先生과 겨루어 손쉽게 단판에 승리를 거둔다. 대국이 끝난 후, 행색이 남루한 자신을 무시했던 돈깨나 있는 아첨꾼들이 깜짝 놀라 그를 붙들며 술을 권하려 하자, 그는 그들을 한바탕 비웃어 주고는 미련 없이 유유히 자리를 뜬다. 왕태의 이야기는 4명의 기인 중에서 가장 짧게 그려지고 있지만, 궁핍 가운데서도 부귀공명에 연연하지 않으며 자신의 존재가치를 지키며 살아가는 그의 꼿꼿한 면모가 충분히 드러나 있다.

세 번째 인물 개관蓋寬은 원래 전당포 주인으로 재산도 넉넉한 사람이었다. 그러나 재물에는 관심이 없고 주위 친척들의 천박함을 싫어하던 그는 매일 독서와 시 쓰기, 그림 그리기에만 열중한다. 그는 그림에 특히 뛰어났고, 그러다 보니 자연 그와 사귀기 위해 찾아오는 문인이나 화가들이 많았다. 그들은 그림도 시도 개관만 못한 이들이었지만, 그런 재능이나마 가진 이들을 목숨처럼 아끼고 형편이 어려운 이들을 힘껏 돕는다. 하지만 그러다가 점차 주위의 파렴치한 자들의 농간으로 재산을 거의 다 잃고 초라한 신세로 전락하고 만다. 결국 그는 후미진 골목의 작은 집에 세 들어 찻집을 열어 살아가게 되는데, 이런 상황에서도 그는 다른 가산은 다 처분하면서도 아끼던 고서들만은 팔지 않는다. 또 수입도 보잘것없는 찻집을 하면서도 안분지족하며 이전처럼 시를 읽고 그림을 그리며 살아간다. 이처럼 상인 신분이면서도 전혀 속되지 않고 고아한 문사와 같은 모습을 견지하는 개관의 면모는 암울한 현실 속에서 찾아보기 힘든 귀한 것으로 그려지고 있다.

마지막 기인은 재봉사로 살아가는 형원荊元이다. 그는 매일 일을 하고 남는 시간이면 거문고를 타거나 글씨를 쓰고, 시 짓는 것도 매우 좋아하는 인물이다. 이런 그를 보고 주위 친구들이 고상한 사람이 되려면 공부하는 사람들과 사귀지 왜 그런 직업을 계속 고집하느냐고 묻자 형원은 이렇게 대답한다.

"내가 무슨 고상한 문인이 되려는 건 아니고 그저 어쩌다 보니 마음에 맞아서 이따금씩 배워 보는 것뿐일세. 내가 하는 이 일은 조부님과 선친께서 물려주신 것인데, 책 읽고 글자 익히는 일이 설마 재봉 일 때문에 더럽혀질 리야 있겠는가? 게다가 학교에 있는 수재들은 그들만의 식견이 있을 테니 우리 같은 사람과 사귀려 하겠는가? 지금 난 매일 은자 예닐곱 푼 정도는

에필로그: 현실의 벽과 너머에의 꿈

버니까 세 끼 배부르게 먹을 수 있고, 거문고를 타건 글씨를 쓰건 만사 내 마음대로일세. 남의 부귀영화를 탐내지도 않고, 다른 사람 눈치도 보지 않고, 하늘과 땅 그 어디에도 구속됨이 없으니, 이만하면 즐거운 삶이 아니겠나?"

이런 말을 통해 형원의 사람됨을 한눈에 알 수 있다. 그러나 그나마 알고 지내던 친구들마저도 이 말을 들은 후로는 더 이상 그와 친하게 지내려 하지 않게 된다. 이는 작가의 마지막 희망조차 현실 속에서는 그저 별난 것으로 치부되어 배척될 뿐임을 말해주는 것이다. 형원을 이해해 주는 사람은 제55회의 마지막 인물로 등장하는 우于 노인뿐이다. 우 노인의 존재와 역할은 제1회에서 왕면을 이해하고 높이 평가하는 진 씨를 연상케 한다. 제55회의 마지막 장면은 이런 형원의 유일한 지기知己인 우 노인이 형원의 거문고 연주를 들으며 눈물을 흘리는 것으로 막을 내린다.

이들 네 명의 기인 이야기는 옴니버스식 구성을 통해 각기 다른 모습으로 그려지지만, 이들 사이에는 공통점이 있다. 첫째는 자신의 힘으로 생계를 이어간다는 것이다. 두 번째는 비록 하층민 신분이지만 부귀공명을 가볍게 여기고 권세 앞에 굽실거리지 않으며 스스로의 자유로운 삶과 개성을 지키며 살아간다는 것이다. 세 번째는 전통적으로 문인의 전유물이라 할 수 있는 금기서화琴棋書畵의 능력을 각기 한두 가지씩 소유하고 있다는 점이다. 한편 이런 점들은 제1회의 왕면의 면모와 상통하여 전후 호응을 이루고 있다는 점을 아울러 짚어둔다.

복고에서 어렴풋한 미래로

제55회에서 그려지는 기인들은 제1회의 왕면과 여러 면에서 닮았으면서도 한 가지 분명한 차이점을 보인다. 그들에게서는 유가적 도덕관념의 중시와 같은 사회적 가치나 이상을 추구하는 면모를 찾아보기 어렵다는 점이 그것이다. 왕면을 통해 강조되었던 효나 인정仁政 같은 유가적 덕목은 이들의 이야기에서 드러나지 않는다. 작품 정문에서 긍정적 인물들이 추구했던 예악이라는 복고적 유가 관념도, 병농과 같은 경세치용의 지향조차 보이지 않는다. 4명의 기인 역시 긍정적 인물이자 이상적 존재들로 설정되어 있지만, 이들에게는 복고적 혹은 전통적 이상 추구의 역할을 부여하지 않은 것이다. 이는 정문을 통해서 작가가 이미 충분히 보여주었듯이 기존 이상 추구의 노력이 더 이상 실제적 힘을 발휘할 수 없다는 현실적 판단을 의도적으로 반영한 결과이다. 작가는 이들의 이야기와 면모를 통해 비명시적인 방식으로 기존의 사회적 이상이 더 이상 실효성이 없음을 선언하고 있는 셈이다.

이와 관련하여, 제55회에는 복고적 이상의 좌절을 단적으로 드러내는 대목이 있다. 바로 개관이 한 이웃 노인과 함께 한때 명성이 자자했던 태백사의 퇴락한 광경을 목도하는 장면이 그것이다.

"언덕 위에서 천천히 걸어 우화대 왼편까지 와서 태백사의 정전을 바라보니 지붕 꼭대기가 반쯤은 움푹 내려앉아 있었다. 정문 앞에 이르니 대여섯 명의 꼬마들이 공을 차며 놀고 있었는

에필로그: 현실의 벽과 너머에의 꿈

데, 대문 한 짝은 떨어져 나가 땅바닥에 나뒹굴고 있었다. 안으로 들어가니 서너 명의 시골 노파들이 붉은 섬돌이 박힌 뜰 안에서 냉이를 뜯고 있었고, 정전의 격자문은 다 뜯겨 나가고 없었다. 다시 정전 뒤편으로 돌아가니, 다섯 칸짜리 텅 빈 건물이 서 있는데, 건물에는 마룻널 하나 남아있지 않았다."

이제 누구의 관심도 받지 못한 채 폐허로 변해 버린 태백사의 황량한 모습은 그 자체로 유가적 이상이 완전히 물거품이 되었음을 상징적으로 대변해 주고 있다.

이러한 상황 속에서 작가는 마치 넘어진 자리에서 다시 땅을 짚고 일어서듯 가치론적 상징 공간인 남경을 배경으로 하여 이제 사회 하층의 기인들을 통해 절망적 현실을 헤쳐 나갈 길을 모색한다. 그러면서 제1회와 정문을 통해 작가가 제시했던 이상의 사회적 층위와 개인적 층위 양 측면 가운데 후자 쪽을 택한다. 곧 현실을 개선하여 이상사회를 이뤄 나가고자 하는 사회적 차원의 실천이 좌절된 상황에서 인간으로서 구속 없이 자유의지로 독립적 삶을 살아가는 개인적 층위의 길을 소극적이나마 일종의 대안으로 제시하고 있는 것이다. 중요한 점은 그 주체가 지식인 계층으로부터 사회 하층의 존재들로 전위되고 있다는 것이다. 곧 유가적 이상사회를 위한 노력이 실패하고 그 실천의 주체가 되어야 할 유림에게서 더 이상 희망을 찾을 수 없게 된 현실 속에서, 복고적 이상은 단념되고 유림이 아닌 하층민이 더 나은 인간적 삶에 대한 염원을 투영할 대상으로 새롭게 조명되고 있는 것이다. 앞서도 지적했듯이, 제1회에서 왕면을 통해 제시된 이상이 하나의 원형이라 한다면, 제55회에서는 정문 속의 기나긴 역정을 거친 후 수정된 이상의 변형을 제시하고 있는 셈이다. 그리고 이런 측면에서 『유림외사』 창작 구상의 실질적 출발점은 제1회가 아닌 제55회라 할 만하다.

    4명의 기인은 왕면과 마찬가지로 이상적 인물로 그려지지만, 왕면이 먼 과거의 이상적 인물이라면, 이들은 미래의 이상적 인물들이라 할 수 있다. 제55회 회목에서는 '네 사람을 덧붙여 옛일을 얘기하고 앞일을 생각하다[添四客述往思來]'라고 하고 있는데, 여기서 앞일을 생각한다는 것은 이들이 현재를 살아가는 존재에 머물지 않음을 말해 준다. 또 이들 중 첫 번째 인물 계하년季遐年의 이름을 보면, '계季(ji)'는 중국어 발음상 기록할 '기記(ji)'자와 통하고 '하년遐年'은 요원한 시대를 뜻한다. 곧 먼 미래와 관련된 가상적 인물들의 이야기를 통해 작가의 이상을 의탁하고 있음을 드러내는 상징적 명명인 것이다.

    이처럼 미래를 염두에 둔 인물들을 그리고 있는 만큼 거기에 투사된 작가의 이상도 미래지향적인 면이 있다. 작가는 4명의 기인을 통해서 허구적 이야기 속에서나마 하층민의 가치와 '지위'를 높임으로써 개별 주체로서 인간의 존엄성을 존중하는 평등 의식을 드러내고 있다. 이것은 또 개인의 자유와 독립적 인격을 중시하는 것과도 연결되면서 일정 정도 근대적 민주주의 사상과 상통하는 면모를 보인다. 한편, 이들이 이러한 가치를 지닐 수 있는 것은 왕면의 모습에서도 보이는 바와 같이 스스로의 자립적인 힘과 독립적인 정신이 뒷받침해 주기 때문이다. 곧 정문 속의 수많은 부정적 인물처럼 노예화된 또는 기생적인 삶을 살아가지

에필로그: 현실의 벽과 너머에의 꿈

않고, 자신만의 삶과 개별 인간으로서 존엄을 유지할 수 있는 존재들인 까닭인 것이다.

전통적인 관념을 뛰어넘는 이 같은 방향 전환은 작품 전체를 놓고 볼 때 갑작스러운 것만은 아니다. 하층민과 여성의 가치에 대한 작가의 긍정적 태도에서 특히 잘 드러나듯이, 소설 전체를 통해 적잖게 눈에 띄는 작가의 진보적 사상 경향이 이 같은 전환에 복선 역할을 해주고 있기 때문이다. 이는 뿌리 깊은 위계적·차별적 가치 기준으로 인간을 타자화하는 지배 질서의 '권력'에 균열을 내고 오히려 타자성의 밑바닥에서 지금보다 나은 미래를 내다보며 다양한 존재와 가치들의 조화로운 공존을 꿈꾸고자 한 작자의 앞선 관념을 대변해 준다고 할 터이다. 또 이런 점에서 보자면 기인들을 통해 드러나는 가치지향은 개인적 층위에만 갇혀있는 것이 아니라 새로운 사회적 층위의 의미로 확장될 수 있는 잠재적 방향성을 내재하고 있다고 할 수 있다.

물론, 기인들을 통해 제시되는 작가의 이상은 모호하고 불완전한 한계를 지닌다. 특히 하층민들에게 전통적인 지식인의 특성을 일부 갖추도록 함으로써 이상화한 방식은 시대적 한계이자 작가의 계급적 한계를 드러낸 것으로 평가되어 왔다. 다른 한편으로, 이들 기인의 면모는 일찍이 공자가 일종의 차선으로 희망을 기탁한 이른바 광자狂者나 견자獧者를 연상케 하는 면이 있다. 공자는 "중용의 도를 행하는 사람과 함께하지 못할 바에는 차라리 뜻이 높은 광자나 절조가 굳센 견자를 택하겠다. 뜻이 높은 광자는 진취적이고 절조가 굳센 견자는 해서는 안 될 일을 하지 않기 때문이다."(『논어』「자로子路」)라고 한 바 있다. 현실 속에서 중용의 도를 실천하는 사람을 만나지 못하게 되자 공자는 부득이 광자와 견자에게 희망을 걸었던 것이다. 전통시기 중국에서는 이러한 '광견狂狷'의 정신이 하나의 흐름으로 이어져 내려온 것으로 평가되며[물론 이러한 흐름은 도가적 전통과도 접맥되어 있다], 위진풍도를 대표하면서 오경재의 경모 대상이기도 했던 죽림칠현의 완적阮籍, 혜강嵇康 등이 이러한 맥을 잇는 상징적 인물들로 꼽힌다. 『유림외사』 제55회의 기인들 역시 일정 정도 이러한 전통을 계승하고 있는 면이 있다. 이런 점에서 볼 때 4명의 기인은 전혀 새로운 인물 형상이라기보다는 작가가 미래를 고민하는 가운데 과거의 이 같은 전통에 힘입어 자신의 시대에 새롭게 빚어낸 또 다른 의미에서 '오래된 미래'의 존재들이라 할 만하다. 『유림외사』가 다수의 독자를 염두에 두고 심혈을 기울여 쓴 필생의 역작이었음을 고려하면, 이들은 작가가 자신과 시대적 현실의 한계를 끌어안은 채 길어 올릴 수 있었던 최선의 결과물이었음이 틀림없다. 작품이 탄생한 시기가 그 어느 때보다 사상적 질곡이 심했던 청대 중기였다는 사실까지 감안하면, 기인들을 통해 드러나는 가치지향은 그 한계성에도 불구하고 결코 가볍게 치부할 수 없는 의의가 있다고 할 터이다.

대단원 형식의 만가挽歌

한편 제56회에서는 앞서 등장했던 주요 인물들의 사후 후일담을 그리는 것으로 작품 전체를 마무리하고 있다. 남경 기인들 이야기의 시간 배경으로부터 약 20년이 지난 만력 43년(1615),

에필로그: 현실의 벽과 너머에의 꿈

황제는 어질고 지혜로운 인재의 매몰을 우려하며 신하의 제언을 받아들여 이미 고인이 된 훌륭한 유생들을 두루 조사해 천거할 것을 명한다. 이렇게 해서 이듬해 총 91명이 추천되고, 황제가 다시 그 가운데서 55명을 추려 석차를 정하여 전원 진사 자격과 한림 직위를 추서한 후 그들을 위한 제사를 올리는 것으로 이야기는 막을 내린다. 추증 대상에는 작품 속에서 긍정적으로 묘사된 인물들이 모두 포함된 것은 물론이다. 제55회가 미래에 대한 이상을 투영한 첫 번째 에필로그라면, 제56회는 앞에서 등장했던 주요 인물들, 곧 이미 고인이 된 과거의 인물들을 다시 한데 모아 그 뒷이야기로 종결을 맺는 두 번째 에필로그라 할 수 있다.

이러한 설정은 기본적으로 작품 가운데 등장했던 주요 인물들을 다시 한번 한자리에 모으고, 안타깝게 소리 없이 사라져간 긍정적 인물들에 대해 사후에나마 그 합당한 가치를 인정하여 위로하고 기리는 기능을 하고 있다. 전통시기 중국에 진정한 의미의 비극은 사실상 존재하지 않았다고 할 만큼 절대다수의 서사물은 이른바 대단원 식의 해피 엔딩 내지 긍정적 결말로 마무리되었다. 고래로 균형과 조화를 특히 중시해 온 문화적 전통, 나아가 일반적인 독자/청중들의 심리적 위안과 정서적 만족에 대한 기대에 부응하기 위해 형성된 결말 처리 방식이 뿌리 깊은 문화적 관습으로 굳어진 까닭이다. 『유림외사』의 제56회 또한 적어도 표면적으로는 이러한 전통을 따르는 양상을 보이는데, 이는 당시 독자층의 보상 심리와 문화적 통념을 일정 정도 고려한 면이 없지 않아 보인다. 또 비판성이 강한 작품인 만큼 당시의 서슬 퍼런 전제 정치의 칼날을 비켜 가기 위해 의도된 일종의 포장 전략으로 볼 여지도 있다. 한편, 최종적으로 합격한 인물들의 순위 명단은 『수호전』 제71회에서 양산박 108호한의 명단이 서열에 따라 제시되는 것을 연상케 하며, 이 점에 있어서도 형식적으로 일정한 영향 수수 관계를 엿보인다.

한데 이 같은 사후 추증 이야기에는 또 다른 측면의 의미들이 숨어 있다. 일례로, 이 추증 안을 상주한 신하는 기존 과거제도가 지나치게 자격을 제한하여 인재를 매몰시키고, 또 일단 자격을 얻어 벼슬에 오른 이들 대다수가 이렇다 할 공헌을 하지 못하는 문제점을 지적하는데, 이는 당시 과거제의 폐단을 드러내는 면이 없지 않다. 또 사후 추증을 위해 자격 제한 없이 각 지역 모든 대상자의 행적과 문장 등을 장기간에 걸쳐 널리 조사하여 인재를 발굴·추천하고, 그중에서 다시 최종 합격자를 선정하는 일종의 다면평가 추천선발제를 시행한다는 설정도 부패한 팔고 과거제도에 대한 일종의 대안적 의미를 지닌다. 작품 속 긍정적 인물 전원이 최종 합격하고 거기에 하층민과 여성, 협사, 승려 등까지 포함된 것은 이러한 추천선발 취지에 자못 부합하는 결과라 할 만하다. 덧붙여 언급하자면, 합격하여 추서된 대부분의 인물이 강소·절강 등 동남 지역 출신으로, 제1회에서 하늘의 별들이 동남쪽으로 내려와 문운을 지켜줄 것이라는 왕면의 예언과 호응을 이루고 있기도 하다.

그런가 하면, 보다 풍자적이고 비판적인 측면들이 있다는 점도 지적하지 않을 수 없다. 우선 첫머리에 시대 배경을 소개하면서 다음과 같이 서술하는 대목부터가 그러하다.

에필로그: 현실의 벽과 너머에의 꿈

"만력 43년 천하가 태평을 구가한 지 아주 오래되었다. 천자께서는 1년 내내 신하들을 만나 보지도 않으셨다. 각 성에는 홍수와 가뭄 같은 재해가 넘치고, 떠도는 백성들이 길에 가득해서 도독과 순무가 보고를 올렸으나, 천자께서 보고서를 읽으셨는지는 알 수 없었다."

온 땅과 백성이 재해로 시달리는 난국에 처해 있음에도 최고 통치자인 황제가 정사를 전혀 돌보지 않는 기막힌 상황을 고발하는 것으로 이야기를 시작하고 있는 것이다. 작자는 그 어떤 부가적인 평가도 덧붙이지 않은 채 그저 간략한 몇 마디로 명대 말기의 암울한 정치 현실을 문제 삼고 있음을 볼 수 있다. 여기서 태평천하 운운하는 것은 그저 수사에 가까운 표현임은 말할 것도 없다. 더욱이 작고한 인물들이 추증되고 제향되는 만력 44년(1616)은 만주 땅에서 누루하치가 후금(後金)을 건국한 해이다. 그로부터 채 30년도 못 되어 명나라는 멸망하고 만주족이 중국의 새로운 주인이 된다. 단순히 우연이라 하기에는 교묘한 시간 배경 설정이라 할 만하다. 또 이는 제1회에서 명나라의 건국 과정을 그린 것과 대비되면서 역시 전후 호응을 이루는 지점이기도 하다.

다른 한 편으로, 기존 과거제의 자격 제한이라는 문제점이 지적되고 작고한 훌륭한 인재들을 찾아 천거한다는 취지 자체는 긍정적이나, 추천된 91명 중 부정적 인물들이 상당수 섞여 있고, 최종 합격한 인물들 가운데도 광초인이나 우포랑, 엄대위 같은 부정적 인물이 적잖게 포함된 점 또한 단순히 작가의 포용적 태도라 보기에는 아이러니하다. 또 우 박사 등 최상위 급제자 일부를 제외하고 나머지 인물의 석차는 그 선정 기준이 매우 모호하다는 문제도 드러난다. 더욱이 이러한 사후 추증의 궁극적인 목적이 황제의 위대한 통치를 빛나게 하기 위한 것으로 그려지고 있다. 온 천하가 흉흉한 상황에서 시급한 정사도 돌보지 않는 황제를 높이는 일이 가장 중요한 취지로 설정되어 있는 것이니, 그 자체가 풍자적이라 하지 않을 수 없다. 이런 면에서 보면 매몰된 인재를 찾아 위로한다는 것 역시 결국은 일종의 제스처에 불과한 셈이다. 결정적으로 작가가 작품 속에서 문제 삼은 근본적인 문제들이 전혀 해소되지 않은 채 오히려 악화일로에 있는 현실은 여전히 그대로인 까닭이다. 부귀공명에 연연하지 않은 긍정적 인물들이 부정적 인물들과 나란히 사후 추서를 받는다는 것도 독자에게 심리적 보상을 가져다주기보다는 어딘가 씁쓸하고 허망함마저 느끼게 하는 것 역시 그 때문일 터이다. 이런 점에서 제56회는 사멸한 인물들로 상징되는 지식인 사회와 기울어 가는 전통 왕조에 대한 하나의 만가에 비유할 만하다. 요컨대 제56회는 단순한 대단원 식 결말이라기보다는 장편 풍자소설의 대미로서 작품의 비판의식이 마지막까지 관통하고 있음을 보여주는 역설적 피날레라 할 것이다.

그때가 생각나네.
진회秦淮를 동경하던 나, 우연히 고향을 떠났지.
매근야梅根冶[남경의 명승지] 뒤쪽에서 몇 번이나 맘껏 노래하고
행화촌杏花村[남경의 명승지]에서 몇 번을 배회하였던가?
봉황새는 높은 오동나무에 깃들고

에필로그: 현실의 벽과 너머에의 꿈

풀벌레는 작은 정자에서 울어 대며
당시 사람들과 함께 우열을 견주었지만
이제 다 사라졌나니!
의관을 허물처럼 벗어던지고
창랑의 물결에 발 씻었구나.
하릴없이 술잔 기울이다
새로 사귄 친구들 불러 한바탕 취해 보네.
백 년 세월도 쉬 지나가니
근심할 게 뭐 있으리?
천추에 이름 남기는 일은
생각대로 되지 않거늘.
강동江東의 풍경과 회남淮南의 옛 현인들
글로 엮으려니 애간장이 끊기네!
이제부터는
약 화로와 경전을 벗 삼아
부처님이나 모셔야지.

| 저자 후기 |

나를 되돌아보게 하는 거울

"작품 중에 등장하는 사람들을 일일이 열거할 수는 없지만 인간의 성정과 내면이 하나같이 생생하게 지면 속에 살아 있다. 그리하여 이 책을 읽은 사람은 어떤 인품의 사람임을 막론하고 스스로를 비추는 거울로 삼지 않을 수가 없다."(와한초당본 한재노인 서문 중)

『유림외사』와 나의 첫 인연은 어느덧 30년 전 석사과정 시절로 거슬러 올라간다. 학부 시절 중국문학사를 통해 기본적인 정보만 알고 있던 작품을 대학원에 입문하면서 처음 읽고 석사학위 논문의 연구 대상으로 결정하는 데는 그리 오랜 고민이 필요치 않았다. 대학 시절 당시 많은 청년들이 그랬듯 나 또한 나름 사회 문제에 관심이 많았던 탓에 그런 문제의식을 공부의 길에 접목하고자 했던 얕은 생각이 자연스럽게 그런 선택으로 나를 이끌었다. 어려서부터 노량진 학원 골목, 고시촌에서 살아온 필자는 입시지옥, 고시 왕국의 실상을 늘 그 한복판에서 목도하면서 『유림외사』를 떠올리며 씁쓸하고 애처로운 마음을 가졌던 것도 이런 선택에 일조했던 듯하다. 우연찮게 나의 세부 전공이 된 중국 고전소설 가운데 『유림외사』는 나의 공부 길을 스스로 '정당화'할 최적의 작품으로 여겨졌다. 그렇게 나는 이 작품 관련 논문으로 석사학위를 받고, 거기서 얻은 문제의식을 확장하여 과거문화科擧文化와 명청소설의 관계를 다룬 논문으로 박사학위를 받았다. 이후 연구 방향이 다각화 되기는 했지만, 『유림외사』와 직간접적으로 관련된 논저를 단속적으로 써왔으니 어느덧 길고도 깊은 인연으로 자리 잡은 셈이다.

하지만 나의 『유림외사』 연구는 여전히 일천하여 스스로 전문가라 자부하지는 못한다. 다만, 『유림외사』는 나도 느끼지 못하는 사이에 어느덧 인생의 스승 같은 책으로 자리매김해 있음을 깨달았다. 다른 많은 고전이 그러하듯, 『유림외사』는 읽을수록, 나이를 먹을수록 기존에 미처 알지 못했거나 이해하지 못했던 점들을 하나둘 더 알고 깨우쳐 가게 하는 그런 작품이다. 이 책을 집필하는 과정에서도 새롭게 느끼고 공부가 된 점들이 적지 않은 것은 물론이다. 단순히 지식 측면의 성장만을 말하는 것이 아니다. 들여다보면 볼수록 나 스스로를 되돌아보게 만드는 지점들이 많아진다는 점에서 더 그러하다. 대학원 시절 작품을 대할 때만 해도 나는 그저 서술자의 시선과 스스로를 동일시하곤 하며 풍자 대상들을 조롱의 시선으로 내려다보곤 했었다. 하지만 그건 나름 정의감 있고 혈기 왕성했던 시절 나의 주제넘은 교만에 불과했다. 나이가 들어가며 나도 모르게 점차 세상에 물들고 보수화되면서 이제 작품의 풍자 대상 속에 '내'가 너무 많음을 느끼며 학인으로서 참괴함에 괴로워하곤 한다. 지식인 사회에 절망하고 스스로를 해부하는 아픔에도 좀 더 나은 사회를 꿈꾸며 인간에 대한 믿음과 희망은 끝내 버리지 않았던 오경재의 메시지가 문득문득 새삼 죽비처럼 나를 내리치는 느낌으로 다가오는 것도 그 때문이리라. 그런 가운데 언제부터인가 『유림외사』는 분방하고 너그러운 듯하면서도 누구보다 엄격한 스승의 이미지로 내 뇌리에 각인되었다. 평생의 스승 같은 책을 만나는 것이 하나의 큰 복이라고도 하는데, 『유림외사』가 나에게 그런 작품이 된 것이다.

　　작가 오경재는 인간 사회 곳곳에 뿌리내려 구조화된 근본적인 문제를 그것이 외화되는 바로 그 지점, 즉 보통 사람들의 일상들 가운데서 세밀하게 포착하여 사실적으로 형상화함으로써 진정한 리얼리티의 힘이 무엇인지를 가르쳐준다. 그래서 『유림외사』를 읽다 보면 스스로 풍자의 주체가 되어 도덕적 우위에 선 듯 웃음을 짓다가도 이따금씩 그 속에서 풍자되고 있는 나와 내 주위 사람들의 모습을 발견하고 쓰라린 눈물을 삼키지 않을 수 없게 된다. 『유림외사』는 이러한 방식으로 독자로부터 자연스럽게 깊은 반성과 성찰을 이끌어 낸다. 한데 바로 이런 점이 『유림외사』가 그 뛰어난 예술적, 사상적 가치에도 불구하고 대중적으로 널리 사랑받지 못하는 까닭의 하나가 된 듯하다. 연구도 마찬가지이다. 작고한 중국 현대 작가 허만쯔何滿子 선생은 일찍이 『유림외사』 연구의 어려움을 지적하면서 작품을 파고들면 스스로를 파고들 수밖에 없다는 점을 그 주요 원인으로 꼽은 바 있다. 그러나 그럼에도 불구하고 여전히 우리는 오히려 같은 이유에서 더더욱 『유림외사』를 읽어야 할 삶을 살아가고 있지는 않은가.

　　『유림외사』는 온통 일그러진 욕망들로 가득 차 걷잡을 수

나를 되돌아보게 하는 거울

없이 타락해 가는 세상을 예리한 시선으로 꿰뚫어 보면서, 그런 세상을 움직이는 핵심 기제로 팔고 과거제도와 부귀공명의 욕망을 꼽으며 그것에 노예화된 인간 군상들을 완곡하면서도 날카롭게 풍자한다. 비록 그것을 떠받치고 있는 황권 중심의 전제 정치 체제 자체를 문제 삼는 데까지는 이르지 못하지만, 당대의 강고한 구조적 모순과 근본적 문제들이 인간과 세상을 얼마나 병들게 하는지를 여실히 보여주었으니, 작품은 청대 판 '헬 중국'을 리얼하게 그려낸 소설이라 할 만하다.

한편, 작품은 그런 세상에서 무엇에 진정한 가치를 두고 살아가야 할 것인가에 대한 고민과 더불어, 막다른 길에서 새로운 길 찾기를 시도한다. 그것은 결국 인간의 존엄과 인간다운 삶, 그리고 그런 개체들이 평등하고 조화롭게 공존할 수 있는 사회에 대한 지향으로 귀결된다. 높은 도덕적 기준으로 강한 비판성을 드러내지만, 그 밑바탕에는 인간 존재 자체에 대한 근본적인 믿음과 존중이 깔려있다. 하층민과 여성 등 주변적 존재들의 가치를 조명하고, 다양한 존재들 사이의 진정한 관계를 지향한 것은 어렴풋하게나마 인간 개개인이 조화롭게 공존하는 사회로 나아가야 한다는 방향을 제시하고 있다고 할 것이다. 이것이 시대적, 사상적 한계 속에서 보다 나은 삶과 세상을 위해 작자가 이끌어 낼 수 있는 최선의 길이었으리라.

결국 오경재는 자신이 처한 시대의 가장 근본적 문제를 심각하게 고민하고, 그것을 통해 현실을 직시하며 환부를 적나라하게 드러내면서 병폐를 개선하기 위한 실천적·대안적 방향성을 작품에 녹여내어 세상을 일깨우려 했던 것이다. 작가의 이러한 필생의 역작이 헛되이 묻히지 않고 근대 변혁기 중국에 지대한 영향을 미치고 더 나아가 마침내 세계적인 고전의 반열에 올라 그 생명력을 이어오고 있으니, 한낱 소설일망정 작품이 길이 전해지기를 바랐던 작가의 '불후의 꿈'이 끝내 이루어져 값진 유산으로 우리 곁에 남아있는 것이다.

이쯤에서 지금의 우리는 어떤 세상을 살고 있는지 둘러볼 필요가 있다. 자본의 권력이 부추기는 인간의 끝없는 탐욕, 그것으로부터 얻어진 기득권으로 인해 갈수록 심각해지는 사회적 양극화, 그리고 신자유주의와 플랫폼 경제, 인공지능과 로봇 등 첨단 기술이 낳는 인간과 노동의 소외 등등. 이러한 현실과 이제 예측조차 어려운 미래 세상의 거대한 변화 속에서 과연 인간은 동등한 개체로서 존엄과 자유를 지키며 다원적 가치가 조화롭게 공존하는 사회를 이루어 나갈 수 있을까. 더 나아가 인간과 세상의 다양한 존재들이 평화롭고 조화롭게 어우러져 살아가는 세계를 만들어 나갈 수 있을까.

미래의 문제는 일단 차치하고라도 구조적이고 심각한 문제들이 우리 주위에 온존하고 있음에도 이에 대한 비판과 개선을 위한 목소리는 점점 힘을 잃어가고 도리어 악화하는 것을 그저 수수방관하고 있지만은 않은지. 또 언제부턴가 우리 사회에서 시대정신이 무력하게 퇴조하고 있는 것 아닌가 하는 우려가 깊어진다. 자본과 권력에 종속된 기능적 지식인/지성인만 양산되고 거기에 저항하는 깨어있고 행동하는 비판적 지식인은 사라져 가고 있는 것은 아닌지 되돌아볼 때이다.

촘스키는 도덕적인 행위자로서 지식인이 갖는 책무를 인간사에 중대한 의미를 갖는 문제에 대한 진실을 그 문제에 대해 뭔가를 해낼 수 있는 대중에게 알리려고 노력하는 것이라고 단언한 바 있다. 그는 자신이 새삼스럽게 이런 문제를 제기한 것은 오늘날 지식인 계층의 기본적인 실천 원리가 이 기초적인 도덕률조차 거부하고 있기 때문이라고 지적한다. 이런 측면에서 보더라도 당대 지식인 사회의 문제를 통해 인간 삶의 근본적인 문제를 전면적으로 반성하고자 했던 오경재의 시대 의식과 비판 정신은 오늘날에도 여전히 큰 울림으로 다가온다고 할 터이다.

대중적 인기와는 거리가 있는 『유림외사』의 해설서를 낼 기회를 갖게 될 것이라고는 미처 생각지 못했었다. 대중성보다는 의미와 가치에 더 무게를 두고 출간의 길을 열어주신 박윤선 선생님, 조관희 교수님, 그리고 도서출판 한국문화사 관계자분들께 두루 깊은 감사의 마음을 전한다. 미흡한 점들이 적지 않겠지만 『유림외사』가 좀 더 많은 독자에게 읽히고 그 의미와 가치가 우리 사회에 좋은 자양분이 되는 데 조금이나마 보탬이 될 수 있기를 바랄 따름이다. 부족한 점들과 미처 발견하지 못한 오류에 대해서는 독자 제현의 아낌없는 가르침을 구하는 바이다.

2024년 겨울
오경재 서거 270주년을 기리며
지은이 삼가 씀

| 주요 참고문헌 |

陳美林 批點, 『新批儒林外史』, 江蘇古籍出版社, 1989.

『儒林外史』, 人民文學出版社, 1991.

李漢秋 輯校, 『儒林外史彙校彙評本』, 上海古籍出版社, 1999.

최승일 외 옮김, 『儒林外史』, 여강출판사, 1991.

홍상훈 외 옮김, 『유림외사』, 을유문화사, 2009.

安徽省紀念吳敬梓誕生二百八十周年委員會編, 『儒林外史研究論文集』, 安徽人民出版社, 1982.

李漢秋, 『儒林外史研究資料』, 上海古籍出版社, 1984.

何澤翰, 『儒林外史人物本事考略』, 上海古籍出版社, 1985.

陳美林, 『吳敬梓研究』, 上海古籍出版社, 1985.

李漢秋 編, 『儒林外史研究論文集』, 中華書局, 1987.

孟醒仁, 孟凡經, 『吳敬梓評傳』, 中州古籍出版社, 1987.

中國儒林外史學會, 『儒林外史學刊』, 黃山書社, 1988.

陳美林, 『吳敬梓評傳』, 南京大學出版社, 1990.

陳美林, 『儒林外史人物論』, 中華書局, 1998.

李漢秋, 『儒林外史研究』, 華東師範大學出版社, 2001.

류멍시 지음, 한혜경·이국희 옮김, 『광자의 탄생: 중국 광인의 문화사』, 글항아리, 2015.

벤저민 엘먼 저, 김효민 역, 『중국 명청시대 과거제도와 능력주의 사회』, 소명출판, 2024.

조관희, 「『儒林外史』研究」, 연세대 박사학위논문, 1992. 12.

김효민, 「『유림외사』의 구조 연구」, 고려대 석사논문, 1996. 12.

김효민, 「한·중 지식인 사회와 그 윤리: 과거제도와 관련하여」, 『중국소설 논총』, 제17집, 2003.

김효민, 「유림외사: 웃음 뒤에 숨겨진 지식인의 아픈 역사」, 『동양의 고전을 읽는다』 3(문학 上), 휴머니스트, 2005.

김효민, 「동아시아 "지식인-호랑이형" 서사 연구 : 소설을 중심으로」, 『중국 어문논총』, 제35집, 2007.

김효민, 「과거제도의 관점에서 본 한중 소설 시론」, 『중국소설논총』 제28 집, 2008.

김효민, 「魯迅 소설 속의 舊지식인 문제에 대한 일고찰」, 『중국어문논총』 제37집, 2008.

김효민, 「『儒林外史』의 여성인물과 吳敬梓의 여성관 : 兩性關係의 시각 을 중심으로」, 『중국문화연구』 제15호, 2009.